KB078260

내가 바로
세종대왕의
아들이다

내가 바로 세종대왕의 아들이다 2

유아리 퓨전 판타지 소설

초판 1쇄 찍은 날 § 2020년 5월 19일
초판 1쇄 펴낸 날 § 2020년 5월 26일

지은이 § 유아리
펴낸이 § 서경석

총괄팀장 § 노종아
편집책임 § 이민지
디자인 § 소소연

펴낸곳 § 도서출판 청어람
등록번호 § 제387-1999-000006호
등록일자 § 1999. 5. 31
어람번호 § 제1-3053호

주소 § 경기도 부천시 부일로 483번길 40 서경B/D 3F (우) 14640
전화 § 032-656-4452 팩스 § 032-656-4453
http://www.chungeoram.com
E-mail § chungeorambook@daum.net

USION FANTASTIC STORY

2

내가바로 세종대왕의 아들이다

유아리
퓨전 판타지 소설

도서출판
청어람

내가 바로
세종대왕의
아들이다

목차

제1장
전운 · 007

제2장
대산군 · 045

제3장
미미(美味) · 079

제4장
총통위 · 129

제5장
동상이몽 · 177

제6장
대리청정 · 229

제7장
수요시식회 · 265

제1장
전운

　건주여진 대족장 이만주의 거처로 조선에 보냈던 척후 중 하나가 소식을 가져왔다.

　"대족장, 우리가 보냈던 사금 채취조가 지난 가을에 조선 병력과 충돌해서 전부 사살당했다고 합니다."

　"뭐? 그게 정말이냐?"

　"예, 우리가 사금을 채취하던 강 상류 근방에서 살다가 강제로 이주당한 이들에게 대가를 주고 얻은 정보입니다."

　"조선군이 국경도 아닌 곳에 어찌 출몰했단 말이냐?"

　"자세한 사정은 모르지만, 사금 채취조가 인근을 우연히 정찰하던 조선군과 마주쳤다고 합니다. 일이 꼬여 무력 충돌이 일어났고 전부 몰살당한 후, 조선 조정에도 알려져 그 일대가 금지로 지정되어 아무도 들어갈 수 없게 됐다고 합니다."

"허… 이렇게 운이 없을 수 있나? 결국, 조선에서도 거기서 사금이 나온다는 걸 알아버렸단 이야기나 마찬가지군."

"아무래도 그렇게 된 거 같습니다."

"이걸… 동소로가 알게 되면 당장 휘하의 병력을 이끌고 조선에 보복하려 들 거다. 넌 이 일에 대해 침묵을 지킬 수 있나?"

"예, 반드시 지키겠습니다."

그렇게 이만주에게 맹세한 척후병은 몸을 돌려 천막에서 나가려는 순간, 자신이 죽는지도 모를 정도로 빠르게 목이 날아갔다.

이만주는 칼에 묻은 피를 닦으며 말했다.

"미안하게 됐군… 동소로는 반드시 널 찾아 고문을 해서라도 아들놈의 행방을 알아내려 들었을 것이다. 고통 없이 보내 줬으니, 그것이 네게 베푸는 자비라고 생각하거라."

이만주가 박수를 치자 천막 밖에서 대기 중이던 이들이 들어와 시체를 치우고 피를 닦아냈다.

"그럼… 이제 어떻게 해야 할까."

이만주는 이후 한참 동안 지도를 보며 뭔가를 궁리하기 시작했다.

　　　　*　　　　　*　　　　　*

　　드디어 용비어천가가 시중에 배포가 되기 시작했다. 그리
고 홍보를 목적으로 한 종친과 공신 집안의 후손들로 구성된
재래연단(再來宴團), 그러니까 연극 단원이 전국의 주요 고을을
돌며 공연을 하고 동시에 정음을 가르치고 있다고 한다.

　　일단 재래연은 왕실에서 주관하는 신성한 예식이자 제사가
결합한 의식이다. 그 누구도 연극 단원을 놀이패처럼 천하게
생각하지 않았고 덤으로 출사를 할 수 없던 골칫거리 종친들
의 일자리도 일부나마 해결할 수 있었다.

　　안평대군이 재래연의 단장을 맡아 내게 배운 비결을 이용
해 종친들의 연기를 연습시키고 있다고 한다. 소식을 듣자 하
니 원랜 종친 취급도 제대로 못 받던 이형은 재래연에서 태조
의 역할을 맡은 후 집안에서 위상이 정말 높아졌단다.

　　이지란의 손자 이안정도 인지도가 높아져 아버님께 하사
받은 포상과 사대부들에게 받은 후원금을 모아 한양에 제대
로 된 집을 지었다고 한다.

　　그렇게 그들이 전국을 도는 동안, 아바마마께선 배포한 정
음의 해례본과 용비어천가를 각 고을의 관청에 의무적으로 비
치하게 하셨다. 그리고 각 고을의 생원이나 진사들이 정음을
배워 그들이 백성들을 모아 왕실의 정통성에 대해 설파하라
고 하셨다. 다른 말로 하면 용비어천가 이야기를 백성들에게

읽어주란 소리다. 그렇게 하면서 자연스레 백성들에게 정음을 가르치도록 만든 거다.

도성에선 내가 지시한 대로 궁녀들과 내관들이 출타할 때마다 아이들을 모아 글을 가르치고 있다. 아이들에겐 배우기 쉽게 노래로 만든 정음가(正音歌)를 알려주도록 지시했는데, 노래를 못하는 이가 많아 졸지에 노래하는 법까지 가르쳐야 했다.

"음… 이것만으론 아직 부족하겠지. 뭔가 더 빠르게 배포할 방법이 없을까? 혹시 김 내관이 생각한 방도는 없나?"

"우둔한 소관이 어찌 천고의 기재이신 세자 저하보다 나은 방도를 알 수 있겠사옵니까?"

음… 요즘엔 김처선이 전보단 조금 진중해지고 겸손해졌는데, 확실히 전보단 심심한 성격이 된 거 같다.

"그래… 그럼, 생각 안 날 땐 체굴법이지. 자네도 같이할 건가?"

"소관이 근래 절치부심하며 단련에 매진해 세자 저하보다 횟수가 늘었다고 자부합니다."

어? 이놈 봐라? 역시나 사람은 쉽게 변하지 않는구나.

"그래? 김 내관이 그리 자신 있으면 도수체굴법으로 하게, 난 이걸 들고 할 테니."

그러면서 난 무게추가 잔뜩 달린 역기를 들고 스쿼트를 준비했다.

"아니옵니다. 소관도 근래에 도수체굴법은 졸업하고 따로 주문한 역기로 체굴법으로 단련 중이옵니다."

그래? 요새 자선당 내관 단체 단련 시간에 혼자 여유롭게 하던 이유가 있었구나?

"그럼 당장은 그대가 쓸 수 있는 역기가 없으니 이 아령을 들고 하게나. 무게는 내가 그대와 비슷하게 맞추면 되겠지."

그렇게 서로의 자존심을 걸고 시작된 스쿼트 대결은 역시 나, 내가 가볍게 승리했다.

"허… 허억… 헉… 헉… 흐읍… 소… 소관이 아직, 단련이 부족했나 봅니다."

"흠… 그래도 의외군그래."

"무엇이 말이옵니까?"

사실 내관이면 남성호르몬이 부족해 신체가 점점 여성화되어 근육을 만들기가 어렵다. 그런데도 이 정도면 굉장히 강골로 타고났거나 들인 노력이 대단하단 이야기다.

"김 내관이 내 생각보다 훨씬 노력했고 스스로 단련에 심취한 것을 알았네. 이 정도로 계속하면 웬만한 무관들도 그대에게 체력으로 상대가 안 될 것 같다네."

"그것이 정말이옵니까?"

"그래, 내가 병영에서 군관들 가르칠 때 가끔 옆에서 봤잖나."

"그건 초임 군관들이라 그런 것 아니었사옵니까?"

"아니다. 나도 착각했었는데, 알고 보니 그 정도가 군관들 평균이더군. 그러니 김 내관도 스스로 자부심을 품어도 된다."

사실은 평소에 안 쓰던 근육들을 혹사해서 그런 거겠지만, 여기선 김처선 자신감도 좀 세워줘야겠지.

게다가 내가 맨손 스쿼트를 처음에 이상하게 이해해서 굉장히 천천히 움직이게 만든 탓도 크다. 슬로우 모션이란 개념을 몰라 영상처럼 느린 속도로 해야 하는 줄 알았다. 한참 나중에 진실을 알게 되었지만 이미 그 방식으로 효과를 많이 봐서 맨손 스쿼트만큼은 지금의 방법을 고수 중이다.

"망극하옵니다."

그렇게 정음 배포의 실마리를 찾으려다 자존심 싸움으로 변한 스쿼트 대결은 내게 전군의 체력 단련이란 숙제를 새로 안겨주었다.

그러려면 우선 군인들부터 제대로 먹여야 하는데, 그럴 만한 여건이 아직 되지 않는다. 이건 당장 시행할 수 없으니 일단 지난번처럼 소수의 인원부터 시작해서 아래로 퍼지게 만들어야 한다. 그다음은 앞으로 군제를 개편하면서 천천히 진행해 봐야겠다.

그렇게 한창 여러 가지 계획을 짜며 지내던 와중에, 대단한 소식이 들려왔다.

이순지가 기초적인 천체 망원경을 만드는 데 성공했다며 보러오길 청하는 서신을 보낸 것이다. 그래서 기쁜 마음으로 이순지가 근무 중인 간의대(簡儀臺)로 찾아갔다.

"이호군, 그대가 보낸 서신을 보고 한걸음에 달려왔다네."

"세자 저하, 강녕하셨사옵니까?"

"인사는 되었고, 자네가 만든 천체 망원경은 어디 있나?"

"간의대 위쪽에 설치해 두었사옵니다. 법도대로라면 소관이 들고 찾아갔어야 하나, 들고 갈 만한 크기가 못되어 무례를 범했사옵니다. 게다가 지금은 시간이 일러 별을 볼 수 없사오니 소관이 만든 태양광 집열기를 먼저 보시는 게 나을 듯합니다."

뭐? 태양광 집열기? 설마 내가 생각하는 그건가?

"혹시 그대가 말하는 기물이 커다란 반원 판에 반사판을 잔뜩 달아둔 건가?"

"역시… 명칭만 듣고도 원리를 뚫어 보시니, 불민한 소관은 저하의 지혜가 어디까지 닿아 계신지 모르겠나이다."

아니… 원래 난 원래 강우량 재는 거 말곤 이쪽엔 그다지 관심이 없고, 사전에서 얼핏 본 거라 알고 있는 건데…….

"일단 그것부터 보러 가세."

"예, 소관이 모시겠사옵니다."

그렇게 이순지를 따라가자 천으로 덮어둔 커다란 원형의 물체가 보인다.

"자, 이것이 소관이 제작한 태양광 집열기이옵니다."

이순지가 천을 걷어내는 동안 몰래 전자사전을 띄우고, 빠르게 태양광 키워드를 넣어 검색을 해뒀다. 그런데 이순지가 만든 태양광 집열기는 지금 조선에서 굉장히 고가인 청동으로 몸통을 만들고 그 위에 수정으로 만든 커다란 반사판들이 깔려 있다. 이거 배보다 배꼽이 더 크겠네⋯⋯. 이거 재료비가 대체 얼마야?

"내 예상보다 훨씬 대단한데⋯⋯."

"과찬이십니다. 처음에 반사와 굴절의 원리를 이용해 뭔가 해보려다 거울처럼 가공한 수정알을 이용해 햇볕을 한데 모을 수 있는걸 알아내 그것을 응용해 본 기물입니다."

아니, 그게 사실 칭찬이라기보단⋯ 그래, 일단 시험작이라고 생각하면 되겠지.

"그래서 이걸 어디에 쓸지 생각해 보았나?"

"그것이⋯ 소관은 일단 태양광을 모을 생각만 하고 그 후의 일은 아직 궁리 중이라⋯⋯."

미래엔 이걸로 뭐 할 수 있을까? 빠르게 검색해 보니 지금 조선에서 쓸 만한 방법은 하나뿐이었다.

"이걸로 장작을 태우지 않고 음식을 할 수 있을 듯하네."

"예? 소관이 만든 집열기로 음식이라니요?"

"그럼 이걸 다른 용도로 쓸 만할 게 있나?"

난 같이 온 궁인과 내시들을 시켜 가마솥을 가져오라 일렀고, 거기에 물을 담아 태양의 각도에 맞춰 조정한 집열기로 모은 열을 가마솥에 투사했다.

생각보다 반사판의 효율이 그렇게 좋진 않아서 그런가? 예상한 것보다 많은 시간이 지나서야 가마솥 안의 물이 끓어오르기 시작했다.

"허어… 이리도 커다란 솥 안의 물이 끓어오르다니… 소관은 이런 용도가 있을 거라고 전혀 생각도 못 해봤사옵니다."

"그대가 만든 집열기는 좀 더 개량해서, 재료비를 적게 들여 만들어야 했어. 나중에 더 개량해서 효율을 높여 완성하면 해가 뜨는 날에는 항상 장작 없이 음식을 만들 수 있을 걸세. 그 후엔 열을 받아야 하는 아궁이의 재질을 개선해 모아둔 열기를 오래 저장해 둘 수도 있겠지."

"소관은 언제나 모든 것을 칠정산 역법의 완성을 위해서만 연구했사옵니다. 하지만 이것을 보니 소관이 연구하는 것들도 다른 이들의 생활에 실질적인 도움이 될 수 있음을 이제야 깨달았사옵니다."

워낙 제작 비용이 비싸 대중화는 힘들겠지만, 부유한 사대부들의 일부만이라도 쓰게 만들면 나무 사용이 지금보다 조금은 줄어들겠지? 자연의 조화를 사랑한다고 착각 중인 사대부들의 습성상 나무 없이 겨울의 낮 동안을 책임질 난방 용도로도 쓸 만할 거다.

미래처럼 태양의 위치를 계산해서 자동으로 움직이는 장치를 만들 수 없으니 불편하겠지만, 여긴 조선이다.

기술이 안 되면 사람이 수동으로 직접 움직여야지.

그렇게 천체 망원경을 보러 갔던 행차는 졸지에 태양열 조리기 시작품에 대해 성토하는 자리가 되었다. 한참 동안 이순지에게 미래의 쉐플러식 태양열 집열판의 원리에 관해 설명해 준 후 천체 망원경으로 별을 조금 보고 돌아왔다.

침전에 누워 새로운 사극을 감상하려 검색했는데, 서역에서 십자군 전쟁이라고 부르는 종교전쟁을 다룬 서양의 사극영화가 눈에 띄었다. 난 상상도 못 해본 어마어마한 규모의 공성전과 박진감 넘치는 전투를 보고 나니 개안하는 기분이 들었다.

허어… 서양의 검술이나 병장 기술이 이렇게 발달했었나? 그동안 서양은 기술이 발달한 만큼 장비만 대단할 거라 여겼다. 무술 같은 싸움의 기술은 그만큼 발달하지 못했을 거란 편견이 단 한 번에 사라졌다.

그래서 좀 더 자세히 알아보기 위해 서양 검술과 갑옷술을 검색하여 관련된 영상들을 찾았다.

조선의 무기 실정상 이걸 전부 다 사용하진 못하겠지만, 철판 갑옷을 입고 싸우는 방법의 기초 하난 확실히 전부 사용할 수 있을 거란 생각이 들었다. 그래서 야밤에 잠도 안 자고 각종 동작을 따라 하며 원리를 계속 연구해 봤다.

그리고 다음 날 김 시위를 불렀다.

"이보게, 김 시위. 내가 그동안 철판 갑옷을 좀 더 활용할 수 있는 병장 기술을 고안해 봤네. 그러니 그걸 연습할 수 있게 자네가 날 좀 도와야겠어."

"권투라고 이름 붙이신 무도의 연습처럼 상대해 달란 말씀이신지요?"

"아닐세. 그대와 내가 둘 다 갑옷을 입고 서로 대련하듯 기술을 연습해 보려 하네."

"세자 저하의 예체에 해가 될 수 있는 행위는 소관이 절대 할 수 없사옵니다."

역시나 원칙주의자 김경손다운 대답이다.

"자네도 전에 시험장에서 철판 갑옷의 성능을 보지 않았는가?"

"그렇긴 하지만… 어찌 소관이 연습일지언정 저하를 공격할 수 있겠사옵니까… 부디 명을 거두어 주시지요."

으음… 이 방법만은 안 쓰려 했는데… 어쩔 수 없다.

"근래엔 권투 연습 때마다 점점 내 주먹을 막아내는 것도 버거워하는 거 같은데… 자신이 없어서 그런가?"

"그… 그것은! 아… 아니옵니다."

"설마 내가 다치는 게 아니라, 그대가 다칠까 염려하는 건 아니고?"

"절대! 그렇지 않사옵니다."

이 아재도 슬슬 자존심이 상했는지 표정에 오기가 드러난다.

"그러면 내금위(內禁衛)나 수문장청(守門將廳) 군관에게 내 협조 공문 들고 가서 치수에 맞는 철판 갑옷 하나 빌려오시게."

＊　　　＊　　　＊

그렇게 대련을 시작하려 했는데, 김경손이 먼저 조건을 걸었다.

"아무리 무술의 단련을 목적으로 한 대련이라 해도 무기의 사용만은 아니 되옵니다."

"그래. 연습이지만 그대가 무기로 날 겨룬 걸 다른 이가 알게 되면 불궤죄로 고발이 가능하니 배려해 주겠네."

그렇게 한동안 김 시위와 철판 갑옷을 입고 맨손으로 대련을 했는데, 갑옷 위에 추가로 착용한 보호구가 워낙 안전해서 별다른 사고나 불상사는 벌어질 일이 없었다.

김경손의 자존심을 긁으려고 했던 말과 다르게, 실전 경험이 없던 난 김경손의 숙달된 도수공권 제압 기술에 당해 번번이 패배했다.

그 후 김경손이 승리할 때마다 별다른 말도 없이 이게 당연하다는 듯이 넘기는 태도를 보여 내 자존심을 긁었다.

내가 먼저 도발해 놓고 결과가 이렇게 나오니 창피하기도 하고 오기가 생겨 권투 말고 관심 없었던 미래의 맨손 격투들을 찾아 원리를 연구하고 연습했다.

"김 시위, 오늘은 어제완 다를 걸세."

"……."

이젠 대답할 필요성도 못 느끼겠다는 건가?

그렇게 다시 시작한 대련은 정말 아깝게 한 끗 차이로 패배했다.

"후우… 아깝구나."

"……."

김경손도 말은 없지만, 면갑을 벗은 걸 보니 어제와 다르게 땀투성이다. 내가 그리도 위협적이었나?

그리고 다음 날, 드디어 김경손을 제압하는 데 성공했다.

미래에서 레슬링과 주짓수라고 부르는 격투기 덕이다. 갑옷 때문에 모든 기술을 사용할 순 없었지만 그중에서 갑옷 입은 상대에게도 쓸 만한 입식 관절기를 사용해서 첫 승리를 따냈다.

"저하의 무에 관한 재능은 미천한 소관의 예상보다 월등히 높으신 듯합니다. 이만하시면 웬만한 장수들 역시 도수 격투에서 저하를 쉽게 상대치 못할 것이옵니다."

음… 위대하신 증조부의 핏줄 덕인가? 김경손은 진심으로 내게 감탄한 것 같다.

"아닐세, 그대의 도움이 컸다네. 그리고 상호간 완력 차이가 많이 나면 정교한 기술도 소용없어진다네. 근력과 기술의 비중을 각자 절반으로 잡고 고르게 단련하여 강유일체(剛柔一体)를 이뤄야 할 것 같네."

내가 당했던 기술들의 원리를 자세히 알아내고 힘으로 기술을 봉쇄한 것도 승리의 요인이다. 처음엔 나도 몰랐었는데, 김경손보다 내 근력이 월등히 강한 걸 대련 이틀째에 깨달았다.

이젠 이걸 조선 씨름과 단검술을 엮어서 합치면 생각 이상으로 훌륭한 근접 전장용 무술이 나올 것 같다. 게다가 미래엔 없는 게 없는지 중세식 철판 갑옷 위에 보호구를 걸치고 싸우는 격투기 단체도 있었다. 그들이 남겨둔 영상 역시 앞으로 조선군을 발전시키는 데 큰 도움이 될 것 같다.

그렇게 익힌 것들은 내가 책으로 적고, 김경손에게 우선 내 담당 시위들을 가르치도록 지시했다. 모든 동작에 하반신의 근력이 중요한 것을 특히 강조하여 김 시위도 잘 알고 있는 체굴법을 모두에게 수련하라고 일러두었다.

그 후 난 목검을 만들어 영상에 나온 기술들을 보고 따라 하며 조선의 실정에서 쓸 만한 것들을 골라 추렸다.

그렇게 단련한 끝에 갑주술 교본을 완성했고 평안도와 함길도 북방군에게 철판 갑옷이 50여 개씩 전달되었다. 거기에 내가 집필하여 인쇄된 책이 동봉되었다고 하니 그들의 장래가 기대된다.

*   *   *

어느 날 의외의 소식이 들어왔다.

"뭐? 불승들이 불경을 정음으로 내달라고 요청했다고?"

김처선이 내 물음에 답했다.

"예, 그렇다고 합니다."

지금과 달라진 역사에선 아버님이 정음을 전파하기 위해 불경을 여러 권 편찬하긴 했었지만 지금은 온전히 조선 왕실의 홍보용으로 쓰이고 있다. 사대부에게도 사직의 정당함을 알리기 위해 아버님이 창제하신 신성한 글자라고 일러 반발할 여지를 주고 있지 않은데…….

"예상한 것보다 정음이 민간에 많이 퍼지고 있는 모양이구나."

"소관도 요즘 도성의 아이들을 가르치러 다니는데, 처음보다 반응이 좋긴 하옵니다. 태조 대왕마마의 이야기를 들려달라고 먼저 조르는 아이들도 많사옵니다."

"그래? 아이들이 그리도 태조 대왕을 좋아해 준단 말이냐?"

"예, 오죽하면 재래연에 나온 태조 대왕님의 아기살을 흉내 내며 노는 아이들도 보았사옵니다."

이러다 편전이 태조 대왕의 독문병기로 널리 알려져서 전설로 남게 생겼다. 혹시 미래에 만화 같은 데 나오려나?

"허어… 그래서 불승들이 요즘 몸이 달았구나……."

예전에 불교의 교리를 공부한 후 그들을 개혁할 계획도 세우긴 했었는데, 아직 적당한 시기가 아니고 접점도 없어 미루고 있었다. 이번 기회에 불교 지도자들이라도 모아 한번 이야기를 해봐야겠다.

난 어명으로 허락을 받아 각 종파를 대표하는 불승 몇 명을 궁으로 불러들이기로 했다.

그들이 감히 도성을 출입하는 것도 안 될 일인데 궁 안에 중놈을 들이냐는 조정 대신들의 항의가 서신으로 쏟아졌다. 그래서 내가 그들과 토론하여 불씨의 논리를 공박하고 성현의 도를 널리 알리기 위한 목적임을 알렸다. 물론 그 성현의 정체는 말 안 해줬다.

그러자 모두가 기뻐하며 자신들도 그 자리에 참관을 원해, 무려 그 수가 조정 대신의 절반에 가까웠다. 원래 논쟁이나 토론을 좋아하는 집현전 학사들은 당연히 다 참가하고, 도성의 사대부들 역시 일부 참가했다. 인원이 너무 많아 궁 외곽에 차양 막을 설치하고 자리를 마련해야 했다.

그래서 지금 내 앞에 불교의 조종과 각 종파의 수장이라고 할 수 있는 네 명이 부복해 있다.

"세자 저하. 저희 승려들을 궁으로 초대해 주심은 조선 불교의 광영이자 부흥의 첫 걸음이라 할 수 있으니 그 은혜가 망극하옵니다, 저하."

저 승려들은 내가 자길 부른 게 정음으로 불경을 찍어 숭유억불을 완화하거나 불교를 부흥하려는 목적으로 착각했나 본데… 잘못짚었다.

내 제안에 따르면 다른 방식의 부흥이 있을지도 모르지만.

그러자 반갑지 않은 이가 중간에 끼어들었다. 집현전 학사 신숙주가 화가 나서 큰소리로 외쳤다.

"저… 저 중놈이 아무리 저하께서 초대했다곤 하지만 어찌 저리 기고만장한단 말인가? 저하, 당장 담론을 파하시고 방자한 중놈들을 쫓아낸 후 벌을 내리시옵소서."

그것참 성격도 급하지……. 역시 나중에 숭유억불 정책에 앞장선 선봉장답다. 사실 정도전 사후 불씨잡변이 나올 수 있던 게 전부 신숙주 덕이다.

"그것은 불가하다. 내게 무례를 범한 것도 아닌데 고작 말 한마디 가지고 사사로이 벌을 내린단 말인가? 나와 담론을 벌이다 선을 넘은 자가 생기면 그때 가서 벌을 내려도 무방하다."

그러자 신숙주는 어린애처럼 삐져서 입이 튀어나온다. 진양 대군 놈하고 같이 엮어 보내 버리려다가 아버님 덕에 살아난 줄도 모르고…….

넌 이제 죽을 때까지 사직 못 함 형(刑) 확정이다.

"그래, 그대들이 종파를 대표하는 이라지? 내게 이름이나 법명을 댈 필요는 없다."

각 종파의 대표들이 한입으로 대답한다.

"어찌 불가의 도에 깨달음의 우열을 가려 대표나 우두머리

가 있겠사옵니까? 저희는 그저 나이가 많아 이 자리에 초대받
았을 뿐이옵니다."

"내가 승려 생활을 해보지 않아 잘은 모르겠지만, 절도 나
름대로 위아래가 있게 돌아갈 텐데? 동자승부터 사찰의 주지
까지 평등하게 지내면 조직이 돌아갈 수 있나?"

"그건, 저하의 말씀이… 맞사옵니다……."

내 첫 공격에 그들의 말문이 막히자 신료들을 포함한 사대
부들은 벌써 즐거워하고 있다. 미래식으로 말하자면 사대부들
은 내가 승려들을 전부 버로우시키고 캐삭빵시켜 버리길 바라
고 있을 거다.

하지만… 내가 바라는 결과는 너희가 바라는 것과는 매우
다를 거야.

미래의 기록을 보니 조선이 망한 이유로 유학과 성리학의
폐단을 지적하는 문서들이 많았다.

그런데 지금의 세상을 사는 내겐 후대의 성리학은 성리학
의 껍질을 뒤집어쓴 다른 무언가다. 그리고 미래엔 강점기 당
시 왜놈들의 영향을 받은 것들이 유학의 폐단으로 잘못 알려
진 경우도 많다.

내가 볼 땐 전조 고려 말기에 극락왕생을 빌미로 백성을 수
탈하는 불교의 사찰이나 성현의 제사를 빌미로 백성과 수령
마저 수탈하는 조선 말기 성리학의 서원이나 거기서 거기 수
준으로 다를 게 없다.

물론 양쪽 다 당당하게도 나라에 세금도 안 내는 건 공통점이라고 할 수 있겠다.

　허구한 날 유학자들에게 괴롭힘당하고 사찰이 불태워지는 수모를 겪은 기록들이 남아 불쌍하게 여겨져 반사 효과로 후대엔 상대적으로 불교가 더 도덕적으로 보이고 이미지가 좋아 보이는 듯하다.

　그게 다 고려 때 불교에 당하고 산 유학자들과 성리학자들의 증오가 연쇄된 덕분이긴 하지만, 사사로이 나라의 법을 어기는 이들을 옹호하고 싶진 않다. 사실 그런 놈들은 죄다 잡아서 싹 다 곤장을 치거나 북방으로 사민하고 싶다.

　나중에 한번 시도해 볼까?

　"그대들이 전조 고려를 그리워하는 건 내 알고 있음이다."

　"아니옵니다. 어찌 무도한 전조를 그리워할 수 있겠사옵니까? 소승들 역시 스스로 조선의 백성임을 자각하고 있사옵니다."

　내가 사는 조선은 아직까진 대다수 백성이 불교 신자라서 절에서 장례를 주관하고 불교식으로 치러지고 있다. 아직 왕실의 일원과 사대부들 역시 숨겨진 불교 신자가 셀 수도 없이 많다.

　"그래? 그렇다면 그대들이 왜 억불을 당하고 있는지 잘 알고 있겠군."

　그들 중 가장 화려한 색의 가사를 입은 이가 말했다.

"소승들 역시 전조의 타락한 불승들을 타산지석 삼아 변하려 노력 중이옵니다."

지금 아버님은 표면적으론 억불 정책을 펴고 있긴 하고, 재위 초반에는 약간 과격하게도 나가신 적도 있다. 하지만 지금의 아버님은 불교에 온정적이라 예전처럼 심하게 하고 있지는 않다. 게다가 이젠 오지 않을 미래에선 정음으로 불경들도 발행하셨다.

그래서 지금의 승려들은 아직까진 많은 것을 손에 쥐고 사는 게 현실이다.

이제 각자 동상이몽을 꾸는 저들에게 현실을 일깨워 줘야겠다.

미래엔 정도전이 쓴 책 불씨잡변이 유학자들에게 널리 퍼지고 숭유억불이 공론화되어 본격적으로 시행된다. 그때부턴 불교는 조선에서 완전히 망해 간신히 숨만 쉬는 것도 힘들게 된다.

그러니 그전에 내가 미리 적당히 충격을 주고 먼저 변할 기회를 주려 한다.

"여하튼 불교의 종파별로 차이는 있지만 내가 정리한바, 공통적인 논지를 살피면 사후 세계를 긍정한다. 사람이 살아서 죄를 지으면 지옥에 가서 죗값을 치르고 무한히 윤회하는 과정을 거쳐 공덕을 쌓아 극락정토에 가게 된다. 혹은 살아서 깨달음을 얻어 부처가 되어 윤회의 고리를 끊으면 된다고 하고 있지?"

"그렇사옵니다, 세자 저하."

"그렇다면 왜 백성들에게 거짓말을 해 혹세무민을 일삼는가? 극락이니 지옥 같은 것으로 겁을 주어 벌벌 떨면 사람들이 불교에 귀의하기 쉬워지니 그런가?"

갑자기 내게 이런 말을 들을지 몰랐는지 불승들이 무척이나 당황한 듯하다. 화려한 가사를 입은 이가 이들 중 가장 발언권이 강한지 계속 혼자만 이야기 중이다.

"세자 저하, 저희가 왜 거짓으로 혹세무민을 하겠나이까? 그것은 전부 사실이옵니다. 삼천세계(三千世界)가……."

본격적인 반론이 나오기 전에 잽싸게 말을 끊었다.

"아닌데? 자네들이 지옥이나 극락에 가보았나? 다른 세계에 대해 직접 실증해 보았는가? 난 죽었다가 살아났기에 그게 전부 거짓임을 알고 있다. 죽음 이후엔 그저 잠이 들듯 의식이 사라질 뿐이고 영혼 같은 것도 없다. 그저 사람은 죽어 자연으로 돌아갈 뿐이다."

그러자 신료들 역시 내가 이런 이야기를 할지 짐작 못해 당황했는지 놀라 서로 수군거리며 이야기를 나누고 있다. 영혼을 부정하면 제사의 근본에도 문제가 생기고, 후대에 영혼과 기에 대해 정리되기 전까지 항상 논란이 된 문제였다.

승려들 역시 당황하며 말을 꺼냈다.

"하오나 저하… 석가께서 이르시길 사바세계에서 고통받는 중생들은 윤회를 거쳐……."

"정녕 샤카무니 싯타르타 고타마께서 그런 말을 하셨다고? 어디서 감히 내게 거짓을 고하는가!"

내가 유자들이 흔히 말하는 비칭인 불씨가 아닌 범어, 그러니까 산스크리트식 호칭으로 부처의 이름을 말하자 승려들은 놀라서 말문이 막힌 듯하다. 내가 불교에 대해 전문적으로 공부했을 거라곤 생각도 못 해봤을 거다.

내가 천재라곤 하지만 불승들과 현재 조선 불교의 교리에 대해 논하고 그에 관해 서로 논박을 시작하면 당연히 내 수준으론 수십 년 이상 밥 먹고 수련만 한 불승들은 이길 수 없다.

정도전이 작성한 반불교 서적인 불씨잡변의 내용을 끌어와서 반론하는 것도 마땅치 않다. 정도전 역시 불교 교리에 대해 잘 모르면서 대부분 고려 시절의 불교의 악행을 사례로 들어 불교를 공격하는 책을 썼다. 불씨잡변의 내용을 끌어오는 순간, 여기 모인 유학자들의 공분을 얻어 난장판이 될 거다.

그러니 충격요법으로 시대의 한계상 그들은 모를 수밖에 없는 불교의 지식을 이용해 현재 불교 종파들의 교리의 약점을 공략해야 한다.

"그분께선 사후 세계를 두려워하는 제자에게 사후 세계는 없으니, 현생에 충실하고 깨달음을 얻어 성인이 되길 바란다고 말씀하셨다."

"그분이란 석가모니를 이르신 말씀입니까?"

"그렇다. 석가모니가 최초의 설법에서도 본인이 스스로 더는 다시 태어나지 않을 거라 말씀하셨다."

"그것은 스스로 부처가 되셨으니 윤회의 굴레를 벗어나셨음을 이르는 말입니다."

"당시 천축의 사회가 윤회 사상에 물든 것은 상위계층이 아랫것들을 지배하고 통제하는 것을 정당화하는 데 이용했기 때문이다. 그것이 본격화되자 모두가 다음 생이 있다고 믿어 현생을 경시하는 풍조가 만연했단 말이다."

"그렇사옵니까……?"

"그리하여 석가께서 중생들이 현생에 충실하게 살게 만들려 다르마를 설파하고 다니신 걸 모른단 말이냐?"

그러자 오히려 대신들이 놀란다. 조선의 세자가 석가를 높여 말하고 불교에 정통한 게 충격적이겠지.

"그리고 그분은 다른 이에게 자신을 현생신으로 받들거나 미신을 믿는 것을 엄금하신 분이시다."

석가가 공자와 비슷한 행보를 걸었다고 말하니, 장내가 혼란하여 서로 의견을 나누는 듯 술렁거린다.

"그런 말을 남기신 분의 학문을 갈고닦는 후학이란 것들이 어찌 교조를 부정하는 삿된 짓을 하는가?"

"아… 아니옵니다. 저희가 불상을 만드는 건 그저 석가를 존중하는 의미이옵고, 저희가 보는 불경에선……"

다시 한번 본격적인 반론이 들어오기 전에 말을 끊었다.

"허! 그러고도 너희가 불교라고 자처하는가? 지금 너희가 믿는 대승 일파는 변질해 천축 근방에서 융성하던 힌두의 다신 숭배의 영향을 받아서, 그분을 흔한 신 중의 하나로 격하해 버리고 그저 개념이던 보살을 실재하는 신들로 새로이 창작해서 끼워 넣었다. 게다가 힌두교는 석가를 비슈누의 화신 중 하나로 만들어 불교를 깎아내린 종교란 말이다."

"소승은 힌두교가 무엇인지 알지 못하옵니다."

오? 이젠 모르는 척 무시하는 전략으로 나오려고?

"그런 종교와 뒤섞인 것도 모자라 중국을 거쳐 대립하던 도교와 섞여 석가모니 본인이 질색하던 신격화를 시키고 수많은 신화를 섞어 탄생한 잡학 종교가 너희란 말이다."

그러자 이제껏 대답하던 화려한 가사승 말고 옆에 있던 덩치 큰 노승이 말했다.

"세자 저하, 그분은 세상을 구원하기 위해 하생하신 미륵이자 신이옵니다."

넌 미륵 신앙 교파였냐? 승려라는 이가 대놓고 부처더러 신이라니, 이게 대체 무슨 사상이야… 아무튼 저렇게 나오면, 나도 할 이야기가 있지.

"너희가 말하는 미륵, 그러니까 마이트레야는 본디 불교에 없던 개념이자 종말론적 미신이다. 후세의 사람들이 싯다르타의 탄생을 신성시하려고 만든 용화수 전설에다 다른 종교의 개념을 합쳐 이상하게 변질된 신화란 말이다. 어떤 갓난아이가 태어나자마자 걷고 천상천하 유아독존을 외칠 수 있나? 그게 정말 일어난 일이라고 믿는가? 석가가 실존 인물이 아닌 신이라고 믿는 건가?"

"그분의 행적을 짚어보면 차마 인간이라고 생각할 수 없사옵니다. 그러니 지상에 하생하신 신이라고 할 수 있사옵니다."

"그러한가? 저 명국과 천축의 경계에 있는 주무랑마산 근처에 아소카왕이 세운 비석이 있다. 거기엔 석가께서 태어난 이곳 룸비니의 세금을 면제한다고 쓰여 있다. 그래도 그분께서 인간임을 부정할 것인가?"

그러자 그들의 동공에 지진이 일어났다. 이건 사실 미래 20세기나 되어야 발견될 유적의 이야기거든.

* * *

"세자 저하, 정녕… 정녕 그것이 사실이옵니까? 여태 그 누구도 모르고 있던 불교의 성지를 알고 계시나이까?"

"나 역시 옛 천축의 문헌을 보고 알게 된 것이다. 거기에 대략적인 위치는 나와 있으니 가보면 알 수 있겠지. 정작 불교의 발상지에선 불교를 믿는 이가 거의 없다. 그래서 옛 경전들을 버리고 후대의 창작된 경전들에 집착하며 훈고학에 전혀 관심 없는 너희가 모를 만도 하다."

"하지만… 소승들이 쉽게 믿을 수 없는 이야기옵니다."

"너희는 교의 발상지도 잊고 근본도 잃었다! 스스로 깨달음이 아닌 구세를 목표로 하는 순간, 포교를 위해 변질했도다. 옛 중국에서는 도교와 서로 세를 불리기 위해 싸우다가, 오히려 사상이 섞이면서 도교 신화까지 섞여 별별 잡스러운 미신과 결합해 밀교화되었다. 그것이 전조 고려에서 감히 임금이 곧 부처라고 하는 왕즉불(王卽佛)의 썩어빠진 사상으로 변질하여 권력에 기생해 종교라고 부를 수도 없는 사이한 것으로 타락한 것이란 말이다."

"저희도 전조 불승들의 악행을 알고 있고 지금은 새로이 일신하여 진정 백성들에게 부처님의 가르침이 올바로 알려지길 바라고 있사옵니다."

"너희가 괜히 억불당하고 있는 줄 아는가? 전혀 변하지 않고 고고한 태도를 견지하며 계율에 얽매여 세상을 보고 있지 않은 것이다. 웅덩이에 물이 고이다 못해 썩어 그 악취를 풀풀 풍기면서도 스스로 썩은 줄도 모르다니 승려라고 부르기도 아깝도다."

"하하하!"

"세자 저하의 고견이 참으로 옳사옵니다!"

일부 신료들이 박장대소하기 시작했고 일부는 손뼉도 치고 있다.

그들은 자세한 종교적 역사나 교리는 몰라도 내가 일방적으로 몰아붙이고 승려들이 반론 한번 제대로 못 하는 게 마냥 즐거운 모양이다. 그 와중에 집현전 학사들은 새로운 지식을 알게 됐다고 즐거워하며 자기들끼리 뭔가 따로 적고 있다. 성삼문과 신숙주는 서로 심각한 표정으로 뭔가 논의하는 것 같이 보인다.

"하나… 이는 전부 저하의 주장이실 뿐, 저희는 전조의 역사나 타국의 일에 대해 대부분 모르던 일입니다."

"저 중놈이 아직도……."

갑자기 신숙주가 화를 내며 삿대질을 하길래 나는 그 말을 끊었다.

"괜찮다. 아무렴 내가 이런 자리에서 아무 증좌나 논거도 없이 그런 말을 했을까? 자! 이것이 내가 말한 것들의 근본이자 아가마일세. 우리말로 아함경이라 하면 되겠군."

이는 훈민정음을 연구하기 위해 집현전의 학사들이 닥치는 대로 모은 연구용 자료 중에서 나온 거다. 그걸 내가 살짝 가필하여 후대에 알려진 내용을 추가한 판본이다.

내가 내민 범어본 경전을 그들도 읽을 수 있었는지, 몇 장을 넘겨보더니 경악한다.

그리고 내가 토론 전에 불교에 관해 급히 집필한 역사책도 건네주었다. 게다가 이제부터 조선 상식에 맞춘 날조들이 섞여 나가게 될 거다.

"본디 샤카무니, 그분이 신 같은 존재로 멋대로 섬겨진 것은 후대의 삿된 자들 덕이다. 원래는 공자나 맹자처럼 성현이 자 사상가로 불려 마땅하신 분이란 말이다. 본래 석가께선 육식을 금한 적도 없고 스스로 머리를 민 적도 없으시다. 고행을 권장하지도 않았으며 색욕은 수행에 방해된다고 한 것이지 여자를 멀리하라고 한 것이 아니다. 석가 본인도 왕족이면서 아내와 자식도 있었도다."

"그것은 구도를 위해 출가한 승려들을 위한 것이지, 세속의 신도들에게 강요하는 것이 아니옵니다."

"애당초 석가의 제자나 추종자들이 자신은 특별하게 보이기 위해 자기들끼리 정한 계율이로다."

"그것은 아니옵니다. 석가께선 제자들에게……."

그 뒷말이 뭔지 알 것 같으니 잽싸게 끊었다.

"애초에 너희들이 구제하려는 세상의 모든 사람이 너희가 가르치는 대로 해탈하고 열반에 이르기 위해 결국 색욕을 차단하면 인간은 대가 끊겨 멸망할 것이다."

"그것은……."

"모순이지 않은가? 세상을 구제하려는 종교의 가르침을 충실히 따르면 인간 세상이 멸망하는 게? 본디 석가의 가르침은 스스로 깨달음을 얻으려는 방법이자 세상을 살기 위한 지혜다. 가르침을 후대에 멋대로 왜곡해 신과 사후 세계를 집어넣고 겁을 주며 중생들을 구도해야 한다며 세를 확장하기 위한 교리는 불가와 변질된 다른 종교라고 봐야 한다."

승려들은 모두 그들이 믿는 불교를 부정하는 이야기가 계속 내 입에서 흘러나오자 경악하고 있다.

좌중엔 유학자이며 불교 신자로 추측되는 이 몇 명은 이제껏 이율배반적인 인생을 살다가, 내 말이 그들의 죄를 모두 사한 것처럼 들리는지 마치 득도한 듯한 환희에 찬 표정을 지었다.

"내가 건넨 아함경은 생전 석가께서 제자들에게 하신 말씀을 제자들이 기억했다가 책으로 펴낸 불가의 논어라고 할 수 있다. 부디 그 책을 읽고 다시 공부하길 바란다."

"하오나… 저하, 이것은 저희가 배우고 익히던 경전과 달라 혼란스럽사옵니다. 불초 소승의 수련이 얕아 저희의 근본을 부정당하니 심마가 들 것 같사옵니다."

이미 뒷줄에서 말없이 듣기만 하던 화엄종과 천태종의 대표는 일생이 부정당한 듯한 충격을 받았는지, 눈동자의 초점이 맞지 않은 채로 뭔가를 중얼대고 있다

"그것을 공부해 새로운 불교로 거듭나 석가의 도를 충실히 걷고 사사로이 포교하지 않는 사찰이나 종파는 내 개인적으로 인정할 수 있도다. 나중에 도성 출입 제한에 대해 새로 논의해 볼 수도 있겠지."

그러자 한동안 어둠이라도 내린 듯 내 말을 들으며 침묵하고 있던 공간이 한순간에 불이 켜진 듯 떠드는 소음에 소란스러워졌다.

우승지 조서강(趙瑞康)이 먼저 무릎 꿇고 내게 고했다.

"저하! 어찌 숭유억불의 유시를 어기고 불승의 도성 출입을 허가하신단 말입니까? 통촉하여 주시옵소서."

그러자 도승지 김돈(金墩)이 받아쳤다.

"우승지는 그게 대체 무슨 소리요? 저하께서 여태 말씀하신 걸 이해 못 한 거요? 순수하게 성현 석가께서 내린 가르침에 충실한 승려들에 한정해 고려해 보겠다고 하신 거잖소."

"아니, 불씨한테 성현이라니요? 그게 대체 가당하기나 한 소리요?"

"그럼 세자 저하께서 하신 강론을 부정하는 게요? 막상 불교의 근본에 대해 이해한 것도 없으면서 그냥 반대하는 거 아니오?"

김돈은 내 말이 인상 깊었는지 서로 토론하려고 불러 모은 걸 강론이라고 한다.

그러자 내가 모르는 사대부 하나가 옆에서 듣다가 끼어들었다.

"세자 저하께서 설명하신 석가의 가르침에 따르자면 머리도 기르고 결혼하여 자식도 낳고 스스로 수양에 힘쓰고 타인을 공경하라는 게 아니겠소? 이건 유학자와 별로 다를 게 없어 보이는데, 이런 가르침을 충실히 따르는 이들이라면 어느 정도 인정해 줄 만하다고 생각하오."

저건… 뭔가 내 말을 심하게 곡해해서 이해한 거 같은데?

아니면 본인이 숨은 불교 신자라서 자기 유리한 대로 해석한 건가?

아무튼⋯ 토론은 미리 계획한 대로 제대로 반론할 틈도 안 주고 내가 할 말만 한 뒤에 슬쩍 빠졌다.

만약 불승들도 침착하게 오랜 시간 동안 발전한 대승불교의 경전을 인용하거나 자기들의 깨달음을 천천히 풀어내서 반론이라도 했으면 이렇게까지 되진 않았을 거다.

하지만 그들이 정신 차리려고 할 때마다 내가 충격적인 말로 공격하고 그들의 근본을 뒤흔들 주제만 골라서 이야기하니 결국 혼이 빠져 제대로 된 반론도 못 했다.

그렇게 내가 침묵하자 불승들은 여기 모인 사대부들과 난장 토론에 끌려들어 갔다.

저 중엔 아직 유학자면서 불교를 믿는 이가 많을 때라 그런지 각자 의견이 팽팽하게 갈리고 있다.

그리고 기존의 억불파에서도 몇몇이 내 말을 듣고 부처에 대한 인식이 바뀌었는지, 슬쩍 옹호하기 시작한 이들도 보인다.

정음을 사용해 불경을 찍어달라는 승려들의 요청에서 시작된 자리는 유학자부터 승려 모두가 불교와 유교에 대해 맹렬히 성토하는 자리로 바뀌었다.

그중 몇몇은 감정이 격화되었는지 서로 멱살이라도 잡을 기세다.

그러니까… 여기가 불교에서 말하는, 지옥의 아수라장이라는 곳이겠지?

*   *   *

평안도절제사 이징옥은 최근 휘하의 정예 기병 치수에 맞는 철판 갑옷 오십여 벌에 더해 자신의 전용 갑옷과 망원경이란 기물도 몇 개 하사받았다.

그는 이미 신형 갑주는 직접 시연회에서 충분히 성능을 확인했기에 새삼 성상의 은혜에 감복했다.

세자 저하께서 손수 작성하셔서 하사하신 철판갑주술이란 서적도 받았고, 이를 참고해서 직접 기병대를 훈련 중이다.

"이봐! 낙마할 땐 최대한 충격을 줄일 수 있게 구르란 말이다! 안 그러면 크게 다칠 수 있단 말이야!"

철판 갑옷 위에 솜을 댄 보호구를 입은 기병을 반으로 나눠 연습용 창으로 거창돌격 연습 중에 낙마하는 이들이 나오자 이징옥은 그들을 다그치고 있다.

처음엔 눈으로 봤을 땐 조선 말들의 덩치가 작아 갑옷의 무게를 감당하지 못할까 염려도 했었다. 그러나 세자의 설명을 듣고 나니 그건 이징옥의 기우였다.

신형 철판 갑옷은 기존에 사용하던 사슬이 잔뜩 섞인 경번갑 혹은 찰갑과 비슷하거나 조금 더 가벼운 무게라서 훈련에 큰 지장은 주지 않았다.

"낙마 후엔 반드시 주변을 확인하고, 반드시 낙마한 아군끼리 뭉쳐야 한다!"

"창병 대기조, 돌입하라!"

이징옥의 명령에 맞춰 낙마할 인원들을 상대할 창병 오십여 명이 대열을 갖춰 서서히 움직였다.

"너희가 연습한 대로 각자 기량을 보여라!"

낙마한 십여 명의 기병들은 연습용 가검을 들고 있는 이가 절반이고, 나머진 낙마 중에 미처 챙기지 못했는지 맨손인 상태다.

창병들이 먼저 일자진에서 서서히 대열을 벌려 반원의 형태로 변화해 기병들을 포위했다. 훈련용 창이라 날이 서 있지 않지만, 힘이 실린 타격만으로도 충격은 고스란히 전해진다.

"하!"

구령에 맞춰 일제히 창날이 찔러들어 오자 기병들은 이징옥에게 배운 대로 최대한 피격 면적을 줄이기 위한 회피 동작을 취하며 창병들의 품으로 파고들었다.

곧바로 진형이 흐트러지고 창병의 열 안으로 기병들이 파고들자, 곧바로 유지하고 있던 창병의 진형이 반쯤 붕괴하였다. 훈련이긴 하지만 기병들의 역량이 단기간에 급격히 상승한 걸 확인하자 이징옥은 만족하고 훈련을 중단시켰다.

"그만! 거기까지!"

그렇게 금일의 훈련을 마친 이징옥은 철판 갑옷을 입은 기병들과 새로운 전술을 어찌 활용할지 고민에 잠겼지만, 아직은 수가 부족함을 절감했다.

'새로운 기병을 단독으로 활용하려면 백여 명 정돈 더 있어야겠고, 이들을 보조할 경기병도 필요하다. 그러려면 좀 더 많은 흉갑만이라도 필요하겠군. 아니면 저들 모두 기존의 기병들과 합쳐서 편재해야 하나? 이는 결국, 시간이 해결해 줘야할 문제인가……'

이징옥은 전임자 이천에 이어 도절제사에 임명된 후, 최근 북방의 움직임이 심상치 않음을 절감 중이다. 최근 운산 쪽에 금광이 있다는 소문이 퍼졌고 작년엔 강에서 잠채하던 여진족들과 탐사대가 충돌해 야인들을 전부 사살하기도 했다.

'분명 저 야인들의 습성상 죽은 이들의 부족에서 반드시 복수하려고 할 터인데……'

이렇게 전면적인 충돌이 예상되니 이징옥은 직접 보진 못하고 소문으로만 들었던 신형 총통이 있으면 좋겠다고 생각했다. 그런 무기를 만드신 세자 저하의 재지와 군략이 그리도 대단하다고 소문만 듣다가 지난번에 운 좋게 직접 볼 수 있었던 이징옥은 진심으로 감탄했다.

'분명 세자 저하께선 하늘이 내리신 군재(軍材)를 지니셨도다. 그분이 보위를 이으실 분인 게 진정 조선의 홍복이로다.'

약간은 불경할 수도 있는 생각에 잠겨 있던 이징옥의 상념을 깨는 소리가 들렸다. 그의 부관이 서신을 가져온 것이다.

"장군! 여진의 세작 놈을 잡았다는 보고이옵니다."

"뭐라? 그게 정말이냐?"

"예, 방금 파발로 운산 근처에서 세작을 잡았다는 보고가 들어왔사옵니다."

"내가 직접 읽겠다. 이리 다오."

보고의 내용은 이러했다.

조선인인 척하며 운산 주변의 민가에 접근해서 유창한 조선말로 사정을 캐고 다닌 자가 여럿이 다녀가자 이를 수상하게 여긴 이가 최근에 왔던 사람을 밀고했다고 한다. 그렇게 출동한 운산군(雲山郡) 관아 소속 병졸들이 간자를 무려 칠일 동안이나 추격해서 잡았다는 것이다.

처음엔 잡혀온 간자가 모진 고신에도 입을 열지 않아 고생하던 신임 운산 군사(郡事)가 작년에 있었던 진양대군 저주 사건의 심문에 참여한 경력을 이용했다고 한다.

진양대군의 하인들을 심문할 때 사용한 세자 저하의 지혜를 빌어 잠을 전혀 재우지 않는 방법으로 심문했다고 한다.

세작 놈은 그 후 사흘을 넘기지 못하고 자기 소속이 건주위며 그들의 수장 악적 이만주의 지시를 받아 작년에 실종된 사금 채취조를 찾아 왔다고 실토했다고 한다.

"이거 큰일이로군… 그 사건에 이만주가 관련돼 있다면 허투루 볼 만한 일이 아니로다."

"이만주는 여러 해 전에 본거지를 버리고 도망치지 않았습니까? 아무리 이만주라도 쉽게 개입하지 않을 거라고 보입니다만……."

"이는 결코 가벼이 여길 만한 문제가 아니다. 내 직접 조정에 이를 보고하고 지원을 요청해야겠다."

드디어 북방에서 전운이 감돌기 시작했다.

제2장

대산군

　북쪽에서 이징옥이 장계를 보냈는데, 그 내용이 충격적이라 조정이 발칵 뒤집혔다.

　작년 가을에 몰살당한 여진족 잠채꾼들이 이만주의 수하였다고 한다. 오래전부터 조선에 몰래 들어와 금을 모아간 정황이 드러난 거나 마찬가지라, 이만주를 어찌 처리해야 할지 갑론을박이 오간다고 한다.

　내가 기록에서 보기론, 지금 이만주는 호난합달이라고 부르는 산맥에 자리 잡은 것으로 알고 있다. 토벌대를 꾸려도 바로 도망갈 게 뻔하기에 이놈을 꾀어내리면 미끼가 필요하다.

　그래, 이젠 드디어 모아둔 화승총을 꺼낼 때가 온 것이다.

이 문제는 아바마마와 상의하여 처리해야겠다.

"아바마마, 일전에 여진 야인들과 충돌이 있었다는 소식을 들었사옵니다."

"그래, 알고 보니 그들이 이만주의 수하들이었다고 하는구나."

"악적 이만주는 분명 토벌대가 출발하면 바로 명의 권역으로 도망쳐 요동부 건주위 도사의 관직을 이용하려 들 것이옵니다."

"그래, 과인도 그래서 그 문제로 고심 중이다."

"그렇다면 우리가 귀물을 얻었다고 소문을 내는 게 어떻사옵니까?"

"금이 있다고 퍼뜨리잔 말이냐?"

"꼭 금이 아니래도 귀중한 물건이 있다고 믿게 만드시지요."

"기만책을 펼치잔 이야기로구나. 일부러 수송대를 약탈당하게 만들고 방심을 유도해 한 번의 기회를 노리자는 책략이더냐?"

역시 아바마마와 이야기하는 것은 정말 편하다. 내가 어떤 주제를 꺼내도 바로 이해하셔서 이야기가 빠르게 진행된다.

"예, 거기에 소자가 전에 시연한 차전을 응용하면 완벽하게 함정에 걸리는 순간 야인들을 몰살할 수 있다고 사료됩니다."

"으흠… 계획상으론 완벽하구나. 하지만 저 교활한 이만주가 그리 쉽게 속을지는 확신할 수 없다."

"완전히 의심을 놓을 수 있게, 쉽게 당해줘야 할 거 같습니다."

"저항 없이 물자를 내주자는 이야기로구나. 하지만 그편이 더 의심을 살수도 있다."

"그럼 먼저 그럴듯한 전초기지를 그들의 본거지 가까이에 짓고 수레를 이용해 물자를 수송하는 것처럼 위장하시옵소서. 그들이 보이면 수송대는 수레를 놓고 도망치게 하고 이후 본대의 지원군이 쫓는 시늉을 해야 하옵니다."

"흐음… 재래연처럼 병사들의 그럴듯한 연기가 필요하겠구나."

"지난번 재래연에 참가해 연기 경험이 있는 내금위의 병사들도 있사옵니다."

"아, 그랬었지… 하지만 실전은 전혀 다른 법이니, 쉬이 결정할 문제가 아니로다."

"작금의 사태와 별개의 안건이긴 하지만, 재래연으로 군사 훈련을 같이하는 방도도 있사옵니다."

"그래? 설마 옛 전투를 재래연으로 만들어 군사들을 훈련하려 하느냐?"

"예, 그렇사옵니다."

"그것참 좋은 방법이로구나! 해마다 산으로 강무에 나서지 않아도 되니, 소모되는 재정을 아낄 수 있겠다."

저게 강무보다 재정이 더 나갈 텐데? 이건 아버님이 너무 쉽게 생각하신 것 같다.

아니면 귀찮게 멀리 나갈 필요가 없어서 좋아하시는 건가? 아무래도 궁 외곽이나 흥인문 같은 데서 규모를 줄여서 해야 겠구나…….

아무튼, 이렇게 하나의 일로 여러 가지 효과를 노려야 좋지 않겠어?

이게 다 미래에 양덕이라고 불리는 재현 전문가들 덕이다. 이들 덕에 철판 갑옷도 만들고 새로운 군사훈련법도 만들게 됐으니 정말 고맙기 그지없다.

그렇게 독대를 마치고 자선당으로 돌아가려는데 철판 갑옷 을 걸친 내금위 병사 두 명이 보인다.

오… 덩치 큰 이를 골라 저리 입혀놓으니 뭐라 말할 수 없 는 멋이 풍겨온다. 드나들 때마다 눈 호강 제대로 하는구나.

저들이 입은 건 북방 기병대가 받은 양산품과 기본 형태는 같지만, 왕실 의장용으로 만든 화려한 문양이 빼곡하게 들어 간 휘장과 견폐를 걸치고 있다. 거기에 환도와 창만큼은 조선 의 제식 무기를 착용 중이라, 뭐라고 설명할 수 없는 동서 조 화의 미가 느껴진다.

잠시 구경 좀 더 해볼까? 이 김에 내금위는 어떤 체술이나 검술을 쓰는지 알아봐야겠다.

"이보게, 거기 군관."

"예, 세자 저하."

"내가 요즘 체술과 검술을 모아 그 기예를 서적으로 집필 중인데, 그대의 검술을 한번 견식할 수 있겠나?"

"예? 그… 그것이… 소관은 공무 중인지라, 세자 저하의 요청은 들어줄 수 없사옵니다."

음? 원칙적으론 맞는 말이긴 한데 왜 저리 당황해? 설마?

"이보게, 자네 이름이 뭔가?"

"소관은 김가 경홍이라고 하옵니다."

"그럼 검술은 됐으니 자네 검 상태를 내가 점검해 볼 수 있겠나?"

"소관은 공무 중인 위병의 의무를 지키기 위해, 함부로 무기를 건네 드릴 수 없사옵니다."

"그래? 그것참 훌륭한 마음가짐이네."

"소관은 언제나 의무를 다하기 위해 노력 중이옵니다."

"그럼 검을 건네주지 않아도 되네. 그 자리에서 그냥 뽑아서 내게 보여주기만 하게."

"그… 그것은……."

"안 될 사정이라도 있나? 내가 이런 요구하는 것도 부당하다고 생각하나?"

그러자 옆에 짝을 지어 근무를 서던 이가 뭔가 알고 있는지, 차마 더 보지 못하고 고개를 돌렸다.

"어서! 그대가 의무에 충실하다 한들, 세자로서 아바마마의 신변을 보호하는 위병의 무기 상태를 보려 하는 내 요구가 불합리한가?"

그러자 김경홍이 환도를 뽑아 들었는데, 역시 내 예상대로 손잡이와 두 치 정도 길이의 날만 남아 있고 나머지 부분은 보이지 않는다.

"네놈이 정녕 제정신이 아니로구나. 위병으로서 기본은커녕, 주상 전하를 위험에 빠뜨린 대역죄를 저지른 거나 마찬가지다."

"……."

"이봐! 옆에 자네! 그대도 당장 검을 보이게!"

그러자 옆에 있는 이도 검을 뽑아 보였는데, 다행히도 그는 온전한 검을 패용하고 있었다.

"이보게, 김 시위. 이런 경우엔 군의 법도를 어찌 적용해야 하나?"

"일단 죄인은 파직한 다음 태형 오십 대 이상의 형에 처하고, 그 후 경위를 참작해 운이 좋으면 백의종군하기도 하지만 보통 양인이나 천인으로 강등될 만한 죄가 됩니다."

"생각보다 죄가 가볍게 처리되는군. 대역죄에 따른다 해도 모자랄 판인데……."

"자선당 입직 시위들은 항상 소관이 철저히 검사하여 이런 무도한 이가 없습니다. 소관도 이런 짓을 저지르는 이들이 일부 있다는 걸 들어 알고 있어 철저히 했지만, 모두를 단속할 수 없었나 봅니다."

설마하니 기록에서 봤던 칼날 줄이기를 하는 이가 작년에 그 사건을 겪고 나서도 이리 남아 있을 줄 몰랐다.

법령으로 엄격히 정해 다시는 이런 짓을 하는 이가 나올 수 없게 해야 한다.

난 그렇게 그날 내금위장과 김경손의 도움을 받아 불시에 궁 상주 병력을 검사했다. 이후 칼날을 멋대로 줄여 차고 다니던 이들 세 명을 더 적발해서 사헌부에 고발했다.

아버님도 화가 나셨는지 적발된 인원 전부 삭탈관직하고 태형을 가한 후 양인으로 강등시켜 버렸다.

그리고 아버님은 내 건의에 따라 법으로 칼날의 길이를 규정하고, 군에서 사용하는 장비의 규정을 전부 정해 통일하겠다고 하셨다. 앞으로 생산되는 무기들은 실전을 위해 지금보다 더 길고 무거워지면서 전부 같은 규격을 지키게 될 거다.

기록에 나오길, 이 일은 나중에 내가 왕위에 올라 시행했던 일이라고 한다. 하지만 이런 걸 역사에 맞춰 미룰 수는 없다. 병사들이 '나 하나쯤이야'라고 하는 심리가 얼마나 위험한지 잘 알기 때문이다.

며칠 후 이만주에 대한 조정의 방침이 정해졌다. 이징옥의 지휘하에 이만주 토벌군을 결성하여 훈련을 시작하되, 명군의 개입을 고려해서 출병 시기는 신중하게 골라 처리할 것이라고 한다. 명과 사이가 잘 안 풀리면 이번 해엔 출병 못 할 수도 있을 거 같다.

사실은 나도 전쟁에 나가보고 싶긴 하지만 세자의 신분으론 할 수 없다. 내가 보위에 오른 몸이라면 친정 형식으로 갈 순 있겠지만, 지금의 나로선 절대 불가능한 일이다.

그러니 병법이라도 더 공부해 이징옥에게 알려주는 수밖에 없겠다.

그리하여 토벌군에 참여할 군기감 소속 총통병에게 새로 화승총 오백 정이 증여되어 한창 연습에 매진 중이다. 기존의 시범적으로 사용되던 화승총과 별개의 물량이라 다 합치면 칠백 정가량 나올 것 같다.

지금은 미래에 내가 주도해 화약 무기 전문병만 모아 만든 총통위가 없으니 이런 부분이 불편하다. 총통위 설립은 아버님이 1445년에 윤허하셨다고 하니 아직 멀었다. 나중에 기회를 봐서 한 번 더 허락을 구해봐야겠다.

그래, 당장은 내가 하고 싶은 걸 전부 만들 수는 없다. 그러니 이들을 미래의 총통위라고 생각하고, 열심히 훈련시켜야겠지.

오래간만에 장영실을 찾아가서 앞으로 만들 무기에 관해 이야기나 해봐야겠다.

"저하, 소관이 저하를 위해 준비한 것이 있사옵니다."

"내게 선물이라도 주려는 것인가? 내 항상 그대에겐 신세만 지는구려."

"아니옵니다. 저하께서 비루한 소관을 항상 보살펴 주셔서 이런 과분한 자리에 올랐으니, 그 덕에 시간 여유가 생겨 새로 궁리해 본 것의 시제품이 나와 진상하려 하옵니다."

"그게 대체 뭔데, 이리도 낯부끄러운 말을 다 하나?"

"이것이옵니다."

장영실이 내게 보여준 건 수석식 총인데, 미래에 권총이라 부르는 것과 비슷하게 짧아졌다…….

"……."

말이 나오지 않는다. 아무리 그래도 그렇지, 1년 만에 내가 얼핏 말했던 마상용 소형 총을 만들어 내다니… 정녕 이 사람이 파직당했으면 조선이 어찌 됐을까?

"이것은 하나뿐인 총열과 부싯돌 문제로 양산할 수 없어, 오직 세자 저하만을 위해 제작한 한 정뿐인 총통이옵니다."

뭐? 그런 귀한 걸 날 위해 만들었다고?

"소관이 세자 저하께서 겪었던 흉사에 대해 생각해 보니, 아무래도 저하의 호신 무기가 필요할 것 같아 연구를 시작해 이리 만들어보았사옵니다. 최근 석탄이 끊이지 않고 들어오기 시작해 강철 총열의 단조식 제작을 시도하다 운이 트여 단한 정뿐이지만 내구 시험을 통과했기에 이걸 진상품으로 결정했사옵니다."

뭐라고?

장영실이 오늘 날 여러 번 놀라게 한다. 아무리 운이 따라줬다고 해도, 순수 강철로 총열 제작 성공이라니… 지금 조선에서 만드는 판금 갑옷에 쓰이는 재료의 열처리 기술이 조금은 미흡해서 5보 이내의 근거리에서 화승총 일제 사격을 버티기 힘들었는데… 설마 나도 모르는 사이에 야금 기술 수준이 더 올랐나? 아니면 정말 운의 영역으로 단 한 개만 성공한 건가?

이러면 지금부터 통째로 주조해서 총열 제작을 준비하고 총열 천공용 드릴링 머신이라도 만들어야 할까? 증기기관은 아직 없지만 수차식도 있고, 작업에 드는 시간은 좀 더 오래 걸리겠지만 수동 손잡이 회전식으로도 제작할 수 있다.

"허… 내 매번 자네에겐 감탄만 하게 되는구려. 정녕 그대가 있어서 조선의 장래가 밝다고 할 수 있다네. 내 전하께 상신해 상을 내리도록 하지. 그대가 원한다면 품계나 관직도 올려달라고 하겠네."

"사실 소관은 지금의 관직도 버겁다고 생각 중이옵니다. 소관의 출신이 비천하니, 지금이 한계임을 잘 알고 있사옵니다."

"어허… 여태 그대가 세웠던 대공만으로도 자넨 영의정에 올라도 모자라네."

"영의정이라니요… 과분한 찬사는 부디 거두어주시지요."

장영실은 자기가 해낸 일의 대단함을 전혀 모르고 있다. 이 기술의 진정한 가치를 알려줘야지.

"자네가 만든 것의 가치는 단순히 청동을 아끼려고 강철로 만든 게 다가 아닐세."

"그럼, 다른 게 더 있사옵니까?"

역시 이런 말을 하니 잘 넘어온다. 금세 눈이 빛나고 활기찬 모습이다.

"강철 총열은 그저 시작점일 뿐이고, 내가 전에 나무로 실험용 총열을 대롱처럼 만들어 입바람으로 나무탄환을 날리며 여러 가지 방법으로 사정거리를 늘리려고 궁리해 봤는데……"

내 딸 경혜는 이걸 내가 만든 놀이쯤으로 알았는지, 실험 중이던 나무 총열을 달라고 졸라서 그 앙증맞은 작은 입으로 나무탄환을 후후 불어 멀리 날리려고 애를 썼다. 정말 그 모습이 귀엽기 그지없고 흐뭇했다. 그게 미래 말로 딸 바보라고 하던데, 요샌 시집도 보내기 싫어지는 게 정말 난 딸 바보가 맞나보다.

"무엇을 알게 되셨나이까?"

역시 잘 넘어오네, 앞으로 이 방법은 계속 먹히겠어.

"그냥 밋밋한 원통보단 나선형으로 기다란 홈을 파낸 총열이 더 멀리 날아간다네. 탄환이 밀려 홈을 지나면서 강렬한 회전운동을 하더군. 게다가 팽이처럼 앞부분이 튀어나오고 뒤가 평평한 탄환일수록 효과가 극적이었네."

"그렇다면 강철로 된 총열은 홈을 파도 격발의 충격을 충분히 견딜 수 있는 강도에 홈을 새길 수 있는 기술 제반이 갖춰진다는 의미옵니까?"

역시 장영실답게 내 말을 일부만 듣고도 곧바로 이해했다.

"그렇다네. 난 이론만 세우고 지금 적용하기엔 기술에 한계가 있어 그저 시간이 해결해 주길 기다리고 있었다네. 자네가 만든 것은 그만큼 대단한 기물일세."

"사실 소관은 본디 무기 만드는 것을 그다지 좋아하진 않았사옵니다. 예전엔 기물을 만들고 난 후, 그저 제게 제작을 의뢰한 사람들에게 배운 새로운 기술이나 원리를 깨우쳐 제 연구에 도움이 되는 게 좋았사옵니다."

그랬었군, 장영실도 예전에 참 순진했었네.

"하지만 근래 저하께서 새로운 화기들을 고안하셔서 그것들을 하나씩 만들 때마다 왠지 불이 붙는 느낌이 듭니다. 요즘 소관도 미처 모르고 있던 새로운 유희의 감정에 눈뜬 것 같사옵니다."

그거 나랑 같은 밀덕이란 소린데? 정말 훌륭한 취향이군. 이 김에 잠정 1호기로 승진시켜 줘야 할까?

"그런가? 아무튼, 좋은 일일세. 그대 덕에 조선이 앞으로 더 번영하게 될 걸세."

그렇게 서로의 취향에 대해 한참 떠들다 강선을 좀 더 설명하고, 앞으로 사용할 도구 제작에 대해 서로 의견을 나눴다.

강철 총열은 일단 지금은 운이 좋아서 단 한 정이 나왔을 뿐이다. 당장 앞으로 강철 총열과 강선총의 본격적인 제작과 양산은 힘들겠지만, 최소한의 실마리는 잡았으니 희망이 보인다.

이젠 감에 의존한 장인 개인의 기량만 의지하면 안 된다. 모두가 이해할 수 있는 계량화된 지식과 기초적인 선반이나 발달된 공구들을 공부해서 서서히 도입할 때가 온 것 같다.

*　　　*　　　*

경주 쪽에 유황 광산이 있다고 하니, 본격적으로 화승총이 제식 무기로 채택되기 전에 개발해 봐야겠다. 하지만 유황이 생겨도 지금 조선엔 초석이 부족하다.

지금 조선에 비축된 염초가 3천 근이 넘으니 꽤 많다고 볼 수도 있지만, 실제로 해마다 소모되는 양이 많아 현상 유지도 못하고 점점 줄고 있다. 그러니 이 정도의 비축량으론 전쟁이 일어나면 감당하기 어렵다.

현재 조선의 염초 재료 획득은 군기감 소속 취토장(取土匠)들이 민가의 변소나 아궁이 밑 혹은 마루 밑에 쌓여 숙성된 흙들을 강제로 약탈하듯 닥치는 대로 긁어내어 모으는 방식이 대부분이다.

이들은 왕명을 명분 삼아 사대부의 집도 딱히 가리지 않고 쳐들어가기 때문에 악명이 자자하고 성질이 사나운 이들이 많다.

명에서 초석이 많이 나오는 건 원래 알고 있었지만, 사전에서 보니 아직 발견되지 않은 신대륙의 남쪽이나 인도에서도 초석이 잔뜩 나온다고 한다. 나중에 내 계획이 성공하면 무슨 수를 써서라도 인도에 가봐야 할 것 같다.

아무래도 질소 고정법이라고 부르는 고도의 첨단 기술이 개발되기 전까진 조선에서 쓸 건 역시 숙성된 흙에서 염초를 얻는 취토법밖에 답이 없다.

게다가 사전에서 본대로 염초밭을 만들어도 총포에 쓸 만하게 숙성된 재료를 수확하려면 최소 1년에서 3년 사이의 오랜 시간이 필요하다. 그렇게 오랜 시간이 걸린 염초 숙성도 기후나 환경에 영향을 받아서 실패할 확률도 꽤 높다고 하니, 좀 더 여유를 가지고 실행해 봐야겠다. 쑥 뿌리에다 오줌을 싸서 만드는 법도 있다고 하는데, 밭을 만들면 같이 시도해 봐야겠다.

그런데 뭔가 더 특별한 방법이나 재료는 없을까? 구아노? 인광석? 조선에 그런 게 어딨어……. 전에 알아보니 철새 똥이 오랜 시간 모여 퇴적된 거라는데.

후세에 독도라고 부르는 동해의 바위섬에 있다고 보긴 했었는데, 지금 조선의 기술론 캐긴 힘들어서 포기했었다. 다만 이런 중요한 자원이 있는 섬을 버려둘 수는 없으니, 앞으로 독도에 지속적으로 신경을 써야 할 것 같다.

뭐? 박쥐들 똥이 모여 퇴적된 것도 재료가 된다고?

지금 조선에 박쥐 인광석이 얼마나 있을진 모르지만, 지금은 사람 손이 닿지 않는 산속에 동굴이 많다. 죄다 가리지 않고 수거하면 당분간 대량의 화약을 만들 수 있을 거다.

인광석은 농사에도 유용하게 쓸 수 있지만, 아마 비료를 대량 생산할 정도의 양은 나오지 않을 테니 당분간 이걸로 화약 제조에나 전념해야겠다.

그 대신 그동안 남의 집 변소랑 바닥을 찾으러 다니던 취토장들은 산속을 헤매게 생겼네… 갈려 나갈 이들에게 명복을…….

아니다.

조선의 산속엔 호랑이를 비롯해 여러 해수(害獸)가 득시글대는데, 저들만 보내면 큰일 난다.

"그래서… 군기감 소속 화승(火繩) 갑사와 취토장을 굴 탐사에 투입하고 싶다고?"

"예, 아바마마. 소자가 이번에 화약을 새로 비축할 방안을 연구했사옵니다. 동굴에 오랫동안 쌓인 박쥐나 짐승들의 변이 모이면 단단한 돌처럼 변한다고 하니 그걸로 시험 삼아 화약을 만들어보려 하옵니다."

"그래? 동굴같이 좁은 공간에선 짐승의 변이 오랜 시간 동안 쌓여 굳어 있을 법도 하니 시도해 볼 만하겠도다."

"이건 다른 사안이옵니다만. 화기병들을 현재 총통병(銃筒兵)과 화승병(火繩兵)으로 나누어진 기존의 소속에서 분리한 후, 그들을 전부 모아 독립된 편제를 창설하는 게 어떨지요?"

"으흠… 과인도 최근 신형 총통, 세자가 화승총이라고 부르는 총통의 생산이 점점 늘어나고 있음을 알고 있다. 그리하여 과인 역시 새 편재에 대해 생각하고 있었다."

"예, 그렇다면 소자는 현명하신 주상 전하께서 하시는 결정에 따를 뿐이옵니다. 하오면 그들 중 일부를 주기적으로 착호갑사(捉虎甲士)로 전환해, 군사 훈련도 할 겸 민생을 안정시키며 짐승의 가죽으로 재정에 보탬이 되게 만들면 될 것이옵니다."

"역시… 향이 넌 항상 일을 시작하면 그걸로 여러 가지의 효과를 보려 하는구나. 그 부분은 선대왕마마와 무척 닮았어……."

내가 할아버님하고 닮았다니… 이게 할아버님을 존경하는 아버님의 입장상 분명 칭찬일 텐데, 뭔가 조금 기분이 이상하다.

"예, 소자는 한 번에 확실히 하나씩 하는 것도 좋지만, 하나로 여러 가지를 얻어야 좋다고 생각하옵니다."

"그래, 네 제안은 과인이 신료들과 상의하여 처리할 것이다."

"성은이 망극하옵니다."

*   *   *

장기동은 군기감 소속 화승총 갑사(甲士)다.

그는 군기감에서 옛 소총통을 가장 잘 다루던 갑사다. 그

덕에 갑사 중에서 제일 먼저 신형 총통을 하사받아 연습했다. 신형 총통의 첫 시연회에선 주상 전하의 안전에서 뛰어난 방포 기량을 보여 하사품을 받은 자랑스러운 경력을 지니고 있기도 하다.

'그런데, 대체 내가 왜…….'

장기동이 평소에 똥통병이라고 무시하던 취토장들을 호위 중이다. 그것도 모자라 강원도 삼척도호부의 첩첩산중에 오게 됐으니, 장기동은 분통이 터질 노릇이었다.

'같이 뽑힌 다른 동기들은 한양 인근의 산으로 갔는데, 나만 재수 없게…….'

그렇게 장기동은 연신 한숨만 내쉬었다. 그러자 취토장 김재성이 말을 걸었다

"이봐, 장가야."

"왜 부르냐? 똥 도둑놈아."

"이놈이… 감히, 네가 지금 쓰는 화약이 뭐로 만드는지는 알아? 어디서 그딴 망발이야?"

"그게 뭐든 간에, 네놈들이 백주 대낮에 아무 집이나 들이닥쳐 갖은 패악은 다 부리고 똥간 밑을 긁어 훔쳐 오니 똥 도둑놈이지."

취토장 중엔 간혹 민가에서 뇌물을 받아서 봐주고 다른 집으로 가는 이들도 있다. 그런 불한당과 싸잡혀 취급받았다고 생각한 김재성은 분노했다.

"이 새끼가……."

"오? 그러다 한 대 치겠다? 가뜩이나 계속 따라가기 싫었는데, 한 대 쳐봐라."

말없이 그들의 다툼을 지켜보고 있던 갑사 박장현이 수상한 낌새를 느끼고 조용히 말했다.

"이봐! 잠깐… 조용히 해봐라. 조금 전부터 산새 소리 하나 들리지 않는다."

그 말의 의미를 늦게나마 이해한 둘은 곧 입을 다물고 주변을 둘러보았다. 같이 산속을 걷던 일행 모두 사태를 파악하자 짐을 실은 나귀들을 중심으로 원진을 짜고 주변을 경계하기 시작했다.

나귀들도 뭔가 냄새를 맡고 겁을 먹었는지 곧 조용해지고, 풀벌레 소리마저 사라진 적막한 숲속은 이들의 공포를 더 부채질하기 시작했다. 심장 소리와 침을 삼키는 소리가 증폭되어 들리니, 모두 극도의 긴장 상태에 빠졌다.

장기동은 난데없이 발생한 이 상황이 미칠 지경이다.

'재수도 옴 붙었지. 한낮에 산군(山君)이랑 마주치다니… 제기랄! 아직 장가도 못 갔는데…….'

그렇게 모두가 손끝 하나 움직이지 못한 채로 2각 정도가 지나자 그제야 새소리가 들려오고 평상시의 숲의 분위기로 돌아왔다.

"휴… 아무래도 산군이 우릴 지켜보기만 한 건가?"

예전에 호랑이 사냥꾼을 하다가 발탁되어 갑사 신분으로 군기감에 들어온 박장현이 말했다.

"조심해야 한다. 지금은 우리의 수가 많아 관찰만 한 거고, 틈을 보이면 언제든지 습격당할 수 있다. 이제 용변도 모두의 경계하에 시야에 들어오는 자리에서 봐야 한다."

장기동이 그제야 긴장이 풀렸는지 되는대로 욕지거리를 내뱉었다.

"이런 시발, 이젠 똥도 제대로 못 누게 생겼네. 내가 전생에 무슨 죄를 지어 이런……."

"야! 이 무식한 장가 놈아! 전생 따위 없다고 세자 저하께서 말씀하신 것도 몰라?"

"엉? 전생이 없다니 무슨 소리야, 그게?"

그러자 김재성이 비웃듯이 말했다.

"지난번에 저하께서 중놈들을 도성에 초대하고 친히 하신 설법 내용도 몰라?"

"내가 그런 덴 관심이 없어서 모른다. 어쩔래, 이놈아?"

"쯧쯧쯧… 우리 세자 저하께서 어디 보통 분이시냐? 무려 삼 일간 이승을 떠났다가 돌아오셨잖냐."

"그거야 나도 알지, 조선팔도에 그 이야기 모르는 사람도 있냐?"

"아무튼, 그래서 세자 저하께서 직접 겪으신바… 사람이 죽으면 아무것도 없고, 지옥도 극락도 없다고 직접 설파하셨단다."

"그럼… 여태 내가 스님들한테 배운 게 다 거짓이란 말이냐?"

"그게 알고 보니, 부처의 가르침이 중원을 거쳐 들어오면서 다 날조되어 변한 거라던데?"

장기동은 여태 독실한 불교 신자로 살며 지옥에 가기 싫어 자주 절에 가서 설법도 듣고 봉록 일부를 꾸준히 절에 시주하면서 살았다.

"그게 다 거짓부렁이었다니… 이 땡중 놈들을 당장……."

"야! 이놈아! 그러려면 여기서 살아 나갈 궁리나 하자고."

"그래… 내가 여기서 죽으면 중놈들에게 여태 가져다 바친 쌀도 전부 떼먹히겠지."

승려들에 대한 분노를 핑계 삼아 장기동은 남들에게 강한 모습을 보여주려 애를 썼다.

그렇게 한참을 경계 태세를 유지하면서 이동하던 일행은 호랑이의 발자국을 발견했다.

"허… 이건 평범한 산군의 체격을 아득히 초월한 크기인데……."

사정을 잘 모르는 이들이 박장현에게 물었다.

"대체 얼마나 크길래 그러나?"

"보통 산군의 발자국을 보고 무게를 가늠하는데, 흔히 볼 수 있는 산군들이 사오십 관(약 150에서 187㎏) 정도 나간다. 그런데 이건 아무리 봐도 팔십 관(300㎏)에 가까워 보인다. 아무래도 이건… 나도 말로만 들어본, 장백산 이북에나 산다는 대산군(大山君) 같다."

그러자 장기동이 끼어들며 욕설을 날렸다.

"이런 시발! 그런 놈이 왜 여기까지와?"

"아마 살던 곳에서 더 강한 놈이 생겨, 영역 싸움에서 지고 여기까지 내려왔겠지."

"이런 괴물보다 더한 놈도 있다고?"

"일단 내 추측이지만, 이놈은 덩치도 크고 적당히 나이가 들어 교활한 놈일 거다. 아까도 우릴 관찰만 하다 갔으니, 틀림없이 인내심도 뛰어날 테고……."

"잠간… 호랑이 거처는 대부분 동굴 아니야?"

"그래, 네 말이 맞다."

"그럼 우리가 공무 수행하다 보면 필연적으로 그놈의 소굴에 맞닥뜨리게 된다는 소린데… 이런 젠장!"

"아마 그렇게 되겠지. 한시라도 빨리 잡아 죽이던가… 아니면, 우리가 일을 마치기 전까지 조용히 있어 주길 바라는 수밖에 없다."

"아… 내가 어쩌다 이런……."

"불평은 그만하고, 우리가 할 일부터 하자고."

군기감 탐사대는 먼저 적당한 시야가 확보된 산기슭에 평탄한 자리를 찾아 본거지를 정하고 막사를 설치했다. 그리고 호랑이에 대비해 가시덤불을 모아 작게나마 담장도 만들었다.

그래도 혹시 몰라 미끼로 쓰기 위해 나귀들을 항상 담장 밖에 두고 야간엔 날이 밝아지기 전까지 두 시진(4시간) 정도를 기준 삼아 교대로 잠을 자며 절반의 인원들이 감시에 나섰다.

"이런 시발! 잠이라도 좀 제대로 잘 수 없나?"

장기동은 이런 상황에 불평한들 전혀 나아지는 게 없다는 걸 잘 알고 있다. 하지만 이렇게라도 하지 않으면 미칠 것 같아서 자제를 못하고 있다.

장기동은 취토장들이 박쥐가 살 만한 동굴을 찾는 임무를 도와 사주 경계를 하다가, 이상한 걸 발견하고 같이 경계 중이던 박장현을 작은 소리로 불렀다.

"이봐!"

"왜 그러지?"

"여기 이것 좀 봐줘."

장기동이 가리킨 곳엔 커다란 나뭇등걸에 어마어마한 크기의 발톱 자국이 길게 나 있고, 아래 그리 오래된 것 같지 않은 변이 수북이 쌓여 있었다.

그리고 전에 본 커다란 발자국 옆에 크기를 그대로 축소해 놓은 듯한, 앙증맞게 작은 발자국도 찍혀 있었다.

"이런… 개호주를 데리고 있는 산군이었나 보군."

"그게… 무슨 말이야?"

"호랑이 새끼가 있단 말이다."

"어… 내가 잘 모르긴 하지만, 새끼를 데리고 있는 짐승은 극도로 위험하다고 하지 않나?"

"그래, 이 발톱 자국과 똥도 침입자들에게 알리는 영역표시 겸 경고의 의미다."

"이런 시발……."

"총통 관리만 잘하면 수가 많은 우리가 전면전에선 유리하다."

"산군은 사람이 여러 명 있으면 모습을 숨기잖아?"

"그래, 네 말대로 산군은 무리에서 떨어진 사냥감만을 집요하게 노리지. 어떤 산군은 사냥감 하나만을 쫓기 위해 사흘 이상 잠도 안 자고 산을 여러 개 넘어 추격하기도 한다."

"아, 진짜……."

장기동의 몸이 벌벌 떨리고 있다. 그는 여태 욕지거리를 내뱉고 억지로 강한 척하면서 그나마 버텼다. 하지만 최상급의 포식자가 자신을 노리고 있다고 생각하니, 이제는 도저히 버틸 수 없었다.

"이봐! 정신 차려라, 난 예전엔 총통도 없이 단신으로 창 한 자루에 의지해 산군과 맞서야 했다. 그 시절과 비교하면 지금은 사람도 많고 저하께서 고안하신 신형 총통도 있으니 여러모로 유리한 상황이다."

"그… 그래… 맞아! 이게 있었지."

"혹시 모르니, 염초쟁이들도 나무창을 만들어 들게 해야겠다. 너도 도와라."

"그래… 고맙다! 내가 살아 돌아가면 앞으로 형님이라 불러

줄게."

장기동은 몇 년 전 사냥 훈련인 강무에서 몰이꾼을 하다 운 좋게 주상의 눈에 띄어 군기감에 들어온 박장현을 내심 인정하기 싫어했다. 장기동의 나이가 더 어리지만 항상 자신의 경력을 내세워 그에게 반말을 썼다.

"멍청한 소리… 그런 말 하는 놈이 산에서 더 일찍 죽는다. 흰소리는 나중에 하고, 어서 몸부터 움직여라."

"그… 그래, 이봐! 다들 여기 모여봐!"

그렇게 탐사대 일행은 무장하지 않았던 취토장들 역시 인근의 나무를 모아 깎아서 창을 만들어 무장시킨 후 이동했다.

그동안 다른 인원들이 막사 주변에 함정을 몇 개 파두었지만, 며칠이 지나자 네 군데의 함정이 전부 망가지고 산군의 발톱 자국이나 똥이 그 위에 남아 있었다.

"이놈이 우릴 말려 죽이려고 하는 거야! 이런 씨……."

"애초에… 저런 조잡한 함정으로 산군을 잡을 수 있다고 생각한 것 자체가 무리였다."

그 후 가끔, 밤마다 가까운 곳에서 낮은 울음소리가 들려왔다. 그런 날엔 모두가 밤을 뜬눈으로 지새우며 경계에 나서야 하니 다들 한계에 다다르고 있었다.

그렇게 탐사대는 산군의 공포와 맞서면서 약 스무날 정도 더 산을 뒤지다가 동굴을 발견했다. 새로 발견한 동굴 입구엔 아무렇게나 찢어 발겨진 옷가지들이 널려져 있었다.

"이런… 원래 사람 피 맛을 봤던 산군이었군. 어쩔 수 없다. 여기서 우리가 산군을 처치 못 하면 인근의 사람들이 계속 죽어나갈 거다."

일단 위험한 것이 있을까 하고 동굴 안을 수색하려던 차에, 장기동은 강아지 크기만 한 호랑이 새끼가 옷가지 더미 안에 숨어 있던 것을 발견했다.

"이봐! 내가 개호주를 찾았어!"

"이것 참 이상하군."

"뭐가 이상하다는 거야?"

"본래 이 정도 크기의 개호주면, 산군 한 쌍이 같이 키운다. 개호주가 자립할 만큼 자라야 각자 새로 영역을 만들어 헤어진다. 그전까진 한 쌍이 교대로 살피면서 개호주에게 절대 눈을 떼지 않는다."

"그래?"

"여긴 짐승의 사체도 안 보이고 최근 포식을 한 흔적도 없다. 아무래도 우리가 산군의 영역에 가까이 들어오자, 우릴 경계하면서 사냥을 못 하고 있었나 보다. 결국… 굶주리다 못해 어쩔 수 없이 사냥을 나간 사이에 우리가 들어온 거 같군."

"그럼 개호주가 여기 혼자 있는 건, 산군이 짝 없이 새끼를 혼자 키우고 있다는 거 아닌가?"

"아무래도 자세한 건 알 수 없지만, 그런 듯하군. 일단 개호주를 우리가 잡았으니 충분히 승산이 있다. 놈은 함정인 걸 알아도 반드시 여기로 돌아올 수밖에 없어."

그렇게 모두가 박장현의 지시에 따라 동굴 주변에 함정을
설치하고, 개호주 한쪽 다리에 상처를 낸 후 끈으로 나무에
묶어 비명을 지르게 했다.

— 캬오오옹! 캬아아! 캬아앙!

상처 난 새끼가 울기 시작하니 맞은편의 산 쪽에서 우렁차
다 못해 조금은 스산한 울음소리가 들린다.

— 어흐으옹! 으르르르……

탐사대 모두는 온몸에 진흙을 발라 철저하게 냄새를 지우
고, 만약을 대비해 개호주의 냄새마저 묻혔다. 인광석을 파야
할 도구들로 땅굴을 파고 위에 나무와 풀을 덮어 숨어 있던
이들은 대호(大虎)의 분노 어린 포효에 본능적으로 공포를 느
껴야 했다.

— 카~오옹! 캬르르…….

— 으르르룽…….

새끼의 울음소리가 들릴 때마다 호랑이의 낮은 울음소리도
대답하듯이 들려온다.

그때 박장현이 속삭이듯 말했다.

"이봐… 다들 잘 듣게나, 내가 아까 당부한 대로 산군이 사
정거리 안에 들어오기 전엔 총통을 절대 꺼내면 안 돼…….'

호랑이는 쇠 냄새에 민감하여 본능적으로 쇠붙이를 가진
사람들의 곁에는 접근을 꺼린다. 그래서 지금 총통 갑사들은

전부 박장현이 일러준 대로 화승총을 옷으로 말아 감싼 후, 겉에 진흙으로 바르고도 만약을 대비해 화승총을 진흙 바른 몸으로 감싸고 있다.

미리 작은 등(燈)에 불을 붙여 불빛이 바깥으로 새지 않도록 작은 구멍을 파서 넣었다. 꺼지지 않게 약간의 틈만 남기고 나뭇가지와 나뭇잎으로 덮어서 조치했다.

박장현은 지금 계절이 봄인 걸 감사했다. 만약 겨울이었다면 입김을 처리하기 위해 입에 눈을 계속 머금어야 하고, 지금처럼 함부로 옷을 벗어서 진흙을 바를 수도 없었을 거다.

호랑이의 울음소리가 점점 가까워지고 곧 눈으로 보이는 거리에 직접 모습을 드러냈다.

장기동이 작게 속삭이며 감탄인지 한탄인지 모를 말을 내뱉었다.

"맙소사……."

"나도 저리 큰 놈은 처음 보는군."

"얼추 보기엔 크기가 십 몇 자는 넘어 보이는데……."

"내가 보기엔 꼬리 길이 빼면, 십여 자(약 3m)에 조금 못 미치겠군. 그래도 내가 살면서 본 놈 중에 가장 큰 산군이다. 역시… 대산군이란 별칭이 아깝지 않군."

드디어 호랑이가 유효 사정거리 안에 들어와서 새끼를 묶은 끈을 이빨로 물어뜯으려는 순간, 모든 갑사는 신호에 맞춰 일제히 화승총을 꺼낸 후 숨겨둔 등을 꺼내 차례대로 화승에 불을 붙였다.

그 순간 뭔가 이상한 눈치를 채고 호랑이가 고개를 돌려 살피려는 찰나였다. 신기에 가까울 정도로 숙련된 속도를 발휘해서, 남들보다 두 배 이상 빠르게 장전이 끝난 장기동의 화승총이 불을 뿜었다.

"아직 쏘지—"

— 탕!

장기동은 호랑이의 머리를 노리고 사격했다. 하지만 그 순간 호랑이가 숙이고 있던 고개를 들고 주변을 둘러보는 행동을 하니, 그대로 총탄이 빗나가 왼쪽 앞다리의 윗부분을 맞췄다.

— 크아앙!

상황이 이리되니 호랑이도 앞뒤 재지 않고 뛰기 시작하여 화약 냄새로 순식간에 일행이 숨어 있던 토굴을 발견하고 장기동을 향해 돌진했다.

— 크르르르릉…….

장기동은 자기를 향해 달려오는 거대한 호랑이가 내뿜는 커다란 안광과 울음소리에 질려, 혼이 빠져나간다는 감각이 무엇인지 알게 되었다. 그는 생전 처음 느끼는 압도적인 절망에 무력화되었고 곧 잡아먹힐 거라는 감정에 지배되자 스스로 정신을 보호하기 위해 이성을 유지하는 것을 포기했다.

그 순간 취토장들이 전부 합심해 움직였다. 지붕으로 씌운 나뭇가지들을 걷은 후, 토굴 앞에 풀을 덮어 숨겨둔 창을 세워 호랑이를 저지했다.

호랑이는 분노하여 앞뒤 가리지 않고 달려들다가 창에 찔렸지만, 크게 다치지 않았다. 오히려 잠시 뒤로 물러났다가 다시 한번 도약하며, 온전한 오른쪽 앞발을 휘둘러 창대를 한꺼번에 전부 부러뜨렸다. 그 여파로 창을 들었던 이들이 전부 휩쓸리다시피 넘어졌다.

"으아악!"

"어억······."

"사람 살려!"

절체절명의 순간 뒤에서 장전을 전부 마치고 대기 중이던 화승 갑사들이 박장현의 지시에 맞춰서 일제히 격발했다.

"쏴!"

십여 구의 화승총에서 일제히 화염과 연기가 뿜어져 나왔다.

― 타타타타타탕!!!

근거리에서 여러 개의 탄환에 일제히 피격당한 호랑이는 그대로 꺼꾸러지며 바닥을 뒹굴었다.

― 크르··· 크륵··· 크르··· 크흐······.

탄환이 폐를 관통했는지, 호랑이는 피거품과 바람 빠지는 소리를 연신 내뱉으며 몸부림을 치다가 곧 숨이 넘어가며 절명했다.

"이야아아아!!!"

"해냈다! 우리가 이겼어!"

"우린 살았어! 드디어 살았다고!"

근 한 달 가까이 호랑이의 위협에 시달리던 탐사대원들은 서로 감싸 안고 눈물을 흘리며 기뻐했다.

이번엔 정말 죽는 줄 알고 삶을 포기하고 넋이 나갔던 장기동도 뒤늦게나마 정신이 들었다. 신이 나서 일행에 끼어 같이 어울리려는데, 갑자기 모두가 질색하며 한 발씩 뒤로 물러났다.

"대체 왜들 그러는데?"

"졸지에… 똥오줌싸개 동생이 생겼군."

"야! 이 자식아! 똥오줌 냄새가 여기까지 진동한다. 저리 안 가냐?"

"뭐?"

그랬다. 장기동은 죽음에 직면한 공포에 노출되었을 때, 자신도 모르게 탈분과 탈뇨 증상을 일으켰다. 한마디로 좋지 못한 것들을 잔뜩 지리고 말았단 소리다.

그렇게 다들 계곡을 찾아 진흙으로 더러워진 몸과 의복을 정리했다. 물론 진흙 말고 다른 것으로 더러워진 사람도 있어 시간이 더 지체됐다.

그래도 다들 마음에 여유가 생겨 마냥 즐겁기만 하다.

다들 호랑이 새끼를 죽이긴 꺼렸지만 사람의 피 맛을 본 놈이라 어쩔 수 없이 처분해야 했다. 그리고 대호의 사체는 박장현이 직접 해체하기로 했다.

그렇게 각자 자기 일을 할 때, 취토장들은 호랑이가 살던 동굴 안을 깊이 탐사하기 시작했다. 그렇게 한참 동안 동굴을 살피던 중, 어느 10년 경력의 염초장이의 눈에 뭔가가 들어왔다.

"야! 김가야! 저것 좀 봐라."

"저게 왜? 그냥 바위 바닥 아나?"

"이놈이 산군한테 죽을 뻔했다고 눈도 삐었나?"

김재성이 다시 잘 살펴보니 평범한 바위들과는 뭔가 재질이 다르다. 그는 오랜 시간 동안 흙바닥을 긁어댄 경험으로 이게 절대 평범한 바위가 아닌 걸 느꼈다.

"이게 설마… 저하께서 말씀하신 인광석인가?"

"그런 것 같다. 이 부근 바닥이 전부… 저하께서 일러주신 대로 박쥐 똥이 오랜 시간 동안 굳어 이리된 거 같아."

그렇게 박쥐들이 살다가 호랑이에게 강제로 쫓겨난 동굴엔 인광석이 가득했다.

제3장

미미(美味)

　삼척도호부로 탐사를 떠났던 이들이 대량의 인광석을 확보
했다는 서신이 도착했다. 탐사 도중에 식인 호랑이를 만나 퇴
치까지 했다고 하니, 의도치 않은 좋은 일이 생긴 거 같아 나
도 기분이 좋아졌다.

　나도 그들을 치하하는 내용의 서신을 보내고 호랑이를 잡
는 데 가장 큰 공을 세운 박장현이란 이를 보내 호피와 부산
물들을 도성으로 올리라고 지시했다.

　이 기회에 총통병으로 구성된 착호갑사를 조직하고 해수
에 고통받는 이들을 도와야겠다. 며칠이 지난 후, 박장현이
호피를 가지고 진상하려고 올라와 나와 같이 아버님을 알현

중이다.

"이것이, 그대가 잡았다는 대산군(大山君)의 호피란 말이냐?"

"예, 그러하옵니다, 주상 전하."

"그러고 보니 낯이 익은데… 전에 강무에서 내 눈에 띈 사냥꾼 출신 갑사가 맞느냐? 박장현이라고 했던가?"

나도 예전 강무 때 봤던 저 갑사의 얼굴이 희미하게 기억에 남아 있긴 하는데, 장계를 보기 전까진 이름은 기억 못 하고 있었다. 그런데 아바마마께선 이름과 출신까지 정확하게 기억하고 계시다.

"이 비천하기 이를 데 없는 비루한 엽사(獵師)를 기억해 주시니, 자손만대에 이를 광영이옵니다. 주상 전하의 성은이 망극하옵니다."

"그래, 그대가 전에 날랜 몸으로 강무에서 멧돼지에 다칠 뻔한 이를 구해줬으니 기억이 안 남을 수가 없도다."

멧돼지에 다칠 뻔한 이란 건 다름 아닌 진양대군이었던 이유(李瑈)다. 강무 도중 숲속에서 갑자기 튀어나온 멧돼지에게 그놈이 다칠 뻔했는데, 박장현이 창을 들어 돌진하던 멧돼지를 찔러 사살하고 그놈을 구해줬다.

"그래, 과인이 그동안 산군의 호피는 몇 번 봤지만… 이 정도 크기의 호피는 처음이로구나. 장계를 보니 그대가 없었으면 큰일이 날 뻔했다고 들었다."

"변변치 못한 재주 덕이옵니다."

"과인 앞에서 굳이 겸양할 필요는 없다. 내 기존의 소집형 착호갑사 제도를 새로 정비해 상시 유지하고 그곳의 책임자로 그댈 지명할 터이니 앞으로 책무를 다하라."

"주상 전하, 성은이 망극하옵니다."

"이후… 그대에게 제수할 관직은 차후 신료들과 상의해서 결정할 테니, 일단 대산군을 잡은 이야기나 해보아라. 장계로 정리한 것보다 당사자의 이야기가 생생할 터이니 꼭 듣고 싶구나."

"관직은 미천한 소관에겐 분에 넘치는 자리이옵니다. 부디 거두어주시옵소서."

"그건 그대가 결정할 문제가 아니다. 나라에서 그대를 필요로 해 책무를 다하라고 주는 것이니 사양 말고, 이제부터 과인에겐 신(臣)이라고 칭하거라."

"…성은이 망극하옵니다. 소신 박(朴)가 장현(張炫)! 성상의 은혜에 몸을 가눌 수 없사옵니다."

"자, 이제 산군 이야기나 해보아라."

"예, 그것이……."

난 그렇게 군기감 일행의 실감 나는 산중 생존기를 아바마마와 같이 들었다. 장계와 서신으로 읽은 것보다 훨씬 대단한 이야기라, 나중에 내가 책으로 써보고 싶은 마음이 들었다.

그렇게 군기감이 삼척에서 모은 인광석과 경주 만호봉 인근에서 캔 유황을 모아 예전보다 고품질의 흑색화약을 대량으로 만들 수 있었다.

아직은 화학이 발달하지 않아서 미래에서 쓰는 무연화약 같은 건 만들기가 요원하지만, 지금의 상황에선 나올 만한 최상의 품질이라고 자부한다.

다만 자세히 따지고 보면 조선엔 인광석의 양도 적은 편이고 한번 캐고 나면 박쥐가 다시 모여서 오랫동안 머물러야 다시 생성되니 어마어마한 시간이 필요하다.

그래서 급한 불은 껐지만 인광석만으론 근본적인 초석 부족의 해결책이 되지 못한다.

명국은 우리에게 절대 초석을 공급하려 하지 않으니, 인광석이 떨어지기 전에 염초밭이라도 시험 삼아 만들어서 염초를 조금이라도 더 확보할 방법을 찾아봐야겠다.

*   *   *

"세자 저하, 평안도절제사 이징옥에게서 서신이 왔사옵니다."

"그래, 이리 다오."

이징옥에게 온 서신의 내용을 요약하면 이렇다.

기존에 알려졌던 이만주의 근거지를 염탐하려 했는데, 이미 모두 떠났는지 사람의 흔적도 없단다. 새로운 근거지를 찾아 수색 정찰 중이니, 망원경이 더 필요하다는 요청이다.

내가 알기론 지난번에 갑옷을 보내며 망원경 십여 개 정도를 이징옥과 김종서에게 나눠줬던 것 같은데, 그걸론 한참 모자란가 보다. 앞으론 안경청 장인들만 더 죽어나겠군.

요즘 경주부(慶州府)에선 원래 있던 수정 광산에 수정 수요도 늘고, 더불어 유황 광산까지 생겼다. 부족한 노동력을 충당하기 위해서 인근의 화전을 하다 적발된 이들과 유리걸식하는 가난한 백성들에게 현물 대신 화폐를 주고 일을 시키는 중이다.

얼마 전부터 시전의 점포는 거래 시 화폐를 받도록 조치하고 환전소를 같이 운용하기 시작했다. 그러자 경주에 난데없이 일을 찾아온 유입 인구도 늘고, 시전에 화폐를 쌀로 교환하거나 물품을 사러 오는 이도 많아져 경주의 경기가 호황 중이란 말도 들려온다.

앞으론 구휼미를 무조건 뿌리기보단 적절한 일을 시킨 후화폐로 지급해 시전에 가게 만들어야겠다. 그렇게 하면 분명전부 쌀로만 바꾸지 않고 시전에서 필요한 물품을 화폐로 사는 이가 조금씩이나마 늘게 될 것이다.

이 건에 대해 아바마마께 상신했더니, 아버님도 긍정적으로 평가하셨다. 거기다 요역을 하는 이들에게도 작게나마 임금을 지급해 그들이 시전으로 가게 할 요량이신 듯하다.

　　　　　*　　　　　　*　　　　　　*

유월 초하루에 미래의 기록에도 없던 흠차내사(欽差內史)가 명으로부터 도착했다. 난 이때 실록에서 보았던 6월 3일에 발호한다는 황해도의 황충(蝗蟲: 메뚜기)에 대한 대책을 가상 정책 토론하듯 가장해 성삼문과 박팽년, 하위지와 같이 논의하고 있었다.

　중간에 사신이 온다는 소식은 한 번 들었지만, 이리도 빠르게 도착할지 몰랐던 나는 논의는 제대로 마무리도 못 하고 언제나처럼 사신의 접대 역으로 끌려가야 했다.

　지난 4월엔 사은사가 돌아오면서 칙서를 받아와 본의 아니게 대로에서 무릎도 꿇고, 종계변무 문제는 일언반구의 언급도 없이 이만주를 함부로 건드리지 말라는 웃기는 소리만 들어야 했다. 아무튼 그랬었는데 이번에는 명(明)의 환관 놈이 칙서를 들고 온단다.

　그래서 이참에 이들에게 경험을 좀 쌓게 하려고, 신숙주를 끼워 사육신 셋과 배신자 한 명의 조합을 내 수행원으로 지정해서 데리고 갔다.

　그 와중에, 신숙주가 약간 들뜬 표정으로 내게 물었다.

　"저하, 소관의 임무는 통변이옵니까?"

　"그렇긴 하지만… 나도 대국어는 어릴 때부터 배워서 능통하다네. 자넨 나와 동행한 다른 이들에게 무슨 이야기가 오가는지 통변하게나. 어디까지나 지금은 나라의 동량들인, 그대들의 경험을 쌓기 위해 마련한 자리니."

난 여전히 신숙주가 맘에 안 들긴 하지만, 표정으로 드러내진 않았다. 앞으로 인간 자동 번역기로 죽을 때까지 써먹으려면, 이럴 때만이라도 경험이라도 좀 쌓게 해줘야 한다.

"아참… 그리고, 나와 흠차내관(欽差內官)이 대화하는 것을 빠짐없이 기록해서 정리하면 된다네."

"저하께서 친히 맡겨주신 일이니, 소관이 신명을 바쳐 소임을 다하겠나이다!"

아니… 이건 그냥 일거리 만들어서 괴롭히려고 한 건데…….

신숙주는 자기가 사관이라도 된 듯, 모든 것을 빠짐없이 기록하겠다는 착각에 빠져 있는 듯하다. 원래도 따로 기록하는 이가 있긴 한데… 한 명을 더한다고 문제가 되진 않겠지.

"저하, 이번 사신은 아무래도… 지난번 종계변무의 건 때문에 오지 않았겠사옵니까?"

성삼문이 조심스럽게 사신의 목적을 추측하듯 말했다.

"그렇긴 하겠네만… 내 예측으론 저들은 또 고쳤다고 말하고 그대로 뒀을 가능성이 크네."

"감히 대국이라고 자처하는 자들이 어째서 그런 무도한 짓을 반복하는 것이옵니까?"

박팽년이 약간 흥분한 듯, 높아진 목소리로 질문했다.

"아마도 다른 여러 가지 목적이 있겠지. 하지만 가장 큰 이유는 저걸로 우리의 약점을 잡았다고 생각하고, 그걸 빌미 삼아 무리한 요구를 계속하기 위해서일 걸세."

"그것참… 비렁뱅이 중놈의 후손 놈들이 이리도 무도하게 굴다니… 태조 대왕께서 건재하셨다면 그놈들을 가만두지 않으셨을 것이옵니다."

박팽년이 화가 많이 났는지, 과감하게 명 태조(太祖) 주원장(朱元璋)을 거지 중놈이라고 욕하고 있다. 하긴 이 정도로 담대하니 나중에 아들 복위 운동에 가담했겠지.

그런데 사실, 증조부도 명하고 싸우는 건 피하셨어…….

"이보게, 인수(仁叟)! 말조심하게나! 누가 들으면 어쩌려고 그러나?"

하위지가 박팽년을 나무라듯이 다그치자 박팽년이 당당하게 대꾸했다.

"제가 틀린 말 한 것도 아니지 않습니까? 그 도적떼 두목 놈이야말로 혼란기에 운이 좋아 천명을 차지했을 뿐이지요."

"어허! 틀린 말은 아니지만, 그런 건 우리끼리 은밀한 데서 할 것이지. 태평관(太平館)과 이리도 가까운 데서 말하다가 사신단 통변의 귀에 들어가면 어쩌려고 그러나?"

…둘 다 평소에 명에 대한 인식이 어떤지, 참~ 잘 알 것 같다.

그건 그렇고 나이는 박팽년이 어리지만, 일찍 급제해서 더 선배이지 않던가? 저리도 성격 더러운 박팽년이 저리도 깍듯이 존대하는 거 보니, 하위지가 그리도 무서운 성격인 건가?

집현전 유망주들의 미래가 참으로 밝다… 태평관 근처에서 이리도 당당하게 저런 말을 하다니, 역시 사육신의 기질은 떡 잎부터 남달랐나 보다.

역시… 이 중에서 가장 냉철한 이는 성삼문뿐인가?

"그 곰보투성이 주걱턱 놈이야말로 도적 시절에 태조 대왕께 토벌당해서 죽었어야 했는데……."

성삼문 너마저!

나라의 동량들이 어릴 적부터 이리도 남다르다니, 정말이지… 조선의 장래가 기대된다. 그런데 어떻게 다들 주원장 생김새를 저리도 잘 알지?

그 와중에 신숙주만 조용히 침묵을 유지하고 있다. 그러면서 은근슬쩍 내 눈치를 보고 있는데, 내가 무슨 말을 하면 거기에 동조할 심산으로 보인다.

"다들 진정하고, 일단은 눈앞에 사신 접대의 업무에나 집중하세."

"세자 저하의 고언이 지극히 옳사옵니다. 이보게! 다들 사신단을 앞두고 사감을 함부로 드러내서야 쓰겠나? 사신과 대면할 때 표정에 드러나지 않게 조심들 하게."

내가 태평관에 도착하니 예조에서 나온 수행원들이 날 맞이했고, 난 흠차내관을 만나 인사부터 나눴다.

"먼 길을 오느라 노고가 많았소이다. 오는 길에 불편한 점은 없었습니까?"

"조선에 올 때마다 항상 느끼는 점이지만, 길이 정비가 안 돼 있어서 거동이 불편하더군요."

이 환관은 태감(太監) 황엄(黃儼)이다. 그는 태조 시절부터 지금까지 조선에 밥 먹듯이 드나들었던 나이 든 내관이고, 이미 지난 1월에도 한 번 다녀간 적이 있다.

"북방의 야인들 때문에 길을 함부로 정비할 수 없으니, 그 부분은 대국에서 이해를 해주시오."

누군 길 안 놓고 싶겠냐? 그쪽은 공사하다가 야인 놈들에게 습격 받을까 봐 그런 거지.

"이만주 때문이라면 그는 대국에 귀의해 문제없이 잘 지내고 있지 않습니까?"

"누가 그러더이까? 이만주 본인이요? 얼마 전에 그놈의 부하들이 조선에 들어와 행패를 부리다 전부 사살되었소."

"그게 다… 조선에 귀물이 난다는 소문이 돌아서 그랬다는데, 그게 사실입니까?"

이 탐욕스러운 내시 할아범이 이미 이만주랑 붙어먹었나? 그걸 어떻게 알고 있지? 이 망할 내시 놈은 조선에서 사람을 패 죽인 적도 있고, 내 할아버지 태종에게도 엄청난 무례를 저질러서 두 나라의 관계 악화에 지대한 공을 끼친 전적도 있다.

"금시초문이오만? 이 가난한 조선 땅에 무슨 귀물이 있겠소? 있었다 한들, 전조 고려 때 원에서 다 수탈해 가서 남은

게 있겠소?"

"게다가 그들은 아무 잘못도 하지 않았다고 들었습니다
만……."

"그건 사실이 아니오. 누구든 조선의 땅에서 패악을 부렸으
면 대가를 치러야 하는 법이오. 예외는 없소이다."

그 말을 하며 느긋하게 황엄을 쳐다보니, 그가 갑자기 위축
된 듯 급히 내 눈을 피하기 시작했다.

그래! 너도 예외는 없어. 근데 내가 그렇게 무섭나? 왜 저리
겁을 먹어?

"자자! 일단 복잡한 이야기와 칙서 공개는 나중에 하시고,
음식부터 들고 시작합시다. 내 오늘 황 태감을 위해 특별한
음식을 준비했소이다."

이놈의 출신이 고려계라는 소문도 있던데, 난 그 말 안 믿
는다. 가끔 고려풍 음식 차려줘도 잘 안 먹던 놈이다. 혹여나
정말 그렇다고 해도 저놈이 여태까지 나라에 끼친 해악을 생
각하면 매국노나 다름없으니 당장 두들겨 패고 싶을 정도다.

그래도 앞으로 명에 미당을 팔아먹어야 하고 홍보 대사가
되어줘야 하니 오늘만큼은 극진히 대접해 줘야겠지?

"자, 첫 요리는 연포탕(蓮包湯)이니 이걸 먼저 들고 위를 따
듯하게 보하시오."

"연포탕이라니, 처음 들어보는 탕이로군요."

"소팔초어(小八梢魚, 낙지)로 끓인 탕이라오. 다리 부분이 연

꽃처럼 벌어져 붙인 이름이오. 이 음식은 피를 보충하며 강장 기능에 뛰어나니, 황 태감의 건강에 큰 도움이 될 거요."

사실은 한참 후대에 두부 넣고 끓이던 탕의 내용물이 낙지로 변했다고 한다. 지금 시대엔 내가 처음으로 만들게 한 거라, 한자 표기도 완전히 바꿔 버렸다.

"세자께선 약식동원(藥食同源)에도 조예가 깊으신가 봅니다? 예전부터 학식이 높은 건 알고 있었지만, 의학에도 조예가 이리 깊은지는 몰랐습니다."

"주상 전하께 효를 다하기 위해 공부했던 성과요. 일단 윗부분을 깨서 국물 맛부터 보시오."

황엄이 연포탕이 든 그릇의 뚜껑을 열고 누룽지로 밀봉한 윗부분을 부쉈다. 그러자 낙지의 다리가 연꽃처럼 벌어지고 음식의 향이 폭발적으로 퍼져 나갔다. 이게 다 미래의 지식 덕에 알게 된 식욕 증진을 위한 향기 증폭 방법을 응용한 결과다.

"오오… 이 향기는 대체?"

그렇게 기대에 찬 얼굴로 국물을 한 수저 들이켠 황엄은 이내 충격이라도 받은 것 같다.

"오옷! 오오오오… 아하아……."

그 후 얼빠진 표정으로 눈을 감고 작게 감탄하는 듯한 소리만 내고 있다.

설마… 너도 우주 유영 중이냐?

황엄은 그러고도 한참이 지나서야 눈을 뜨고 간신히 말을
내뱉었다.

"미미! 미미! 미미(美味)!"

*　　　　*　　　　*

황엄은 지금 내가 보기엔, 숨도 제대로 쉬지 못할 정도로
배가 가득한 상태 같아 보인다.

지금 시대엔 없는 미래식 중화 요리 풀코스를 준비했고, 한
사람이 먹긴 과하다 싶을 정도의 양이었는데 그걸 완식하다
니……

황엄에게만 특별히 따로 식사를 준비해 준 덕에 다른 사신
단원이나 수행원들조차 저게 무슨 맛인지 궁금한 표정이었다.
게다가 조선 측 수행원들 역시 마찬가지 심정이었는지 다들
침만 계속 삼키고 있다.

"이것들을 만든 숙수를 한번 만나보고 싶습니다."

"궁중 대령숙수의 솜씨이긴 한데, 내가 그대를 대접하려고
특별히 만들게 한 것이라오."

"그럼… 이 놀라운 요리들을 전부 세자께서 고안하신 겝니
까?"

"그렇소이다. 내 그동안 약식동원을 공부하다 알게 된 이치
를 응용해서 한번 고안해 보았소이다."

"조선이 소국이라고 하지만, 대국에서도 미처 생각지 못한 이런 극상의 진미를 만들 수 있다니… 정말 놀랍기 그지없습니다."

이놈이… 칭찬 한 번 더럽게 기분 나쁘게 하네. 성질 같아선 저놈을 확…….

황엄은 내가 기분 나빠한 걸 눈치챘는지 표정을 바꾸고 슬그머니 말을 돌렸다.

"그런데… 단순히 여기 들어간 재료와 조리법만으론 이런 맛이 나지 않을 텐데, 따로 비결이라도 있는 겝니까?"

역시… 이 내시 놈도 그간 호화스럽게 산 가닥이 있어서 그런지, 나름대로 미식가인가 보다. 바로 핵심을 짚었다.

"그렇소. 아주 귀하면서 특별한 식재가 생겨서 양국의 화평을 위해 힘쓰는 그대를 위해 준비했다오."

"허… 이거 생각지 못한 귀한 대접을 받았군요. 정성이 담긴 환대에 이 노구는 그저 감격스러울 뿐입니다. 그런데… 그 특별하고 귀한 식재가 무엇입니까?"

이놈이 벌써 뭔가 돈이 될 만한 냄새를 맡은 것인지 탐욕스러운 눈빛으로 날 바라보고 있다.

"미당이라 부르는 가루인데, 가치로 따지자면 같은 무게의 황금보다 더 귀하다오."

"…그런 건 금시초문입니다만, 그런 귀물이 있었습니까?"

"그렇소. 원료도 지극히 희귀한 곤포(昆布: 다시마)인 데다,

가공에 열에 아홉 번 정돈 실패한다고 하더이다. 내 자세한 사정은 모르지만, 그저 성공을 천후(天候)에 맡겨야 하는 듯하오."

난 그렇게 천연덕스럽게 사기를 치면서, 주먹보다 조금 작은 비단 주머니에 담은 미당을 황엄에게 보여주었다.

"이게 바로 미당이라오."

"오오… 이것이… 그……."

"이것의 가치는 같은 무게의 황금을 몇 십 배를 쥐도 모자랄 거요."

"이게 대체… 그렇게나 희귀하단 말입니까?"

"그렇소. 내가 요 몇 년 동안 이걸 제작한 자에게 어떻게든 모아둔 양이 쌀 한 되가량뿐이었소."

"중원에서도 어렵게나 구할 수 있는 식재보다 더 희귀하군요."

"게다가 맛뿐만이 아니라 양생에 엄청나게 좋소. 이미 주상 전하께서도 이것의 효과를 크게 보셨소이다."

아버님은 식단 개선과 운동으로 건강해지신 거라 뻔한 거짓말이지만, 이걸로 염분 섭취가 줄어서 건강에 조금은 도움이 됐으니 완전한 거짓은 아닌 셈이다.

"허어… 이리도 완벽할 데가……."

"그래서 이걸 황제 폐하께 진상하려 하니, 그대가 말을 좀 잘해서 올려줬으면 하오."

"그건 당연한 일이옵니다, 세자 저하! 황상께서도 이런 귀물을 진상 받으시면 지극히 기뻐하실 겁니다. 이 태감만 믿으시지요."

갑자기 그간 안 쓰던 저하란 경칭도 쓰는 걸 보니 이놈 역시 떡고물을 바라고 있나 보다.

"그래요. 그걸 황상께 진상하고 조선이 이리도 황상을 생각하고 있다고, 잘 이야기해 준다고 약조하면 나도 이걸 드리겠소."

손바닥의 반 정도 크기의 작은 미당 주머니를 내밀자 황엄은 금세 휘둥그레진 눈으로 손을 떤다.

"내 더 챙겨주고 싶지만… 이건 조선에서 주상 전하만이 드실 수 있고, 극히 희귀하여 칠 일에 한 번 정도나 수라상에 올라간다오. 방금 그대에게 건넨 주머니와 황상께 진상하는 양을 전부 합치면 지금 조선에 남아 있는 미당 양의 삼분지 이는 될 거요."

황엄은 조선의 지존이나 홀로 맛볼 수 있다는 식재로 대접받았다는 우월감에 취했는지, 얼굴에 행복한 웃음이 끊이질 않는다.

그런데 사실은… 사온서 발효실에 가면 잔뜩 쌓여 있다. 미당을 처음 만들었을 때 나온 분량의 삼분의 이가 이 정도일걸?

"혹여… 저하께서 이것의 제조법을 알고 계시나이까?"

"조선에서 곤포를 구하기도 힘든데, 난 뭔지도 잘 모르는 귀한 약재가 더 필요하다고 하더구려. 처음 이걸 만든 이도 얼마 전에 죽어, 그 아들이란 자가 새로 만들어보려고 계속 시도 중인데 기후 때문에 실패 중이라 들었소."

하… 요샌 입만 열면 즉석 설정으로 거짓말이 술술 나오네. 그래도 이게 다 나라를 위한 거니까 어쩔 수 없겠지?

그건 그렇고… 다시마로 MSG를 만들려면 산 분해를 해서 추출해야 하는데, 지금 시대에 그게 되겠어? 저놈이 명국에 가서 이걸 만들어보겠다고, 비싸고 희귀한 다시마를 모아 온갖 삽질을 다 하면 나야 고마울 뿐이다. 게다가 다시마에서 우려낸 맛이 MSG와 비슷하긴 하니, 자체 제조에 실패해도 내 쪽에서 면피할 구실도 될 거다.

"아무튼, 조선이 이리도 황상을 위하고 있는 걸 이 노구도 잘 알겠으니 걱정하실 것 없소이다."

"아참! 내 깜박 잊고 사용법을 이야기 안 해줄 뻔했소이다."

"저하께서 친히 알려주시니, 영광으로 알고 이 노구가 깊이 경청하겠나이다."

"소금처럼 쓰되, 분말째로 먹지 말고 국물에 넣어 끓이던가, 고기를 굽거나 볶음에 넣어도 되오. 가루 형태가 사라지도록 녹여 음식에 스미게 만들어 조리하면 된다오. 많이 넣을 필요는 없고, 손가락으로 살짝 집은 정도에 못 미칠 정도의 양이면 되오."

"제가 맛본 것들이 그런 것만으로도 그런 극상의 미미를 자랑한 겁니까?"

"그렇소. 그저 아주 조금 넣는 것만으로도 식재료의 맛을 극도로 증폭한다오."

"이런 건 정말… 도술이나 방술의 영역이라고도 할 만하군요."

사실 제조법을 따지고 보면, 너희들이 연단술이라고 부르는 쪽에 가까울 거다.

"이번에 아국에서 방자하게 구는 이만주에게 경고의 의미를 담아 출병하려 하는데 황상께 조선의 사정을 잘 좀 전달해 주셨으면 하오만."

"으흠… 저도 요즘 무도하게 구는 건주위 도사 이만주에게 경고를 줘야 한다는 생각엔 동의합니다."

요즘 이만주의 사금 채취가 끊겨 받던 뇌물이 끊어졌냐? 보아하니 저놈도 이 기회에 조선에 빚도 지우고 성의를 보이지 않는 이만주에게 경고를 보내고 싶은가 보다.

"이렇게 양국의 입장이 일치하니 황상께서 윤허만 하신다면, 과하지 않게 적당히 경고하는 선에서 움직이리다."

아니, 이만주는 이 기회에 기필코 잡아 죽일 거다. 그게 바로 조선이 모두에게 보여줄 경고겠지.

"그 정도의 명분이면 황상께서도 긍정적으로 생각하실 겁니다. 이 노구를 믿어보시지요."

그렇게 황엄은 내게 성대한 대접을 받고 정해진 일정을 빠르게 마치고 귀국했다.

그가 공개한 칙서의 내용에 종계변무 문제는 일언반구도 없었다. 상투적인 서두로 시작한 칙서의 내용은 앞으로 혹시라도 몽골 쪽 떨거지 놈들과 접촉하지 말고, 그저 번국(藩國)의 충실한 의무를 다하라는 내용이었다.

나도 이미 수차례 겪은 바도 있고 기록으로 봐서, 이 시기의 명이 우릴 길들이기 위해 강경했다는 걸 알고 있다. 하지만 종계변무 문제 역시 마찬가지로 모르는 척 딴청을 피우며 우릴 길들이기 위한 목줄처럼 쓰는 걸 내가 직접 겪으니 입이 쓰다.

주기진(朱祁鎭) 이 개같은 놈… 나중에 두고 보자.

나라를 위해 마음에도 없는 연기를 하며 비위를 맞추는 것도 10년 정도만 더 참으면 된다. 역사가 비틀렸으니 그 시기가 더 빨라지거나 느려질 수도 있겠지만, 너희가 눈치챘을 땐 이미 헤어 나올 수 없게 될 거다.

                    *   *   *

그렇게 황엄이 돌아간 후, 잠시나마 평온한 일상을 즐기던 내게 김처선이 의외의 소식을 들고 왔다.

궁에서 있었던 토론 내용이 입소문을 타고 널리 퍼졌고, 불교나 유교를 가리지 않고 엄청난 화제가 되었다고 한다. 유학자들도 사후 세계나 영혼에 관한 문제 때문에 갑론을박이 끊이지 않고 난상 토론이 벌어지고 있다고 한다. 이러다 주기론과 주리론이 시대를 앞서 태동하는 건 아니겠지?

게다가 화엄종은 아예 기존의 교리를 전부 버리고, 새로운 교리… 아니, 사실은 불교의 근본주의로 돌아갔단다. 수행 시 맨발로 걸으며 고기 같은 음식도 따로 가리지 않고, 순수하게 탁발로 먹고사는 형태로 불교의 옛 모습으로 회귀했다고 한다.

하지만 여전히 자기들이 믿던 것이 옳다면서 변화를 거부한 종파와 백성들이 대부분이라고 한다. 이 땅에서 천 년이 넘게 이어진 불교의 가르침이 내 말 한마디에 극적으로 바뀔 리 없으니 이는 당연한 결과라고 생각된다. 애초에 내 말 한마디로 급진적인 개혁이 바로 이뤄질 거라곤 생각도 하지 않았다.

지금 조선에서 신앙이나 사상에 관한 문제를 내가 원하는 대로 개혁하는 건 미래의 사회제도라고 하는 해괴한 민주주의 법도를 조선에 적용하는 난이도와 비슷할 거다. 조선에서 프랑스라는 나라처럼 모든 양민이 들고일어나 대혁명이 일어난다고 해도 민주주의는 성공 못 하고 새로운 왕조가 세워지겠지.

사실 난 지금의 신분제로 유지 중인 노비 제도를 고용인 형식으로 개혁해 볼 생각이 있긴 하지만, 미래의 사고방식처럼 모든 사람이 평등하니 그래야 한다는 인도적인 차원과는 거리가 멀다.

그저 좀 더 효율적인 경제적 논리와 세금 제도를 고려한 일이다. 거기에 잠재적인 화폐 사용 계층을 좀 더 늘리기 위해서다. 장기적인 관점으로 봤을 때 사대부들에게 지금처럼 노비세를 걷는 것보단 저쪽이 더 이득이라고 판단했기 때문이다.

아무튼… 도성과 가까운 위치에 있던 몇 개의 사찰들은 그동안 툭하면 목숨이 위험할 정도로 유생들에게 시달려 온 탓인지 살아남기 위해서 내 발언을 이용해서 계율을 일부나마 세속적으로 바꾸었다고 한다. 한번은 유생 무리들이 행패를 부리러 들이닥치자, 자기들은 세자 저하의 뜻을 따르는 무리라고 하며 잘 타일러 돌려보내기까지 했단다.

또 그중에서 몇몇 사찰은 모여서 완전히 새로운 종파를 창설하고 근본으로 돌아가자는 의미에서 원불교(元佛教)란 이름을 붙였다고 한다. 미래에 생길 원불교(圓佛教)와 한자는 다르지만, 기저 사상은 비슷하다고 한다.

교리도 후대의 원불교와 비슷한지 이들은 활동하며 깨달음을 얻는 수행을 표방하지만, 그중 일부 승려들은 도첩(度牒)과 거주하던 사찰을 버리고 속세에 진출하여 과거에 응시하기 위해 유학을 공부하기 시작했다고 한다. 저 부분은 미래의 원불교와 차별화된 점으로 지금 시대에 매우 적절해 보인다.

이건 진심으로 내가 바라던 결과와 일치한다. 오직 성리학으로 유지되는 사회는 미래의 조선처럼 망가질 가능성이 크기 때문이다. 성리학이 조선에 완전히 뿌리 내리기까지 200년이 걸렸다 하니, 그전에 견제할 세력이나 사상이 반드시 필요하다.

가장 의외인 건 유학자면서 불교 신자이던 유학자 중 일부가 석학(釋學)이라는 학문을 만들었단다. 석가도 유학의 성현이라 주장하며 공자와 동격으로 놓고, 유학의 분파로 만들어 유학과 불교의 결합이라는 유례가 없던 이단 학파가 탄생했다. 저게 미래 말로 혼종이라고?

아, 이건 좀⋯ 이 부분은 나도 할 말을 잃었다. 아니, 석가는 생몰년도 불확실하고 공자와 만난 적도 없는데 이게 무슨⋯⋯.

아무튼, 성리학만 주류가 되어 나중에 썩는 것을 방지하기 위해 시도한 일이 생각보다 효과가 좋은 것 같다. 당장 큰 변화가 생긴 건 아니지만, 내가 뿌린 씨앗이 작게나마 발아한 것이니 말이다.

이런 걸 미래엔 나비효과라고 하던가? 앞으로 저들 덕에 변화될 조선이 기대된다.

아! 그러고 보니 잊고 있던 게 하나 생각났다.

아주 오래간만에 그리운 이를 만나러 가봐야겠다.

*   *   *

내 이름은 이유(李瑈)다.

이 나라 조선의 지존인 아바마마의 둘째 아들이며, 진양대
군(晉陽大君)이기도 했었다.

그런데… 어쩌다 내 신세가 이리도 처량하게 되었단 말인
가? 지금 난 예전 같았으면 차마 나와 눈도 못 마주칠 법한
무지렁이 패거리에게 몰매를 맞고 누워 있다.

무지렁이 몇 명 정도라면 맨손으로도 가볍게 처리했겠지만,
스물이 넘는 인원은 나도 어쩔 수 없었다.

대체 내 인생이 어디서부터 꼬여 지은 죄도 없이 왕자와 대
군의 신분마저 박탈당하고 없는 사람 취급을 당하며 괴롭힘
을 받게 된 건지 도저히 이해가 안 간다.

대체 왜 그리도 인자하시던 아버님은 날 폐서인하고 내치신
것인지, 사이좋다고 생각하던 형님은 날 그리도 혐오하는지
도저히 알 수가 없다.

설마 아버님이나 형님이 내가 은밀히 품고 있던 그 야망을
눈치챈 걸까? 정말 그런가? 그렇지 않고서야 내가 이리된 걸
설명할 수 없다.

지독하게 헤어 나올 수 없는 갈망과도 같은 나의 비원은, 기
억도 흐린 어린 시절 궁에 들어오면서 시작된 거 같다.

내가 태어나고 얼마 후, 아버님께서는 대군 신분에서 세자

로 책봉되신 후 바로 왕위에 오르셨다. 난 형님처럼 아버님과 같이 궁에 들어가지 못하고 사가(私家)에 그대로 남아서 자랐다.

그곳에서 기억은 단편적으로나마 몇 가지 남아 있는데… 날 돌봐주던 이들이 항상 내가 이 나라에서 가장 높은 분의 자식이며, 고귀한 몸이란 걸 특별히 강조하듯 알려주었다.

그래서 난 그 집에서 가장 높은 사람이나 다름없었고, 그곳은 나의 세상이었다.

항상 아버님이 날 데리러 올 거라 기대하며 기다렸지만, 아버님은 오지 않으셨고 결국 내관들을 따라서 그 집을 떠나 궁에 들어갔다.

그렇게 그 집을 떠나게 된 후, 난 내 생각보다 고귀한 몸이 아닐지도 모른다는 불안한 기분이 들기 시작했다.

내관이나 궁인들이 말하길 이미 아버님의 후계자는 형님으로 정해져 있고, 난 그저 왕자일 뿐이다. 내가 그 집에서 했던 것처럼 다른 사람들에게도 대하면 큰일 난다고 타일렀다.

언제나 내게 잘 대해주시는 세자 형님이 계셨지만, 그걸 순수하게 받아들일 수 없었다. 언제나 형님에게 알 수 없는 시기심만 들었고 그 화풀이를 아랫것들에게 하다가 어마마마에게 종아리 맞고 그제야 현실에 눈을 떴다.

그리고 깨달았다. 난 더는 이 세상에서 가장 고귀한 몸이 아니란 걸.

그래서 마음을 바꿨다. 아버님에게 재능을 보여 내가 아버님에게 걸맞은 아들이란 걸 알려 드리려고 학문에 매진했다.

그래서 학업에 매진하고 보니, 나 역시 현명하신 아바마마의 핏줄을 타고났는지 배우는 게 빨랐다. 논어와 사서삼경을 배우면서 자연스레 주자의 도를 익혔다.

주변에서 명필이라는 칭찬도 받으니 금세 내 총명함이 부각될 거라고 생각했다.

하지만… 그건 나의 착각이었다.

내 형님은 내 생각보다 더 대단한 사람이었다. 어린 나이에 복잡한 제례나 예법, 학문을 고루 통달하고 얼굴도 잘생겨서, 명국에서 온 사신들을 접대할 정도였다. 그저 남들보다 조금 더 뛰어나다고 볼 수 있는 나와는 도저히 비교할 수 없었다.

그래서 생각을 바꿨다.

태조 대왕처럼 무예를 익혀 문무겸전한 완벽한 왕재(王才)로 거듭나겠다고. 그리하여 뼈를 깎는 고통을 견디며 무예를 갈고닦았다. 그러다 부처의 도를 알게 되었는데, 그 심오함이 공자의 가르침보다 낫다는 생각도 들었다. 주자는 이런 걸 몰랐기에 불도를 그르다고 폄하했겠지.

그러던 와중에 아바마마께선 나를 인정하셨는지 이런저런 일들을 맡겨 날 시험하시는 듯한 행보를 보여주셨다. 항상 일을 마치고 속으로 외쳤다.

'어떻습니까? 아바마마, 형님보다 제가 더 낫지 않습니까?'

아버님은 가족 사랑이 지극해 언제나 나를 총애하셨지만, 일에 관해선 그저 의례적인 칭찬만 하실 뿐이니 인정을 받기엔 모자란 듯했다.

그래서 내가 직접 아버님께 눈으로 보여 드려야 했다.

사냥 훈련인 강무에 나설 일이 생기면 빼어난 활 솜씨를 발휘해 사슴의 목을 맞춰 아바마마께 진상했고.

소매를 찢어, 내 자랑스러운 팔뚝을 드러내어 주변의 이목을 끌었고.

풍양(豐壤)에서 열렸던 강무 당시 일부러 늙고 지친 말을 준비해서, 내리막길에서 말이 넘어지는 순간을 노려 공중제비를 돌아 착지했다. 그 순간 내가 낙마하여 다칠까 봐 걱정하시던 아바마마를 깜짝 놀라게 해드렸다.

"이것 참 대단하구나! 진평대군(晉平大君) 네가 진정 신묘한 재주를 지녔도다. 이런 건 그 누구도 따라 할 수 없을 것이야! 대단하다, 정말 대단해!"

"불민한 소자가 아바마마께 심려를 끼친 게 아닌가 염려되옵니다."

"진평대군이 다치지 않았으니, 그것만으로 충분하다."

아버님에게 진심으로 경탄 어린 칭찬을 받은 건 이때가 처음이었다. 그래서 난 생각했다. 이젠 아버님도 내 능력을 인정하고, 본격적으로 후계자 후보에 넣었을 거라고.

그렇게 난 내 은밀한 비원을 절대 드러내지 않고 주변 사람들과 원만히 잘 지냈다. 얼굴의 표정도 언제나 온화하게 유지하는 법도 연습하여 그 누구도 날 경계하지 않게 만들었지.

그런데… 세자이신 형님은 아무리 봐도 유약하고 착하기만 한 사람으로만 보여 도저히 왕재엔 걸맞다는 생각이 들지 않았다.

약간 부러운 게 있다면 나와 대비되는 그 잘난 얼굴과 멋들어진 수염 정도?

흥! 생긴 것으로만 왕이 될 리가 있나?

아버님도 할아버님의 장남이 아니었고 결국 능력을 인정받아 보위에 오르셨다.

나 역시 그렇게 될 것을 믿어 의심치 않으며 아바마마의 업무를 도우며 지냈다.

그런데… 좀 더 나이를 먹고 편전에서 정사가 돌아가는 이치를 알게 되니, 답답해서 참을 수가 없다.

솔직히 아버님의 정책과 정치관도 이해가 잘 안 가긴 하지만, 사사건건 반대하는 조정 대신 놈들과 일일이 토론하며 그 놈들을 설득하려 하는 게 더 이해가 안 간다.

무릇 왕이라면 저래선 안 된다. 왕이란 만인의 위에 있는 자리가 아닌가? 어디서 하찮은 놈들이 왕의 행보를 방해한단 말인가?

내가 왕이 되면 반드시 저 쓸모없는 놈들을 숙청하고 시간만 낭비하는 집현전은 반드시 없애 버릴 거다.

내가 야망을 숨긴 날부터 형님을 존중해 주는 척하니, 날 굉장히 편하게 생각한다. 간혹 하는 잘난 체가 너무 심해 차마 받아주기가 힘들었고 한 번은 이런 적도 있었다.

"아우야! 이 형님이 새로이 병법을 고안해 본 게 있는데, 이걸 어떻게 생각하느냐?"

"과연… 훌륭하십니다. 형님 저하께선 정녕 군략의 기재이신 듯합니다."

사실은 보고도 무슨 원리인지 이해도 못했다. 화포랑 팽배수와 기병들을 복잡하게 여럿 운용하는 방식인 거 같은데, 뭐 이리 쓸데없는 걸 이리도 신경 쓰는지 원……

태조 대왕처럼 만병지왕인 활만 잘 쓰면 그 어떤 적이든 요격할 수 있는데, 화약 같은 데다 비싼 재화와 시간을 들이는 건 국고의 낭비가 아닌가?

그래서 내가 생각한 궁기병 위주의 병진을 형님께 보여주자, 이런 말을 들었다.

"이 형이 생각하기엔 아우의 병법은 조금 덜 다듬어졌지만, 비범한 기질이 엿보이는구나."

"망극하옵니다."

"이 형님이 평가하자면… 네 병법은 가히 당(唐)의 이정(李靖)에 비할 만하고, 내 병법 기량은 아직은 제갈량(諸葛亮)에겐 조금 못 미칠 것 같구나. 조금만 더 노력하면 그를 넘을 수 있을 것 같기도 한데……"

항상 하던 망발이 언제쯤 나올까 했다··· 정녕 진심인 건가? 병법에 관해 이야기할 때마다 항상 자화자찬하며 자기가 제갈량보다 조금 못하다, 혹은 장량보다 조금 못하다, 이러는데 꼭 내게 정해진 대답을 강요하는 것 같아 거북했다.

물론 난 착한 동생을 가장하고 있으니 일단은 대단하다고 치켜세워 줘야 했다.

"어찌 형님의 병법이 량(亮)보다 못하다 하십니까? 이 소제가 생각하기엔 그는 국가는 잘 경영했어도 군사적 실적은 별 볼 일 없었으니, 형님의 발끝에도 못 미칩니다."

"하하, 아우야! 네가 정녕 이 형님 얼굴에 금칠하려 하는구나. 너만큼 날 이해해 주고 인정해 주는 이도 없을 것이야."

그래, 항상 이렇게 겉으로 사이좋고 의좋은 형제를 가장하면, 언젠간 기회가 올 거라 믿었다. 만약 형님이 병으로 쓰러지기라도 한다면······.

그렇게 아버님이 그랬던 것처럼 세자 위엔 관심 없다는 듯 지내다 보니, 드디어 하늘이 날 도운 듯 절호의 기회가 왔다.

형님이 자선당에서 정체불명의 흉수에게 습격 받아 죽었다고 한다.

그날 소식을 듣고 드디어 내가 세자의 자리에 오르게 되었다고 생각해, 너무 기뻐서 주체가 안 될 지경이었지만 남들 앞에서 웃음을 보일 순 없었다.

다른 이들에겐 충직한 동생으로 보여야 하니, 바로 그 자리에서 엎드려 감정을 잡았다. 어릴 적 어마마마에게 처음 혼나며 세상의 이치를 알게 되었던 그때를 생각하며 울었지.

"혀… 형님… 어헝헝… 어찌 이 아우를 버리고 먼저 가셨나이까? 정녕 하늘은 무심하시기도 하지… 성군의 자질을 지니신 세자 저하를 데려가지 말고, 이 몸을 데려갔어야지! 형님! 어허— 어—엉엉……."

역시나 집안사람들은 서럽게 우는 날 보고 감정이 전이됐는지 모두가 날 따라 울었다.

그렇게 장례가 진행되었고 법도를 따라 금식에 들어가자 참을 수 없이 배가 고팠다. 평소에 근육을 유지하려고 남들보다 많이 먹어서 그런지 다른 이들보다 유독 배고픔을 참을 수가 없었다.

그래서 종종 소피를 보러 가는 척하며 옷소매 안에 숨겨둔 마른고기를 먹고 들어오곤 했지만, 다행히 의심을 산 적은 없었다.

그런데… 얼음에 보관 중이던 시신을 꺼내 염의를 입히던 소렴 절차 도중 믿을 수 없는 일이 일어났다. 죽었던 형님이 다시 깨어난 것이다. 이게 정녕 말이 되나? 가슴이 함몰돼 심장이 멎었다며?

사흘 동안 마음속으로만 기뻐하며 미래의 계획을 다 세워뒀는데… 이제 다시 형님이 살아 돌아와 내 것이 돼야 할 자리를 다시 내놓아야 한다고?

이건 말도 안 돼. 대체 이게 무슨…….

그러다 형님과 눈이 마주쳤다. 혼란스럽고 분노한 마음을 간신히 진정하고 말했다.

"세자 저하. 정말 천운으로 살아 돌아오셨으니, 이 아우는 정말… 이 기쁨을 어찌 표현해야 할지 모르겠습니다."

그래… 이 무력감과 분노를 어찌 다 표현해야 할지 모르겠다.

그러자 뭔가 반응이 이상하다. 언제나 착하게만 보이던 형님이 점점 야차 같은 형상의 표정을 짓더니 내게 달려들었다.

"이 역적 새끼! 네가 어찌 감히 홍위를! 내 너를 그리 믿었건만, 내게 어찌 이럴 수 있어?"

뭐? 나보고 역적이라니? 대체 이게 무슨 소리야? 홍위는 또 누구고?

그 순간 주먹이 날아와 내 안면을 강타했다. 평소 유약한 형님의 주먹이라곤 생각할 수 없을 정도로 강력한 힘에 순간 의식이 날아갈 뻔했다.

"어억… 혀… 형님! 대체 왜 이러십니까?"

"감히… 네놈이!"

이윽고 형님과 눈이 마주치자 나는 정체 모를 압박감에 눈을 마주치지 못하고 고개를 돌렸다. 차마 내가 감당하지 못할 살기를 내뿜는 형님에게 처음으로 공포를 느꼈다.

처음엔 한 대 맞고 나서, 이걸 빌미 삼아 형님의 세자 자격을 문제 삼을까도 했다. 그냥 반항 안 하고 맞아주자는 안이

했던 생각은 몇 대 맞다 보니 금세 날아가고 그저 누가 말려주기만 바랐지.

난 그렇게 반항도 못 하고 맞기만 하다가 분노한 아버님의 지시로 의금부에 압송되었고 사건 그날의 행적을 조사받았다.

몸수색을 받다 숨겨둔 마른고기가 적발되자 수치심이 밀려왔다. 항상 왕자이자 대군 신분의 극진한 대접만 받다가 죄인처럼 취급받으니 울분이 쌓였지만, 난 무고하니 풀려날 거라 믿고 의금부의 수사에 협조했다.

하지만 옥에 갇혀 시간을 보내다 보니, 갑자기 들이닥친 수사관들에게 당장 죄를 토해내라며 모진 협박과 폭언도 들어야 했다.

내 집에서 형님을 저주한 사이한 증좌와 각종 불온한 서신이 발견되었다는 것이다. 큰아버님 양녕대군하고 무슨 관계인지도 묻는데, 그냥 집안의 큰 어르신이라 친한 사이지 별다른 게 없다고 답하자 난 생전 처음 보는 서신을 내밀었다.

이럴 수가… 문약한 세자가 죽으면 큰아버님이 날 세자에 올려주겠다니? 이건 분명 누군가의 날조겠지만 이 혐의에 엮이면 절대 난 무사할 수 없다는 예감이 들었다. 그래서 이후 모든 혐의를 부정하고, 국문장에서 아버님과 형님에게 살려달라고 빌어야 했다.

그래. 빌어서라도 살아남으면 언젠간 기회가 올 거라고 믿으며……

하지만 결국 난 폐서인당해 왕족에서 양인으로 강등됐고, 듣지도 보지도 못한 팽형이란 형벌을 받아 따로 집을 구해서 혼자 살게 되었다.

이미 종친부와 족보에서 내 이름은 지워지고 내 장례식도 치렀단다.

그럼 아내와 내 아들 장이는 어찌 된 걸까?

그 후 한밤중에 몰래 날 만나러 온 부인이 말하길… 자기는 공식적으론 미망인이 되었고, 장이는 다른 집에 양자로 가게 됐다는 말을 듣고 화가 나서 주변에 잡히는 것들을 모두 때려 부쉈다.

아니지… 이건 뭔가 이상하다.

입장을 바꿔 다른 관점으로 생각해 보니, 이건 아버님도 날 무고하다고 여겨서 연루된 죄목만 따져보면 사사되어도 모자를 날 살려주신 거란 생각이 들었다.

그 말은 이렇게 지내다 보면 언젠간 아버님이 날 신원하고 복권해 주겠다는 말과 같겠지.

그래, 참자… 참다 보면 되겠지. 이미 이제껏 살아온 인생도 그랬었는데, 더 참는다고 달라질 건 없다.

하지만… 내가 바깥에 행차하면 이유 없이 모두가 날 피한다. 먹을 것을 구하려 시전에 가도 아무도 상대하지 않고 아무것도 팔지 않는다. 그들에게 소리치며 화도 내보고 손에 잡히는 대로 다 던져 행패를 부려봤지만, 오히려 의금부에서 관원들이 와서 날 집으로 도로 데려가 처박았다.

그래서 먹을 것도 없이 근 이틀을 물만 먹고 굶주리다가 다행히 부인이 밤에 몰래 와서 먹을 것을 해줬다. 역시… 내겐 부인밖에 없다.

난 그날부터 내 처지를 역발상해 보니, 아주 즐거운 일이 떠올랐다. 나와 엮이면 해를 당할까 봐 나를 피하고 무시하는 이들을 말로 괴롭히는 거다. 분명 전처럼 과하면 의금부에서 나올 테니, 적당히 선을 지켜서 지나가는 이들을 조롱하길 즐기는 와중에 웬 놈들이 몰려왔다.

"야! 이 개같은 놈아!"

"뭐라? 어디서 천한 것들이 종친인 이 몸에게 감히 욕을 해? 네놈들이 정녕 살고 싶지 않은가 보구나."

"이 미친놈이… 네가 아직도 왕자인 줄 알아? 성인이신 세자 저하를 해하려 한 대역죄인 놈이, 어디서 주제도 모르고 행패를 부려?"

저놈들 모두가 몽둥이를 들고 왔다. 이건 내 실책이었다. 이런 사태를 가정하고 호신용 무기 정돈 미리 구해뒀어야 했는데.

주변도 탁 트인 이 장소와 상황에서 무기마저 없으니 잘못하면 맞아 죽게 생겼다.

이후 처음 달려드는 세 놈까진 몽둥이질을 피하고 주먹으로 두들겨 실신시켰는데, 등 뒤에서 날아오는 장대질에 허리를 맞고 쓰러지자 그대로 기절할 때까지 맞았다.

그리고 깨어보니 다음 날이 되었다.

그렇게 첫 번째 습격을 받고 난 후, 그놈들이 며칠 간격으로 찾아와서 날 괴롭히고 공격하길래 도저히 참을 수 없어 의금부에 가서 하소연도 해봤다. 하지만 여전히 날 상대하지도 않는 모습을 보자 그나마 남아 있던 일말의 희망조차 잃었다.

지금 내가 이렇게 누워 있는 것도 몇 번째인지 기억도 안 날 만한 습격을 받아서 그렇다.

나도 이젠 교훈을 얻어 탁 트인 장소에 가는 걸 피하고 될 수 있으면 집에서 나가려 하지 않는다. 하지만 자는 도중에 집에 찾아와서 날 습격하니 몽둥이를 들고 반격하다가 머릿수에 밀려 결국 다시 몰매를 맞아야 했지.

크흑… 이 빌어먹을 상것들이 정녕… 나중에 두고 보자! 네놈들의 얼굴을 전부 기억해 뒀으니 나중에 반드시 오체분시해버릴 테다. 저 무도한 무리의 우두머리로 보이는 한가 놈이란 한량은 죽지도 살지도 못하는 몸으로 만들어 버릴 거다.

그렇게… 결국, 난 살던 집을 버리고 강 상류 쪽에 초막을 구해 혼자 살기 시작했다.

식량은 아내가 사람을 시켜 보내주기로 했기에 난 마음을 다스리기 위해 불경을 보며 혹시 모를 습격에 대비해 단련에 매진했지.

그렇게 조용히 지내던 어느 날… 낯익은 얼굴이 내 초막을 찾아왔다.

*   *   *

"어이쿠! 여기 웬 넝마덩어리가 허공에 떠다녀? 귀신인가?"

진양대군이었다가 팽형을 당한 죄인 이유가 나 이향 앞에 서 있다.

소문을 듣자 하니 팽형을 당한 후 주제도 모르고 자기가 아직도 왕족인 것처럼 방자하게 굴다가, 대역죄인이 건방지다 며 몰려온 양민 여럿에게 몰매를 맞았다고 한다. 역시 무예를 익힌 유도 다수를 이길 수 없었나 보다.

처음엔 사람들을 사주해 볼까 생각했었지만, 그럴 기회나 인맥이 없어 나중을 기약하고 있었는데… 자업자득으로 자기 가 일을 자초했단다.

그렇게 계속 여러 무리가 공격하니 그 시달림을 견디지 못 해 가족들과 떨어져 사람 하나 없는 강가에 초막을 짓고 혼 자 살고 있나 보다.

난 오늘 미행을 나온 척하다가 김경손과 시위들을 따돌리 고 김처선의 도움을 받아 나룻배를 타고 이곳까지 왔다.

"형님… 여긴 어쩐 일이십니까?"

"죽은 사람이 말을 하네? 이게 대체 무슨 조화야?"

그러자 유는 원망스러운 표정으로 내게 절규하듯 외쳤다.

"정녕… 이 아우에게 그리하셨어야 했습니까?"

하긴 네겐 날벼락 같았겠지. 그런데 이놈이 아직도 자기 주제도 모르고, 저잣거리에서 설친 건 잊었나 보네?

"내가 네놈이 그간 품고 있던 그 야심을 모르고 있었을 거 같았냐?"

"왕자의 몸으로 태어났다면 당연히 품을 수 있는 꿈입니다. 이리 말이 나와서 하는 말인데, 아버님께선 형님이 이런 모략을 꾸며 저를 이리 만든 것은 알고 계십니까?"

"그래. 아바마마께선 다 알고도 너를 폐서인하셨다."

"하! 제가 정말 죄가 없는 걸 알고도 그리하셨답니까? 아버님도 정녕 무서운 분이셨군요. 이 아우가 예전엔 미처 몰랐습니다."

아니, 사실은 네가 누굴 사주해서 날 죽이려 했다고 알고 계셔.

"그건 네가 조선 사직에 필요 없다 여겨 정리한 것이니, 헛된 마음을 품었던 너 자신을 탓해야 할 일이다."

"설마 습격 사건도 죽은 척한 것도 전부 자작극이었습니까? 저와 큰아버지를 쳐내기 위한 구실을 만들기 위해서? 허… 형님 이제 보니 아주 무서운 분이셨구려. 차마 제가 그전엔 전혀 알아챌 수 없었으니 참으로 대단하시오."

아니, 그건 아닌데… 졸지에 내가 정말 나쁜 놈이 된 거 같잖아?

"이유, 네가 태종 대왕을 본받으려 함을 내 몰랐을 듯싶으냐? 넌 왕의 재목이 아니다. 그저 시키는 일만 잘할 수 있을 뿐이지."

"하! 나약하고 이리 모략만 부릴 줄 아는 형님보다 문무를 겸비한 이 몸이 못한 게 뭐가 있소? 솔직히 아버님도 조선의 사직을 생각했으면, 형님이 아니라 바로 내게 세자 자리를 줬어야 했소. 아버님도 장자가 아님에도 능력을 인정받아 세자의 자리에 올랐으니, 아버님 역시 장자가 아니라 능력 있는 아들인 나를 세자에 올렸어야 했단 말이오!"

"네가 정녕 그렇게 그렇게 생각하느냐? 문(文)으로 내게 상대가 안 됨을 알고, 열등감으로 무예를 익히기 시작한 네놈이?"

"더 말은 필요 없소. 이제 가족도 아니니, 형님 대접도 여기까지다. 호위도 없이 여기 혼자 온 걸 후회하게 해주마."

"그래서 어쩌려고?"

"네가 날 괴롭히려고 날 죽은 사람으로 만들었으니 죽은 사람이 세자를 때려죽인다 한들 죄가 되겠냐? 앞으로 이렇게 살아도 사는 게 아니니 사사당해도 상관없다. 게다가 여긴 인적 하나 없는 곳이니, 너 하나 죽어나가도 아무도 모를 것이다."

역시나… 이놈의 혐오스러운 본성은 어디 안 가는구나. 혹시라도 조금은 변하지 않았을까 하고 기대해 봤던 내가 멍청했군.

유는 웃통을 벗어 던지고 근육을 과시하듯 몸을 부풀리며 날 패 죽이려는 듯이 권법의 자세를 잡았다.

"내가 그때 네게 얻어맞았다고 날 깔보고 이리 무기도 없이 왔나 본데… 착각하지 마라! 그땐 내가 일부러 맞아준 거다. 그러니 네놈의 오만을 후회하며 죽어라."

무기? 지금 내 손에 끼고 있는 게 무기야. 네가 오픈핑거글 러브가 뭔지 알아? 혹시 몰라서 대비하고 오길 정말 잘했네.

유는 말을 마치자마자 오른 주먹을 과장된 동작으로 휘두르며 나를 덮쳐왔다

그래서 가볍게 풋워크를 이용해 주먹의 옆으로 스치듯이 빠지며 피했고, 이어지는 내 머리를 노린 공격은 스웨이를 이용해 고개와 상체만 뒤로 젖히며 피한 후 바로 안전거리를 확보하며 물러났다.

내가 보기엔 유의 공격은 빈틈이 너무 많았다. 그동안 나와 대련해 준 김경손과 무예의 근본이 크게 다르지 않은데, 그보다 화려하고 보여주기식의 동작투성이다.

유가 배운 권법은 중심 이동이 버티기 위해 몸 뒤쪽에 쏠려 있고 힘의 분산이 심하게 이뤄지는 비효율적인 동작들로 구성되어 있는 듯하다.

"기묘한 보법이로구나, 네가 무예를 익혔을 줄이야… 나야말로 철저히 기만당해 아무것도 모르고 살았던 게 원통할 뿐이다."

복싱은 죽었다 살아난 후에 배웠거든? 이러면 정말 억울한 건 난데… 아무튼 싸우다 잡생각은 금물이다. 집중하자.

이후 난 거추장스러운 양쪽 소매를 전부 뜯어낸 후 가드를 올리고 왼 주먹을 느슨하게 쥐며 간격을 유지했다. 앞으로 저 놈의 공격에 타이밍을 맞춰야겠다.

다시 한번 유의 공격이 시작되자, 난 왼발을 앞으로 크게 내디디며 잽을 얼굴에 날려 공격의 시작을 저지하고 바로 빠졌다.

저 녀석은 그제야 내 손에 끼고 있던 게 단순한 장식이 아닌 걸 알았나 보다.

"크흑… 그때도 내 예상보다 힘이 세서 놀라긴 했지만, 숨겨둔 한 수를 믿고 여기까지 온 거였어… 이 간악한 놈! 그렇다 한들 꾸준히 단련한 내 체력을 네놈이 감당할 수 있을 거 같으냐? 네가 힘이 다해 발놀림이 멈춰 내게 잡히는 순간 넌 죽는다!"

나도 철판갑주술 서적 완성하려고, 미래의 그래플링 기술 꾸준히 수련했거든? 너야말로 내게 잡히면 관절이 성치 못할걸?

"그래? 그럼 누가 이기나 한번 해보자고."

그렇게 난 유의 공격을 피하며 잽을 얼굴에 계속 날렸고, 그 와중에 오픈핑거글러브의 특성을 이용해 손가락을 펴서 왼눈 근처를 긁었다. 그렇게 유의 왼눈을 잠시 뜰 수 없게 만든 후, 그쪽으로만 집요하게 계속 잽을 날려 눈을 붓게 해 완전히 한쪽 시야를 뺏은 후 사각지대로 이동해 일방적으로 두들겨 팼다.

"허억! 헉! 헉… 이 비겁한 놈아! 계속 도망만 다닐 셈이냐? 정정당당하게 붙어보자!"

이게 정녕 제정신인가?

"네가 날 죽이려고 먼저 시작한 싸움에 정정당당을 찾냐? 전장에서도 널 죽이려 드는 상대에게 그런 헛소릴 할 건가?"

그렇게 유는 얼굴을 가리며 방어만 하다 내게 십여 분을 더 얻어맞았다. 그러다 결정적으로 명치 쪽에 주먹을 맞고 숨이 막혀 얼굴에 방어가 풀리는 순간을 노린, 내 강력한 훅을 관자놀이에 맞고 쓰러지면서 지면에 얼굴을 부딪쳐 그대로 기절했다.

한참 후 정신을 차린 유가 누운 채로 내게 말했다.

"그냥 날 죽여라. 문에서도 널 이길 수 없었고, 그리도 자신했던 무에서도 맨손으로 온 널 당해낼 수 없었다. 이제 살아갈 기력 같은 건 더 남지 않았다."

내가 바라는 건 이제부터 시작인데 벌써 삶의 의욕을 잃으면 쓰나. 일말의 희망이라도 품게 해줘야지.

"넌 이미 죽은 사람인데, 어찌 다시 죽일 수 있겠어?"

"이 간악한 놈아! 그냥 날 죽여라!"

"혹시 알아? 네가 계속 단련하면, 다음 기회에 날 죽일 수 있을지?"

"이노옴! 날 계속 능멸할 셈이냐?"

"그럼, 다음에 또 보자고."

"그 경박한 말투와 간악함이 진정 너의 본성이었구나. 내 언젠간 기필코 널 처죽일 것이다!"

그래, 그렇게 스스로 위안하면서 언제 들이닥칠지 모르는 죽음의 공포 속에서 한번 살아봐라.

미래에 내 아들이 그랬던 것처럼 말이야.

아참, 그런데 말이야… 내가 정말 맨손으로 왔다고 착각하다니, 아직도 순진한 면이 남아 있었네?

내 품 안엔 장영실이 만든 수석식 권총의 시제품이 흔들리지 않게 고정해 둔 권총집 안에 고이 모셔져 있었다.

하지만 이 사실은 저놈이 평생토록 알 수 없게 할 거다.

*　　　　　*　　　　　*

그렇게 그리운 이와 즐거운 대면을 마치고 김처선이 기다리고 있던 배로 향하자, 김처선이 물었다.

"세자 저하, 혹시 무도한 대역죄인과 별일 없었사옵니까?"

"그래, 별일 없었다. 그저 혈육의 정을 끊을 수 없어 옛이야기를 좀 하다 왔다."

아주 화끈한 대화이긴 했어. 누굴 그렇게 때려본 건 난생처음이었거든.

"그런데… 저하의 의복 소매는, 왜 찢어져 있사옵니까?"

"그건 아우가 가난하게 지내길래, 마침 줄 게 없어서 살림에 보태라고 찢어주고 왔다. 그래도 비단이니 도움이 되겠지."

"저하께선 너무 마음이 넓으신 듯하옵니다. 어찌 저하를 저주하고 죽이려 했던 저런 무도한 죄인에게……."

"천륜이란 게 그리 쉽게 버릴 수 없는 듯하구나……."

어? 이거 생각해 보니 요즘 후반부 집필이 막혀 있던 뿌리 깊은 나무에 좋은 소재가 될 것 같다. 사실 상왕으로 억지로 밀려 나셨던 증조부도 조사의를 사주해 반란을 일으켜 태종 할아버질 죽이려고 했었잖아?

본의 아니게 영감이 마구 떠오른다.

그렇게 배를 타고 한밤이 다 돼서야 궁에 복귀하니 난리가 났다.

"저하! 대체 소관을 따돌리고 어딜 다녀오셨사옵니까?"

분노한 김경손이 제일 먼저 날 찾아와 따지듯 물으니 딱히 할 말이 없어졌다.

"김 시위, 내 미안하게 되었네. 종적을 밝히지 않고 사라진 것은 미안하나 그대가 벌받을 일은 없게 할 테니 안심하게나."

"소관이 벌을 받는 건 중요하지 않사옵니다! 저하의 안전에 변고라도 생겼더라면, 소관도 더는 살아갈 수 없었을 것이옵니다."

어우… 과한 충성심으로 이런 말을 하는 걸 예전의 내가 들었다면 감동했을 텐데, 지금은 심히 낯부끄럽기 그지없다.

"내 이번 일은 정말 미안하게 됐네. 앞으로 다신 이러지 않겠네."

앞으론 수양 놈을 혼자 찾아가기 힘들겠어.

"저하께선… 그날 소관이 어떤 심정이었는지 아시지 못할 것이옵니다……."

아… 이 아재가 자꾸 죄책감 들게 만드네.

"알겠네, 내 다시는 이러지 않겠다고 약조할 터이니 그만 퇴청하고 쉬게나."

그리고 다음 날 아버님을 문안 갔다가 한 번 더 혼났다. 그놈 한번 놀리러 갔다가 싸움까지 벌이고, 이리되니 정말 후폭풍이 장난 아니네. 그놈의 버릇을 다시 고쳐주긴 힘들 거 같다.

"저하, 요즘 아기가 이 어미의 배를 이리도 차며 괴롭히니 아무래도 세손인 듯싶사옵니다."

요즘 세자빈의 산달이 슬슬 가까워지고 배가 크게 부풀어 있다. 역사에서 내 아들 홍위가 태어난 건 7월쯤이었는데 그보다 1~2달은 늦어질 듯싶다.

"그러하오? 아이가 이리도 어미를 괴롭히니, 내 이 아이가 나오면 크게 혼을 내줘야겠소."

"저하를 닮아 잘생긴 아들이 나왔으면 좋겠나이다."

"그대를 닮은 예쁜 군주라도 난 좋소. 그대만 탈 없이 건강하면, 아이야 얼마든 낳을 수 있지 않겠소?"

그래, 난 사실 아들이 아니라도 좋다. 아내만 무사하면 바랄 게 없다.

지금 난 세자빈의 출산이 임박해지자 더없이 초조하고 불안에 떨고 있다. 역사대로 일어날 비극 같은 건 절대 용납할 수 없다.

그래서 다시금 내의원에 방문했다. 한동안 실험에 실패했다는 보고만 들려와 큰 기대를 하지 않았었는데 다시 한번 확인해 봐야겠다.

배상문이 급하게 뛰어나와 날 맞이했는데, 상기되다 못해 흥분된 표정을 짓고 있었다.

"저하! 벌써 소식이 전해진 것이옵니까?"

응? 무슨 소식?

"무슨 소식 말인가? 내 오늘은 그대를 위무차 들렀네만……."

"며칠 전 저하께서 과산화수소라 명하신 비약의 시제품을 완성하여 동물에게 상처를 내 실험하였더니 저하께서 알려주셨던 반응이 그대로 관찰되어 다른 이를 시켜 알리도록 일렀사옵니다."

"그게 정말인가? 정녕 그걸 완성했다고?"

"예, 그렇사옵니다. 실험 중인 동물의 상처 부분에 기포가 올라오며 하얗게 변하기에, 소관도 손에 상처를 내어 반응을 보았습니다. 그러자 환부에서 기포가 올라오고 마치 주정을 바른 듯 따가움이 느껴져 이것이 기존의 실험물들과는 명백히 다른 것을 느낄 수 있었사옵니다."

"정녕… 그대가 대공을 세웠구려……."

"이 모든 게 저하의 지시와 성원 덕에 가능했으니, 어찌 소관의 대공이라 할 수 있겠사옵니까?"

성공하니 그동안 이걸 위해 소비한 재료 따윈 전혀 아깝지 않았다. 그저 기쁨에 겨워 배상문의 손을 잡고 춤이라도 추고 싶은 심정이다.

"그래서, 완성된 양이 얼마나 되는가?"

"실험을 위해 소량으로 정제하였으나, 저하의 지시대로 끓였다 식힌 깨끗한 물에 섞어 수용화하면 큰 항아리에 채울 정도의 양은 될 것이옵니다."

그러고 보니 저걸 보관할 용기가 문제다. 그동안 희귀한 유리를 긁어모아 소량이나마 실험도구를 만든 것은 성공적이었는데, 막상 성공하고 나니 저걸 변질되지 않게 보관할 용기가 부족하다.

당장 커다란 유리병을 명에서 수입해 와야 할 판이다. 이걸 어떻게 하지?

뭐? 미래엔 저게 사서 마시는 깨끗한 물하고 가격이 비슷하다고? 허어… 지금 저걸 만들려고 내의원의 반년 치 재정분을 투자했는데 대체 미래의 화학은 얼마나 대단한 거야?

그런데 당장 비축 가능한 소량을 제외하고 바로 소모할 데가 없을까? 어디 한번 검색해 보자…….

펄프? 이건 또 뭐야. 석회유(石灰油)에 석탄 연기를 반응시켜 나온 결과물과 과산화수소를 이용해 하얀 종이를 만들 수 있다고?

처음에 미래에 대한 공포로 세자빈을 살려보려고 시작한 일이, 본격적으로 다른 방향으로 흘러가기 시작한 걸 느낄 수 있었다.

제4장
총통위

　건주여진의 휘하 족장인 동소로는 요즘 피가 마를 것 같은 기분이다. 지난번 이만주에게 자존심의 상징인 수염을 잘린 것도 모자라 그 자리에서 죽을 뻔했고, 자신과 맏아들의 목숨을 구걸하며 자존심도 버리고 그저 엎드려서 빌어야 했다.

　물론 모든 원인은 동소로의 탐욕과 성급함이 빚어낸 결과지만, 당연하게도 자신은 아무 잘못이 없다고 생각한다.

　게다가 부족 전사 소집권도 박탈당하고, 강제로 본거지에서 이주당하고 근신에 처해진지라 바깥소식도 잘 알 수 없었다.

　그렇게 동소로는 맏아들의 소식만을 기다리며 하염없이 지냈다.

시간이 흘러 여름이 시작되자 둘째 아들인 동가진이 어디선가 소문을 들었는지 그의 형이자 자신의 맏아들 소식을 가져왔다.

"아버지, 드디어 제가 형님의 소식을 알아냈습니다."

"뭐라고? 그게 정말이냐?"

"예, 조선에 갔던 척후병에게 정보를 알아냈습니다. 그런데……."

"내가 이만주 그놈에게 소식을 물을 때마다 항상 돌아오지 않았다는 핑계만 대고 말던데… 네가 그걸 어떻게 알아냈느냐?"

"제가 알기론 분명 조선에서 돌아왔던 척후들의 행방이 전부 묘연해졌습니다. 그래서 모두가 대족장에게 입막음을 당했을 거라 생각했습니다."

그 말을 듣자 동소로는 이제껏 애써 부정하던 최악의 경우가 떠올랐지만, 그것을 차마 입 밖으로 내서 인정하기 싫었다.

'그럴 리가 없어… 그 녀석이 어떤 녀석인가! 부족 제일의 용사가 설마……'

"그래서 제가 지난 두 달간 척후들의 귀환 경로를 예측해서 매복하고 있다가 얼마 전 한 놈을 사로잡아 정보를 알아냈습니다."

'제발 아니라고 말해. 그럴 리가 없어……'

"그래서… 네 형의 행방은 어찌 됐는지 알아냈느냐?"

"그것이… 작년 가을에 조선군과 교전 중에 사살당했다고 합니다."

— 퍽!

보고하던 동가진은 갑작스럽게 아버지에게 주먹으로 얼굴을 얻어맞았다.

"아니야! 아니라고! 네놈이 잘못 안 거야. 그렇게 용맹한 내 맏아들이 나약한 조선 놈들에게 죽을 리가 없다고!"

"하지만… 그 척후병을 고문해서 알아낸 이야기니……."

— 퍽! 퍽!

"거짓말하지 마라!"

— 퍽!

"내 장남이며 부족 제일의 용사이자, 나의 후계자가 그렇게 죽었을 리가 없다!"

현실을 부정하며 마구잡이로 동가진을 구타하던 동소로는 둘째 아들이 쓰러져 의식을 잃자 어느 정도 이성이 돌아왔는지 그제야 손을 멈췄다.

"이만주 이 개새끼… 전부 다 알고 있었으면서 감히 날 농락해?"

이만주가 자신을 가지고 논 것을 알게 되자 후계자 동지올을 잃은 슬픔과 분노마저 겹쳐 동소로는 정신을 차릴 수가 없었다. 그 후로도 한참 동안 분이 풀리지 않아 손에 잡히는 것들을 닥치는 대로 박살 냈다.

동소로는 더 부술 것이 없어지자 사람을 불러 찬물을 가져와서 기절한 둘째 아들에게 들이부어 정신을 차리게 했다.

"면목 없습니다, 아버지……."

"이제 되었으니, 더 자세한 이야기나 해봐라."

그렇게 동가진이 자기 형의 죽음에 대해 한참을 더 설명하자, 동소로는 조선에 대한 증오와 복수심이 들끓었다.

"이 빌어먹을 조선 놈들을 당장……."

"아버지! 지금은 섣불리 움직여선 안 됩니다. 지금은 근신 중이고 전사 소집권도 박탈당한 상태입니다."

"네 형이 저리도 비참하게 죽었는데, 지금 그딴 소리가 나와!"

"아버지! 저 역시 누구보다 원수를 갚고 싶습니다. 하지만 자칫 잘못해서 병력을 움직이면 이만주가 반란이란 구실로 우릴 몰살시킬 수도 있습니다. 그러니 우리가 명분을 먼저 잡아서 이만주를 끌어내려야 합니다!"

분노에 차서 무작정 조선에 보복하려던 동소로는 이만주를 끌어내리자는 둘째 아들의 제안에 금세 마음이 동했다.

"그래? 그 명분이 대체 뭐길래 그러냐?"

"분명 행방이 묘연한 척후들은 이만주에게 입막음당해 죽었을 테니, 그들의 가족을 내세워 진실을 밝히라고 부추기면 이만주의 입장도 곤란해질 것입니다."

동소로는 평소 전혀 관심도 두지 않던 둘째 아들이 생각보다 머리가 잘 돌아간다는 것을 알게 되자 기분이 좋아지기 시작했다.

"그러면, 그다음은?"

"이만주가 정보를 숨기고 우리의 정당한 복수를 막은 정황이 드러날 것입니다. 미리 다른 부족장들을 부추겨 모두가 연합하시죠. 그 후 비열한 뱀 같은 이만주를 몰아내고 아버님이 대족장에 오르시면 됩니다."

동소로는 첫째 아들을 잃은 것을 기회 삼아서 대족장에 오를 수도 있다는 둘째의 제안이 참으로 매력적으로 들렸다.

동소로는 좀 전에 화가 나서 둘째를 마구 때린 것은 기억에서 이미 지워진 지 오래고, 대족장에 오른 자신의 모습을 떠올리자 슬그머니 미소를 지었다.

'내 맏아들이 마지막까지 이 아비에게 좋은 일을 해주고 갔구나. 정말 장하다.'

동소로는 생각지도 못한 둘째의 자질을 알게 됐으니, 이 일이 그렇게 나쁘지만은 않다는 생각이 들었다.

"그래. 이만주를 축출했다고 가정하고, 조선에 어찌 보복할 진 계획을 세워둔 게 있느냐?"

"최근 우리가 사금을 채취하던 강 상류에 금광이 있다는 소문이 자자합니다."

"그러냐? 그래서 거길 습격하자고?"

"아닙니다. 오히려 그곳을 지키느라 병력이 집중돼 있을 테니, 반대쪽으로 우회하여 빠르게 침투해 그들이 평양이라고 부르는 커다란 고을을 기습해 통째로 불태우시죠. 형님의 영전에 바치기엔 그 정도면 적절할 것입니다."

사실 동가진은 평양을 가본 적도 없고 그곳에 방어 병력이 얼마나 있는지도 모른다. 그냥 아버지에게 환심을 사기 위해 소문으로만 들었던 평양을 공격하자고 크게 지른 말일 뿐이다.

그들이 운 좋게 평양에 도착한다 해도 평양엔 성벽이 둘려 있고 공성 장비도 없으니, 역으로 화포에 얻어맞아 애꿎은 병력만 다수 죽을 뿐이다.

하지만 동소로 역시 사정을 모르긴 마찬가지라 배포가 커 보이는 둘째 아들의 발언이 마음에 들었다.

현실을 제대로 파악하고 조선군과 전면 교전을 철저히 회피한 이만주 덕에 조선군의 실체를 모르게 된 것이 그 원인이다. 예전에 조선의 토벌군과 운 좋게 마주치지 않았던 동소로는 조선군을 철저히 얕보고 있었다.

"하하하하! 내가 그동안 널 너무 과소평가했었구나. 그래, 네가 앞으로 내 후계자이자 부족의 선봉장이다. 이만주의 목을 취한 후, 네 형의 복수를 제대로 한번 해보자꾸나."

*   *   *

아바마마께서 총통위 설립을 윤허하신 후, 드디어 조직 개편이 이루어졌다.

총통위를 오천 명의 정원을 두고 새로 설립하고 한양 외곽에 새로 병영 건물을 세우는 중이다.

총통위로 새로 배속된 기존의 화기병들은 임시로 인근에 막사를 치고 훈련 중이다. 아직 오천 명의 정원엔 한참 모자라지만, 조만간 새로 모집해서 채우면 되니 그들을 신식으로 훈련할 생각에 괜스레 기분이 좋아진다.

게다가 착호갑사부를 휘하에 특별 편제로 두어 책임자로 박장현을 임명하고 천호직에 제수했다. 그들은 정기적으로 총통위 병력을 데리고 교대로 산행에 나서 야외훈련 겸 해수 구제에 나설 것이다.

게다가 지방 관아에서 구원 요청이 생기면 착호갑사들이 신속히 출동하도록 제도를 정비했다.

게다가 반가운 소식도 들렸다.

총통위의 책임자 총통위장으로 귀양살이 중이던 전직 평안도절제사 이천이 종삼품 보공장군을 제수받아 온 것이다.

이천은 문무겸전의 인재기도 하고 역사에서도 화포 발달에도 큰 공을 세운 이니 분명 총통위에 큰 도움이 될 것이다.

"이 장군, 그간 고생이 많았다고 들었소이다. 귀양 중 몸은 상하지 않았소?"

"소관의 실책으로 인해 벌을 받은 것이 어찌 고생이라 할 수 있겠사옵니까. 그저 성상께서 소관을 사면하시고, 이런 막중한 소임을 맡겨주신 것만으로 망극할 뿐이옵니다."

"그대가 귀양 간 사이 신형 총통이 새로이 여럿 생산되어 기존의 소총통을 대처 중이라오. 그에 관해 생각해 둔 바가 있소?"

"사실은 소관이 귀양살이하던 때 장 대호군에게 서신을 받아 자세한 사정을 알고 있었사옵니다. 미천한 재주이오나, 그에 관한 진법과 화포와 같이 운용하는 병법책을 고안해 보았사옵니다."

오… 역시나 원 역사에서도 조선 최고의 화포 전문가로 꼽히던 이천답다. 그나저나 장영실하고 둘이 친분이 있었는지는 몰랐었네.

"그렇소? 조선에서 손꼽히는 지장인 그대가 작성한 병법이라니, 나도 한번 견식했으면 하는구려."

"과분하신 평이옵니다. 소장의 미천한 재주로 천고의 기재이신, 세자 저하의 눈을 더럽히지 않을까 우려되옵니다."

나는 이천에게 책을 건네받아 빠르게 읽어보았다. 내가 이미 적용한 차전에 관한 것도 반영했는지, 화승총을 교대로 장전하며 사격하는 방법도 있다. 다만 너무 총에 치중한 나머지 전열보병식의 진법에 가깝게 변해 있는 게 문제다.

이게 미래엔 서역의 총창진 테르시오의 시대 이후 자동화기가 발달하기 전까진 최고 효율의 전법이긴 하지만, 조선엔 아

직 이리할 정도의 수량의 총이 없다. 아직 보유량이 1,000정
도 못 넘겼는데 이건 너무 이상적이네. 그래도 시대를 앞서간
거니 이천의 발상도 비범하긴 하다.

"으흠… 그대의 발상은 나쁘지 않은데, 지금 조선의 사정으
론 실행하긴 조금 아쉽구려. 좀 더 기병에 대비해 장창병과
같이 병진을 짜고 운용하는 편이 효과적일 걸세."

"소관도 처음엔 그리 생각하여 총통과 장창병, 팽배수를 조
합한 진을 구성했사오나……."

어? 내가 생각 못 한 게 있었어?

"그러면, 왜 결론이 바뀌었는가?"

"그건… 세자 저하께서 새로 고안하신 신형 철판갑주 덕이
옵니다."

아하… 이천도 면갑하고 흉갑만 분리해서 입고 화살의 치
명상만 막는다면, 전열보병식 전법이 더 효율적이라고 판단했
구나. 역시 발상이 비범하긴 하네. 아직 타국에 총이 없고, 휴
대용 화기가 미비하기에 할 수 있는 발상이구나.

"그래. 그대의 병법도 어느 정도 타당하긴 하지만, 아직 화
승총과 철판갑의 수가 한참 모자라다네. 최근 장인의 수도 전
보단 늘긴 했지만 수많은 병사를 전부 신형 장비로 무장시키
려면 한참 걸리겠지."

"조세법과 제도를 개정하시어, 나라를 부강하게 하시고 재
정을 늘려 장인을 더 우대하여 모집하면 시간이 해결해 줄 문

제이옵니다."

응? 뭐라고?

나도 항상 그 문제를 고민하고 있지만, 쉽사리 손댈 수 없어서 화폐 부분부터 서서히 변하게 씨앗만 뿌려둔 상태다. 그리고 장인의 수는 예전에 비해 확실히 늘고 있다

"조세제도는 쉽사리 손댈 수도 없고, 세자인 내가 어찌할 수 있는 영역도 아니오. 차라리 그대가 상소를 올려 건의하는 게 나을 텐데……."

"소장이 일전 귀양살이하며 느낀바, 아조의 공납제는 문제가 많고 후세에 변질될 가능성이 크옵니다. 그리하여 이를 개선하려고 생각을 정리하다 보니 전부 한 가지 결론으로 귀결되었나이다."

"그 결론이 대체 무엇인가?"

"조정에서 쌀과 화폐만으로 세를 걷어 공납을 폐하고, 그 대신 도로를 정비해 공납에 쓰이던 물자의 유통이 원활하게 만드는 것이옵니다. 그리하면 조정에서도 필요한 물품을 시전에서 화폐로 사들이면 되옵니다."

"……"

대동법도 모자라 체질적인 경제 개선 문제를, 지금의 사대부 출신이 논할지는 몰랐다. 게다가 이천은 나이도 꽤 많아 노장의 반열에 든 인물이기도 한데, 내 선입견과 다르게 이런 방면에서 굉장히 트여 있는 사고를 지녔나 보다.

하긴 가끔 집현전에서 토론할 때, 성삼문과 신숙주도 입을 모아 도로 문제를 지적했었다.

다들 도로의 필요성은 어느 정도 느끼고 있지만, 현실적인 재정 문제와 백성들의 반발 때문에 말을 못 꺼내고 있었나 보다.

그래도 대동법과 비슷한 법안을 이천이 거론할 거란 생각은 못 했으니 의외긴 하다.

"그에 관한 문제는 나도 주상 전하와 이미 상의한 적이 있다네."

"그렇사옵니까? 역시… 성상과 저하의 심계가 어디까지 뻗어 계신지 미천한 소장은 짐작조차 하기 어렵사옵니다."

"그대가 말한 새로운 조세법은 좋은 제도이긴 하나, 방납과 공납에 얽힌 일부 중간 계층의 행태와 사대부들의 인식을 뜯어고쳐야 가능해 주상께서도 반대에 부딪혀 보류 중일세."

"그렇사옵니까?"

"화폐로 조세를 받는 제도 역시, 내년부터 일부의 고을에서 시험적으로 시행할 예정이니 그 부분은 걱정하지 않아도 되네."

"그 부분은 소관이 미처 몰랐사옵니다."

최근 경주부에 화폐가 많이 돌아, 아버님이 내년에 시험적으로 시행해 보기로 하셨다.

"그리고 조만간 지방 관아의 화폐 제조 부분도 개선하고, 저화도 새로이 유통될 것일세. 그대가 도로의 필요성을 국방

과 유통의 문제로 엮어 연좌 상소를 올리면 조정에서도 공론
화될 걸세."

"사실 그것이… 저와 뜻을 같이할 이가 얼마나 될지는……."

"성균관은 모르겠지만… 집현전을 찾아가서 논의하면 동조
하는 이들이 많을 걸세."

"그렇사옵니까? 그렇다면 소관이 책임지고 연좌 상소를 올
려 반드시 공론화를 성사시켜 보겠나이다."

그렇게 이천과 병법 토론에서 시작한 대화의 주제는 경제
발전과 조세에 관한 문제로 넘어가 연좌 상소에 관한 이야기
로 변했다.

이게 대체… 무슨 흐름이야?

                  *   *   *

조지소(造紙所)에서 내의원과 합작해 신형 종이의 시험 제작
에 들어갔다는 소식을 들었다. 조선의 상식으론 이해가 안 가
는 조합이겠지만, 지금의 내의원의 일부 인원들은 기초적인 화
학자나 다름없으니 앞으로 이런 일이 종종 벌어질 것 같다.

게다가 내가 이야기도 안 해줬는데 실험을 위해 수정 안경
과 숯과 천을 이용한 기초적인 방독면도 만들었다고 하니, 내
예상보다 배상문의 머리가 비상한 듯싶다.

그리고 미리 이야기한 대로 사육신들을 필두로 집현전의

젊은 학사들이 이천의 이견에 동조하여, 공납의 개선과 주요 고을 간의 도로 개통과 물자 유통에 관해서 연좌 상소를 올렸다고 한다.

사실 이 문제는… 아버님도 기꺼이 반기고 계실걸? 아버님도 지난번에 지나가듯 이야기를 꺼냈다가 반대하는 이들이 많아 쉽게 손대지 못하셨던 문제다. 하지만 이걸 생각지도 않던 이가 공론화에 나섰으니, 지금쯤 이천에게 큰 상이라도 내리고 싶어지셨을 듯하다.

난 이 기회에 전부는 아니라도 주요 구간의 도로공사라도 미래식으로 해보려고 석회를 이용할 방법을 연구하다가, 이건 토목을 담당하는 선공감(繕工監)에 떠넘기기로 했다. 일단 기술 수준도 너무 차이 나고, 지금의 조선 사정에선 옛 로마식 도로가 더 어울릴 법해서 그리 결정했다.

게다가 당장 석회로 고품질의 시멘트를 만들어내는 건 어렵겠지만, 시간이 지나면 재를 섞어 쓰는 초기 방식의 시멘트 생산은 가능할 거다. 아마도 이 부분은 내가 전부 관여 안 해도 책임자에게 적절히 암시만 주어도 잘 해낼 거다. 게다가 석회는 워낙 자주 쓰고 있으니, 시멘트에 대해 크게 이질감도 없을 테니까.

"그래서… 지금 저들이 연좌 상소를 올린 건 세자의 의지가 아니란 말인가?"

"소자는 그저 방도를 제시했을 뿐, 이는 온전히 총통위장

이천의 의지이옵니다. 그가 이번에 귀양 도중 깨달은 바가 있었다 하옵니다."

"대체 그가 천안군(天安郡)에서 무슨 일을 겪었는지 궁금해지는구나."

"소자도 총통위장에게 자세한 사정은 듣지 못했사옵니다. 다만 짐작건대, 귀양 중에 불법 방납 비리를 목격하여 저리 강경해진 듯싶사옵니다."

지금 조선에선 방납이란 행위 자체가 불법이고 적발되면 큰 벌을 받을 일이다. 하지만 사람의 탐욕은 법이 있다 한들 강제하기 어려우니, 조선 중후기만큼은 아닐지라도 지방에선 이런 일이 종종 벌어지는 듯하다.

"으흠… 아무래도 천안군을 감찰해 봐야 할 듯싶구나."

그쪽도 납, 은이랑 금도 있고 천안 근방에 입장이란 곳엔 사금도 있다던데, 감찰사가 가는 김에 야철장도 동행시켜서 사금이라도 긁어 오게 만들어야겠다. 저기도 왜놈 강점기에 사금만으로도 노다지가 났던 곳이라고 하니, 사금이 꽤 많이 나올 것 같다.

"예전에 세자와 논의했던 수미법(收米法)에 대해서, 조정에서 다시 논의해 볼 만할 때가 무르익기 시작하는구나."

이건 아무래도 아버님이 다른 바람잡이가 필요하다고 말씀하신 것 같은데… 그래도 여기서 내가 나서겠다고 하는 건 악수나 다름없다. 세자가 대놓고 정사에 관여하겠다고 말하는 거와 다름없으니 말이다.

그러고 보니 전에 내게 빚을 진 사람이 있었지? 그에게 부탁해 봐야겠네.

＊　　　　＊　　　　＊

"지금 이게 뭐 하는 짓이냐? 동소로."

"뭐긴 뭐야! 네놈이 그동안 우릴 속이고, 내 아들의 죽음을 숨긴 것도 모자라 저 불쌍한 여인들의 아들을 죽인 것을 규탄하는 거다!"

지금 건주위의 새로운 본거지에선 동소로가 이만주에게 불만이 많던 족장을 규합해, 소집 금지령도 무시하고 병력을 모아 척후병들의 유족을 데려와서 이만주와 대치 중이다.

"이런 한심한 머저리들 같으니······."

"그래! 나도 네가 그동안 우릴 깔보며 지낸 것은 잘 알고 있다. 하지만! 어떠한 경우에도 진실을 은폐하고, 우리의 정당한 복수를 막은 것은 절대 용납할 수 없다!"

동소로는 언변이 유창한 자가 아니었으나, 이 부분은 둘째 아들 동가진이 이럴 때를 대비한 몇 가지 대사를 미리 철저히 연습시켰다. 그 덕에 동소로에게 동조한 다른 이들도 그를 다시 보며 이런 면이 있었나 하고 감탄하는 중이다.

"그래. 내가 사실을 은폐하고 저 여인들의 아들을 살해했다."

난데없이 이만주가 사실을 인정하자 유가족들과 반대파들이 흥분해 고성이 오가고 당장에라도 칼을 뽑아 들 기세다.

"하지만!"

짧고 강렬한 외침에 잠시 소음이 멈췄고, 모든 시선이 이만주에게 집중되었다.

"이는 모두 부족을 위해 어쩔 수 없이 치러야 했던 희생이다! 만약 저 멍청이가 아들을 구하겠다고 조선에 쳐들어가기라도 했다면, 우린 조선군에게 쫓겨 지난겨울 동안 저 험한 북쪽 설산에서 굶주려 수많은 이들이 죽었을 거다."

"흥! 그 잘난 건주위도사 직책은 어쩌고 말도 안 되는 핑계를 대실까?"

"네놈이 뭘 안다고—"

"그래, 난 아무것도 모른다. 너처럼 교활하지도 않고."

"그렇다면 해산—"

"하지만! 난 너처럼 겁쟁이가 아니다! 내 아들이! 혹은 내 가족이 죽을 때마다 부족의 안위를 핑계로 동족을 죽이거나 하진 않는다. 난 무식할지언정 동족에겐 손을 대진 않았다."

"……"

이만주는 당황스러웠다. 동소로가 언변이 이렇게 좋을지 예상 못 했던 것도 있지만, 자신에게 이리도 많은 이들이 반기를 들 거라고 미처 생각해 본 적이 없었다.

'이런 얼간이와 멍청이들 때문에 내 직속 부족원들까지 잃

을 수 없지. 아무래도 분위기는 저쪽으로 기울었으니⋯ 저놈들은 버리는 패로 써야겠다.'

"난 이만주 같은 겁쟁이와는 다르다! 항상 말도 안 되는 이유로 싸움을 회피하는, 저런 놈은 대족장 자격이 없다!"

"옳소! 옳소!"

그러자 미리 포섭해 둔 족장들의 부하들이 동소로에게 동조하며 바람을 잡기 시작했다.

"그렇게나 대족장이 하고 싶으냐?"

"그래! 난 너같이 나약한 놈과 다르다. 내가 바로 건주위를 새로이 다스릴 재목이다!"

"그렇다면 맘대로 해라, 나도 이젠 너희 같은 짐승 놈들을 억지로 끌고 가기 지쳤으니."

"흥! 그전에 네놈 목부터 내놔야 할 거다!"

"지금 네놈이 추종자들 덕에 들떠서 내가 누군지 잠시 잊었나 본데."

— 딱!

이만주가 손가락을 튕겨 신호하자 대기하고 있던 그의 수하가 공중으로 효시를 날렸다.

— 삐이이이!

그러자 잠시 후 눈부시도록 빛나는 전신 수은갑을 착용한 대족장 본위병 100여 명이 마갑을 씌운 덩치 큰 전마를 타고 등장했다.

"그래, 여기서… 네놈이 바라는 대로 죽고 죽이는 싸움을 해볼까?"

"이… 교활한 뱀 같은 자식."

동소로는 지금 상황이 자기에게 유리한 것을 알지만, 대족장 본위병의 무력 또한 잘 알고 있기에 쉽사리 손을 쓸 수가 없었다. 본위병은 예전에 오이라트의 병력과 전쟁이 벌어졌을 때, 적의 머릿수에 밀려 퇴각하던 아군을 구원한 전적이 있다. 고작 100여 명의 인원만으로 천여 명의 적군 선봉에 돌진해 퇴각할 시간을 벌어주어, 무사히 퇴각에 성공했던 명실상부 건주여진 제일의 무력 집단이었다.

"지금 여기서 우리가 싸운다 한들 남는 건 동족의 시체뿐이다. 내가 척후병의 유가족들에게 가축과 말로 배상할 테니, 너희는 독립해서 마음대로 살아라. 대신 앞으로 명국의 지원이나 비호 같은 건 바라지도 마라."

"으음… 그래, 이쯤에서 서로 갈라서는 게 옳을 듯하군."

"네놈의 위세가 얼마나 더 갈진 모르겠지만 내가 네놈에게 했던 말대로 이뤄질 거다."

일전에 이만주는 동소로에게 금과 혈육에 눈이 멀어 부족을 망하게 할 거란 이야기를 했었다. 동소로는 그 이야기를 다시 듣자 화가 나 칼을 뽑을 뻔했지만, 이만주의 곁에서 대기 중인 본위병을 보고 간신히 참았다.

'조만간 나도 조선을 약탈해 너 못지않은 본위병을 만들 거

다. 그때 두고 보자……'

그렇게 북방에선 건주위가 두 무리로 분열되고, 동소로를 새로운 대족장으로 선출한 무리는 조선을 향해 남하하기 시작했다.

*   *   *

7월이 끝나갈 무렵, 평안도절제사 이징옥은 부관에게 충격적인 소식을 들었다.

"뭐라고? 그게 정말인가?"

"예, 방금 척후병에게 들어온 소식입니다. 건주위로 추측되는 야인들이 약 오 일 전에 송하강 북서쪽 근방에서 발견되었는데, 일만 정도의 혼성 병력이 천천히 남하 중이라고 합니다."

"우리가 그렇게나 찾아다닐 땐 안 보이더니, 그놈들이 스스로 내려오고 있다고? 이만주 이 악적 놈이 대체 무슨 속셈이지?"

"그렇게나 우리와 전면전을 피하던 야인 놈이 이리 내려오는 걸 보면, 분명 우리가 발견 못한 다수의 병력이 더 우회하고 있지 않겠습니까?"

"으음… 그 의견이 타당하군."

"일단 가장 취약한 지대인 강계(江界)나 우예보(虞芮堡)와 어연(閭延)의 민가의 백성들을 모두 제일 가까운 희천성(熙川城)으로 피신시키고, 수거할 수 없는 물자와 곡식들을 미리 파기해야 합니다."

"그래, 그대의 의견이 옳다. 내가 피난에 관한 전권을 부여할 테니, 내일부터 남 부관이 일을 맡아서 진행해 보게나."

"장군의 명을 받들겠사옵니다."

남빈은 부임한 지 얼마 안 된 신임 무관이다. 하지만 세자 저하에게 신임받아 교육 당시 교관을 맡았었다는 경력에 감탄한 이징옥이 군략에 관해 이야기를 나눠보자, 그의 식견이 범상치 않음을 알아보고 새로이 부관 중 하나로 임명했다.

게다가 개국공신 집안임에도 예정된 군수직도 포기하고 회임한 아내를 두고 북방에 자원한 것을 안쓰럽고도 장하게 여겨 자주 여러 가지를 챙겨주기도 했다.

그런데 그날 저녁 이징옥은 새로 부임한 신임 무관들이, 병영에서 자기들끼리 모여 남빈의 주도하에 요상한 동작으로 단련하는 걸 우연히 목격했다. 이징옥이 호기심이 들어 그것에 관해 묻자 그들은 이렇게 답했다.

"이것은, 세자 저하께서 창안하신 유격 체조라고 합니다."

"유격 체조? 그런 자세로 단련이 잘되는가?"

그러자 이징옥은 알 수 없는 비웃음이 담긴 그들의 표정을 직면해야 했다. 그 와중에 남빈이 이징옥에게 한탄하듯이 말했다.

"도절제사께서 이리도 좋은 것을 몰라보시다니 이것 참……."

왠지 자길 무시하는 듯한 그들의 태도에 자존심이 상한 이징옥은 마음에도 없는 소리를 내뱉고 최악의 선택을 해버렸다.

"세자 저하께서 군략의 기재시긴 하지만, 본디 문(文) 쪽에 더 조예가 높은 분이 아닌가? 무를 오래 수련한 본관이 보기에 큰 효과가 없어 보이는데⋯⋯."

그러자 다들 신임 군관들의 표정이 한층 더 노골적인 비웃음을 띄운 표정으로 변했다.

"그렇다면 도절제사 영감께서 직접 시험해 보시지요."

"그래! 내가 무관 경력이 얼마인데, 이런 거 하나 못 할 성싶은가?"

"일단 가볍게 몸을 푸는 동작부터 해보시지요. 이 자세는 체굴법이라 합니다."

그렇게 남빈의 지도하에 체굴법의 자세를 익힌 이징옥이 물었다.

"그래서, 이걸 몇 회나 하면 되는가?"

"주상 전하와 중전마마께서도 매일 백여 번씩 하신다고 하시니, 도절제사 영감께선 이백 회 정돈 가뿐하지 않겠습니까?"

"본관을 뭘로 보고 그러나? 나라면 삼백 회도 문제없네! 이십 년이 넘게 마보로 단련된 내 체력을 우습게 보는가?"

그렇게 남빈이 알려준 대로 천천히 동작을 시작한 이징옥은 100회를 넘기자 첫 고비가 찾아왔다.

'이런… 내가 너무 쉽게 생각한 건가?'

하지만 어릴 적부터 타고난 신력이 범상치 않았던 이징옥은 자존심을 걸고 200회까지 어떻게든 달성했다.

그러자 지켜보고 있던 남빈이 조금은 감탄한 어조로 말했다.

"도절제사 영감, 자세가 흐트러졌습니다. 그리고 이 체굴법이란 것은 중간중간 휴식을 취하며 하는 것이 효과가 더 좋으니 잠시 쉬었다가 하시지요."

"필요 없네! 내가 그 정도로 나약해 보이는가?"

이징옥은 자존심 하나로 버텨가며 결국 맨손 스쿼트 300회를 완수했다.

"허억, 허억… 후우……."

"정말 대단하십니다. 이렇게 대단하신 체력을 지닌 분은 세자 저하 이후로 처음 봤습니다."

"뭐라?"

"그럼 이제 몸풀기가 본격적으로 끝나셨으니, 본격적으로 유격 체조를 시험하실 차례입니다."

'뭐? 아까 말한 체굴법이 몸풀기란 게 사실이었나?'

"자! 이제 영감께서 본 교관의 시범 동작을 보고 따라서 차례대로 이십 번씩 하시면 됩니다."

그렇게 유격 체조라고 하는 괴상망측한 자세의 동작을 억지로 따라 하던 이징옥은 전신회라고 부르는 동작의 차례에서 눈앞에 강이 흐르는 환상을 보이고 돌아가신 조상님들이 모여 자신을 향해 손을 흔드는 모습을 영접하고 말았다.

"으— 아아아악!"

그 순간 남빈은 기어코 척추 반사적으로, 이정옥에게 무례를 범하고 말았다.

"대답은 짧게! 악으로!"

*   *   *

이정옥과 김종서에게 건주위 야인들이 남하 중이라는 장계가 조정에 도착하자, 조정에서도 이들이 조선 땅에 발을 들이기 전에 선제공격하자는 의견이 다수라고 한다.

나도 조선이 전장이 되기 전에 먼 북쪽으로 치고 나가 저들을 섬멸하고 싶다. 하지만 지난번 황엄에게 제시했던 이만주 토벌에 대한 비답이 아직 오지 않은 상황이라, 조정에서도 섣불리 나서기 힘든 모양이다.

그러면 일단 방어 태세라도 제대로 갖춰야겠지.

도로에 관한 연좌 상소 문제는 이미 공론화되었고, 내가 최윤덕에게 부탁해 수미법에 대한 부분도 논의에 오르게 했었다. 하지만 예전부터 최윤덕과 사이가 좋지 않던 황희의 반대로 논의가 길어지던 차에 북방에서 큰일이 벌어지니 모두의 신경이 북방에 쏠려 야인들이 처리되기 전엔 전부 뒤로 밀리게 생겼다.

하아… 이 망할 놈들은 조선에 정말 백해무익한 존재들이다.

조선에 귀순한 성저야인을 빼곤 도움되는 야인들은 이제 모두 죽은 야인들뿐이었다. 그들의 후손은 조선에 귀의해 공신 집안으로 남거나 조선인이 되었으니 이젠 야인이라도 할 수도 없다.

미래엔 저놈들이 나라를 세워서 조선에 쳐들어오기까지 했으니, 도저히 좋게 보려 해도 좋게 볼 수가 없다.

"그래서, 축성 대감의 의견은 강을 건너 북쪽에 전초기지를 여럿 세워야 한다는 쪽이시오?"

"예, 그러하옵니다. 고래로부터 아국이 전장이 되는 경우, 전쟁에서 이긴다 한들 그 피해가 말로 할 수 없을 정도이옵니다."

그와 옆에서 같이 논의 중이던 이천도 최윤덕에게 동조했다.

"소관도 영중추원사 대감의 의견에 같은 생각이옵니다."

"총통위장은 일전에 저 악적 이만주를 먼 산으로 쫓아낸 당사자잖소. 이만주가 대체 무슨 목적으로 남하 중인지 추측하실 수 있겠소?"

"으음… 소관의 짧은 식견으로 추측건대… 이만주의 소행이 아닐 수도 있다고 봅니다."

"그게 무슨 말이오? 건주위의 우두머리는 이만주잖소?"

"이만주가 그동안 무사히 살아 있을 수 있던 건, 명국에게 도사직을 받아서 그런 것도 있지만… 그보다 아조의 군대와 전면 교전을 철저하게 회피해 온 탓이 크옵니다."

그동안 이만주에 대한 기록만 보다가 그와 직접 싸운 당사자에게 이야기를 들으니 신선하게 느껴진다.

　"그 악적은 언제나 소규모의 가벼운 기병을 우회하여 움직여 아국의 방어가 취약한 고을만을 골라 빠르게 약탈하고 도망을 갔었사옵니다."

　"그런데… 그랬던 놈이 대규모로 천천히 남하 중이라 하니 의심이 든다는 게요?"

　"예, 그렇사옵니다. 소관이 추측건대, 이는 이만주가 병사했거나 혹여 반란이 일어나 그가 축출된 것이 아닌가 사료되옵니다."

　"으음… 대감의 의견은 어떠하시오?"

　"소관 역시 총통위장의 의견에 공감합니다. 소관도 북방에서 이만주를 직접 겪어본바, 그는 자신의 부족 소수가 죽었다한들 야인의 습속대로 복수를 위해 조선을 전면 공격할 이가 아닙니다."

　"그렇다면 의심 가는 인물이 있소?"

　"그의 휘하 추장 중 세력이 강대한 심시리합(沈時里哈)이나 동소로(童所老)가 새로이 우두머리가 되지 않았나 추측 중이옵니다."

　"대감. 소장이 알기론 심시리합은 작년에 죽고, 그 아들이 지위를 물려받은 것으로 알고 있습니다."

　"그랬었나? 으음… 현역에서 물러났더니, 내가 그런 정보에

어두워졌군."

그런데 내가 알기론 저 둘은 동갑일 텐데? 현재 지위의 차이가 있다고 한들, 이천이 최윤덕에게 지나칠 정도로 예를 차리는 게 눈에 띈다. 아무래도 둘 사이엔 내가 모르는 무언가가 더 있나 보다.

"악적이 파저강 일대에 진을 치고 살 때, 성상의 명을 받아 소관이 이끌던 아조군의 총통과 화포에 크게 당해 낭패를 보고 살던 곳을 버리고 도망친 적이 있사옵니다."

최윤덕이 직접 나선 파저강 토벌 이야기구나. 이만주가 조선에 침입해 약탈하고 사람들을 잡아간 게 원인이었지, 아마? 그때 아바마마의 진노가 엄청났던 것으로 기억한다.

"그때 아군의 사상자는 네 명 정도였지만, 야인 놈들은 수백이 사로잡히고 사살되었으니 이만주의 충격이 대단했을 것이옵니다. 그 후 이만주는 아조의 군대와 전면 교전을 철저히 회피했사옵니다."

으음… 다시 들어봐도 최윤덕의 공적이 대단하긴 했구나. 이런 사람이 조금이라도 더 오래 사는 게 조선에 큰 도움이 될 테지.

"으음… 대감의 공적이 새삼 크게 와닿는구려. 그대가 그때 이만주를 몰아내지 못했다면 더 많은 백성이 잡혀갔을 것 아니오? 내가 늦게나마 대감의 공을 기려 이것을 주려 하니, 부디 건강히 장수하길 바라오."

그렇게 말한 나는 가지고 다니던 미당의 주머니를 꺼내 최윤덕에게 내밀었다.

"저하의 은혜가 망극하옵니다만, 이미 소관은 주상 전하께 과분할 정도의 상을 받았으니 마음 쓰지 않으셔도 되옵니다. 부디 거두어 주시옵소서."

"영중추원사 대감이 극히 겸손한 것은 내 알고 있으나, 이것은 귀금속 같은 게 아니라오."

"그럼 이 주머니 안에 든 것이 무엇이옵니까?"

"대감은 일전 명에서 온 흠차내사 황태감이 무슨 대접을 받았는지, 소문을 듣지 못했소?"

"설마… 이게… 그…….."

최윤덕도 차마 예상치 못했는지 주머니를 든 손이 덜덜 떨리고 있다.

"그렇소, 그게 최근 저자에 소문만 무성하던 그 미당이오."

"이런 귀물은 차마 소관이 감당할 수 없사옵니다. 부디……."

"어허, 그대가 무병장수하길 바라는 나의 마음일 뿐이오. 이게 귀물이라곤 하지만, 어떻게 대감보다 더 귀할 수 있겠소? 이는 어심이기도 하니 편히 받아드리시오."

그러자 그는 주머니를 방바닥에 놓고, 아버님이 계신 방향으로 절을 했다.

"주상 전하, 성은이 망극하옵니다!"

"내가 대감을 위해 준비한 양생 비방이 담긴 식단과 단련법을 적은 소책자이니, 반드시 이를 지켜 무병장수하길 바라오."

"이 노구가 말년에… 성상께 이리도 과분한 성은을 입을 거라 생각 못 해봤사옵니다. 또한, 저하의 은혜가… 망극하옵니다."

어심이라고 한 건 거짓이지만… 나중에 최윤덕이 아버님과 대면해서 미당에 관해 말을 해도 아버님께선 당황하지 않고, 이걸 빌미로 오히려 어떻게든 더 부려먹을 생각하실 분이다. 오히려 이 일로 날 칭찬하실걸?

"총통위장은 이번에 북방군을 지원하기 위해 다시 북으로 가게 되었다고 들었소."

"예, 그렇사옵니다, 저하."

"그럼 그대에겐 이게 필요할 듯싶으니, 이걸 가져가시오."

난 설탕이 가득 담긴 커다란 상자를 탁자 아래서 꺼내 내밀었다.

"설마, 이것은 저하께서 집필하신 병법서가 든 궤옵니까?"

"아닐세. 그대는 이미 경지에 다다른 장수인데, 내 병법이 무슨 도움이 되겠는가? 이건 사당이 든 궤일세."

그러자 이천 역시 눈이 빠질 듯이 놀란 표정으로 손을 떨기 시작했다.

"이게 전부 사당이라니요… 이만한 양의 사당을 소관이 혼자 감당키 어렵사옵니다."

"자네 혼자만 쓰라고 주는 게 아닐세. 자네가 데려가는 총통위의 병졸들이 병들거나 지칠 때 먹이라고 내주는 것이니, 사양 말고 가져가게나. 물론, 노구에 북방으로 다시 가게 된 그대를 생각해서 준비한 것도 맞네만."

그러자 이천 역시 감격한 표정으로 내게 절을 하며 외쳤다.

"저하의 은혜가 망극하옵니다."

그렇게 그들이 돌아간 후, 아버님이 최윤덕의 건의를 수용해 예전 이만주의 본거지였건 파저강 근방에 북방군이 먼저 진을 치고 대비하기로 하셨다고 들었다. 파저강 정도의 가까운 권역이면 나중에 명에서도 쉽게 트집 잡지 못할 거다.

그 후엔 조정에서 파견한 총통위를 비롯한 다른 병력이 지원하게 될 거라고 한다.

*   *   *

이징옥은 최근 민가의 소개와 피난이 예상보다 빠르게 이루어지고 있다는 소식을 듣자, 새삼 남빈의 능력에 감탄했다. 지난번엔 남빈이 자신에게 큰 무례를 저지르기도 했지만, 그게 세자 저하께서 직접 가르치신 훈련의 법도라고 하여 너그러이 이해해 줄 수 있었다.

그 후로 이징옥도 오기가 들어 항상 자기 전에 남 부관에게 배운 대로 새로운 단련법을 시험 중이다. 본래 타고난 힘이 남들보다 몇 배는 강한 덕분인지 생각보다 금세 적응하는 데 성공했다.

그래서 요새는 훈련용으로 쓰이는 무거운 기병용 창을 여러 개 겹쳐 안아 들고 하는 체굴법을 시험 중인데, 며칠 해보니 몸이 무난히 적응해 수월히 최근엔 이백여 개 정도는 가볍게 할 수 있었다.

"후우… 이만하면… 남 부관이 돌아왔을 때, 대경하게 만들 수 있겠지?"

아직 역기나 아령의 존재나 중간 휴식의 중요성을 모르고 있던 이징옥은 정말 무식해 보일 정도로 괴상한 방식의 수련으로 자신을 혹사하고 있었다. 현재 조선에서 수위를 다툴 괴력의 맹장인 만큼 덩치도 크고 타고난 신력이 대단하기에 가능한 일이다.

"이 무도한 야인 놈들… 오기만 해봐라. 내 친히 그놈들의 사지를 전부 찢어 죽이고 말리라."

그러자 전령이 도착했다는 소리가 들리고, 곧이어 서신을 건네받은 병사가 이징옥에게 달려와 고했다.

"도절제사 영감, 조정에서 교지가 내려왔습니다."

"그래? 이리 다오."

이징옥은 교지를 앞에 두고 먼저 예를 표해 절을 한 후, 그것을 조심스럽게 펼쳐 읽기 시작했다.

교지의 내용은 이징옥의 휘하 병력은 파저강 근처에 진을 치고 오도리(吾都里)의 대호군(大護軍) 동소로가무(童所老加茂)를 위시한 성저야인들을 소집해 국경의 틈을 방비하여, 무도한 건주야인들이 조선 땅에 침입하는 걸 저지하라는 명이 담겨 있었다. 게다가 전임 평안도절제사 이천이 새로 창설된 총통위란 부대를 이끌고 지원할 거라고 적혀 있어 이징옥의 마음이 한결 가벼워졌다.

"드디어 성상의 명이 떨어졌다. 모두에게 전해라, 우린 도하하여 국경 너머 북쪽의 파저강으로 갈 것이다."

"네. 장군의 명을 받들겠사옵니다."

그렇게 이징옥 휘하의 북방군은 예전 이만주의 근거지였던 파저강 인근의 올라산성과 근방의 요지를 점령해 진을 치고 건주위의 남하에 대비하기 시작했다.

그렇게 칠 일 정도의 시간을 들여 진을 친 후, 척후병에게 저들의 정찰 겸 선봉대로 보이는 오백가량의 기마 병력이 빠르게 남하하여 파저강 북단 인근에 접근 중이라는 소식이 들어왔다.

그 소식을 들은 이징옥은 빠르게 결정을 내렸다.

이징옥은 일전에 세자 저하께서 하사하신 서책에 편곤이라고 적혀 있던 무기를, 책의 그림을 토대로 새로이 만들어 기존의 기병대에게 지급했었다.

그리하여 철판 갑을 입은 새로운 기병대는 아직 소수이니 예비대로 후방에 대기하게 하고, 신무기로 무장한 기존의 기마 병력을 활용하기로 마음먹었다.

이징옥은 적의 이동 예상 경로에 육천의 기병을 천 단위로 분산 배치하여, 그들이 조선 땅을 밟지 못하게 만들 작전을 세워 실행했다.

"그래서… 자네 예측대로면, 이 숲 근방에서 하루에서 이틀 내에 저들과 마주치게 될 거라고?"

새벽부터 숲에서 대기하고 있던 기병대 지휘관 정상현이 방금 보고를 하러 온 척후병에게 물었다.

"예, 그렇습니다. 야인 선봉대의 이동 예상 경로가 그들의 옛 본거지들로 추측되는바, 마천(摩天)에서 가까운 이 숲에서 대기하고 있으면 반드시 마주치게 될 것입니다."

"그게 다, 요즘 척후들이 사용 중이란 망원경이란 기물 덕인가?"

"그렇습니다. 이 기물 덕에 요즘 척후 활동이 더없이 수월합니다. 가령 정보를 얻은 후 후방에 대기 중이던 아군 척후나 전령들이 서로 깃발 신호를 확인해 빠르게 본진으로 전달이 가능하니, 예전의 척후 활동 때보다 그 속도와 효율이 가히 비교조차 할 수 없습니다."

"그래. 이게 처음엔 이호군(이순지)이 간의대(簡儀臺)에서 하늘의 별을 보려고 만들었었다는 풍문은 들었었는데, 이리도 군에 유용하게 쓰일 거라곤 차마 생각 못 했구나."

"하지만 이를 이용한 신호 전달과 보고 체계를 처음 만든 것은 함길도절제사 영감이라고 들었습니다."

"하긴… 대호(大虎) 영감이 워낙 재지가 비범하신 분이니, 딱히 놀랍거나 하진 않구나."

"그런데 소문으로 듣기엔 그분은 체구도 작고 문관 출신이신데, 별칭이 왜 대호입니까?"

"그분을 대면하면 호랑이처럼 눈빛이 강렬하고 위세가 대단해, 대면한 사람을 위축되게 만들어 그런 듯하구나."

"잠시만, 뭔가 지면에 울림이 옵니다."

그러자 척후병이 지면에 귀를 대고 한참을 듣더니 다시 말했다.

"저놈들이 중간에 속도를 대폭 올린 듯합니다. 늦어도 반나절 이내에 마주치게 될 듯하니 미리 준비하시는 게 좋을 듯합니다."

"그럼 정오에서 오후 사이에 야인 놈들을 볼 수 있게 되겠구나."

그렇게 파저강 북변의 긴 하루가 시작되었다.

*   *   *

숲에서 대기 중이던 기병대는 해가 가장 높이 뜨기 전에 2인 1조로 이뤄진 여진의 척후병이 숲에 접근 중인 걸 발견했다.

그걸 망원경으로 발견한 지휘관 강계만호(江界萬戶) 정상현은 대기 중이던, 선두의 부하들에게 조용히 준비 신호를 보냈다.

그렇게 한참을 기다려 그들이 숲의 입구에 가까이 온 것을 확인하고, 신호를 보내 일제히 화살을 쏘았다.

— 커헉!

— 끄악!

"저놈들의 시체를 치우고 화살을 수거한 후, 핏자국을 없애 흔적을 지우게."

"명을 따르겠습니다."

"그대는 살아남은 저 말에 재갈을 물려 나무에 묶어두고, 화살에 맞은 다른 하난 고통을 덜어주게나."

그렇게 척후병을 처치하고 기다리던 기병대는 한 시진 후 정오쯤에 건주위의 선봉대와 마주할 수 있었다.

"여기서 기다린 보람이 있군. 저들의 우측을 선점할 수 있겠어. 전군 전속력으로 돌격하라!"

조선군은 적들의 이동 속도에 맞춘 절묘하고도 완벽한 순간을 포착해, 숲에서 튀어나가 여진족에게 쇄도했다.

"뭐야, 이건?!"

선봉을 자처해 정예 기병대를 이끌고 먼저 조선의 후방을 유린하려 했던 동가진은 생각지도 못한 조선군의 복병에 걸렸다.

"소족장! 저들이 오른쪽에서 들이닥쳐 활을 쏠 수가 없습니다!"

"당장 좌측으로 돌아서 태세를 정비해 반격해야 한다!"

동가진이 군세를 좌로 돌리려고 방향을 틀자 조선의 기병대가 순식간에 20보(약 36m) 이내로 접근해 일제히 활시위를 당겼다.

― 쉬이익.

여진의 선봉대보다 배는 될 만한 조선군의 기병에게 화살세례를 받으니, 좌익으로 반전 중이던 우측 열의 병력이 대략 절반이 넘게 화살을 맞거나 말이 다쳐 그대로 낙마했다.

"으아악! 살려―"

조선군의 선두는 어느새 추가 달린 기다란 나무 몽둥이처럼 생긴 무기로 바꿔 들고 속도를 높여 그대로 낙마한 여진 야인들을 짓밟고 지나갔다.

지휘관의 신호에 맞춰 후열의 기마병들이 다시 한번 화살을 일제히 쏘아대니 반전 도중 졸지에 뒤를 잡힌 여진의 야인들은 오십여 명이 대거 낙마하고 일부는 화살이 몸에 박힌 채로 질주하고 있었다.

조선군의 선두는 일부 낙마하고도 몸을 일으키려 하는 이들을 편곤으로 그대로 후려치면서 짓밟고 돌진하여 완벽하게 적의 후위를 잡는 데 성공했다. 일부 여진의 후위는 배사의 자세로 활을 쏘아 반격하기도 했으나 경번갑과 마갑을 갖춰 입은 선두에겐 통하지 않았다.

여진족들이 며칠 동안 말을 번갈아 갈아타면서 왔다 한들, 지금은 지친 말들을 타고 있으니 기다리면서 말의 체력을 비축해 둔 조선 측이 더 유리할 수밖에 없으니 일어난 일이다.

"조선의 강역을 침범하려는 저 무도한 야인들을 전부 죽여라!"

명이 떨어지자 기병대원들은 다들 입을 모아 외쳤다.

"죽어라—!"

지휘관의 지시가 떨어지기 무섭게 편곤을 든 선두가 후위의 야인들을 일제히 후려쳐 낙마시키자, 어느 정도 간격을 두고 후열에서 창을 들고 오던 기병들이 마무리하면서 속도를 올렸다.

그 순간 선두에 선 이들이 전력 질주 도중 절묘하게 속도를 늦추는 신기와도 같은 재주를 부려 이용해 벌어진 포진의 틈으로 후열로 빠지고, 그 틈에 기병창을 든 후열의 기병들이 선두에 섰다.

"추행진을 펼쳐라!"

조선군은 뾰족한 화살촉 모양의 추행진으로 진행을 변경해 적의 후위를 찔러 급격한 기동으로 지쳐 속도가 떨어지고 있는 야인들의 병력을 일도양단해 버렸다.

동가진은 예상 못 한 습격과 조선군의 기량에 당황해서 반으로 쪼개진 병력을 수습할 생각조차 못 하고, 그대로 오던 방향으로 몸을 돌려 남아 있는 좌익 쪽의 병력을 이끌고 도망치기로 결정했다.

"퇴각하라! 퇴각해!"

"장군! 저들이 퇴주 중인데 병력을 나눠 계속 추격해야 하지 않겠소이까?"

겨우 백여 명이 조금 넘는 병력만을 이끌고 퇴각하던 동가진을 보던 지휘관 정상현이 말했다.

"아니다. 저 방향으로 가게 되면 대기 중이던 아군 기마대와 마주치게 될 거다."

"우린 남아 있는 야인들을 마저 섬멸한다. 모두 반전하여 저들을 모두 쳐 죽여라! 조선의 국토를 침탈하려던 놈들이니, 항복하는 놈들도 예외는 없다."

그렇게 건주위의 옛 근거지를 미리 확보하고 조선의 후방을 약탈하려 출발했던 여진의 선봉대는 도망간 백여 명만 남기고 전멸했다.

*　　　*　　　*

건주위 선봉대는 갈라진 우익 측의 병력을 조선군에게 제물로 바치다시피 하여 간신히 탈출에 성공했다.

그러자 선봉대의 부관이 물었다.

"소족장, 이제 어떻게 하실 겁니까?"

"일단 돌아가서 대족장의 본대에 합류하고 우리가 겪은 바를 자세히 보고해야겠지."

"하지만 우리가 이런 참패를 겪은 것을 대족장께서 아시면……."

"저들의 최고 정예군이 우리의 경로를 예측해 매복하고 있었으니 누군들 무사할 수 있었겠냐? 이는 아버지께서도 이해하실 거다. 우리의 본대는 일만이 넘고 후속 부대도 오천에 가까우니 전면전을 벌이면 우리가 조선에 밀리지 않을 거다."

"하지만 저들은 화포와 화살을 쏘는 쇠막대기도 쓰지 않고 우릴 유린했습니다. 예전에 파저강에서 살아남은 이들에게 들었던 무기들이 동원된다면 우리가 감당키 어렵습니다."

화살을 쏘는 쇠막대기는 기병용 세총통(細銃筒)을 이르는 말이다. 최윤덕이 파저강 토벌에 나섰을 때 유용하게 사용하여, 그것을 목격한 여진족들에겐 공포의 대상으로 남았다.

"그런 건 명국에도 흔히 있는 화포와 다를 것이 없어. 그것들은 한 번 쏘고 나면 무용지물이나 다름없으니 크게 겁먹을 필요는 없다."

"하지만 제가 들은 바론……."

"오히려 무서운 것은 작은 돌멩이나 쇠 쪼가리를 한 번에 여럿 재어 쏘는 화포나 커다란 철환을 발사하는 화포가 위협적이다. 작은 탄 여럿을 쏘는 화포는 다행히도 사거리가 짧고, 철환을 쏘는 화포는 기마 대형을 크게 벌리고 활로 견제하면 아무것도 아니니 걱정할 필요 없다."

사실 동가진은 화포를 직접 보거나 경험해 본 적도 없었고, 그저 파저강 토벌 당시 화포를 목격한 자들에게 이야기를 들었을 뿐이다. 화포의 사정거리가 활보다 아득하게 길 거란 생각은 차마 못 해보고 그저 자신의 상식 기준에 맞춰 왜곡하여 받아들였을 뿐이다.

"역시 소족장께선 영민하시군요. 듣고 보니 저들이 화포를 대거 동원해도 걱정할 필요가 없겠습니다."

그렇게 더 이상 추격이 없음을 확인하고 긴장을 풀던 건주위 선봉대에게 생전 처음 보는 형태의 갑옷을 입은 기병 오십여 명이 나타나 진로를 가로막았다.

"저것들도 조선군인가?"

"소족장, 어찌하실 겁니까?"

"지금은 아까와는 상황이 다르다. 정면으로 마주친 데다 우리의 수가 저들보다 많으니, 모두 궁진을 펼쳐 저들을 교란하여 수를 줄이고 퇴각하면 된다."

동가진의 지시에 맞춰 건주위 선봉대는 두 패로 나뉘어 원을 그리듯 움직여, 두 개의 반원진을 구성한 후 제자리에서 일제히 화살을 발사했다.

천천히 걷듯이 접근하던 조선의 기병대는 쏟아지는 화살을 무시하고, 아주 조금씩 속도를 올리기 시작했다. 이어서 쉴 없이 계속 쏟아지는 화살 비마저 전혀 효과가 없자 부관은 당황했다.

"소족장! 저들은 화살이 전혀 통하지 않습니다."

"아니, 저게 무슨… 이만주의 본위병도 이 정도의 화살 공격은 버티지 못할 터인데……"

동가진은 좀 전에 당한 조선군의 공포가 밀려들어 와 재빠르게 전략을 변경하기로 마음먹었다.

"모두 뭉쳐 일점돌파하여 퇴각한다. 어차피 다시 조선 방향으로 간다고 한들 그놈들이 다시 대기 중일 테니 필사의 각오로 돌파하여 본대로 합류하는 수밖에 없다. 우리가 탄 말도 다들 지쳐 도주가 힘드니, 이 방법이 최선이다."

그리하여 여진 선봉대는 기병창을 꼬나쥐고, 자신들의 수가 우세함을 믿고 적의 돌격에 맞서기로 하고 빠르게 뭉쳐 돌진했다.

하지만 가뜩이나 지친 말들로 반원진을 구성해 궁시로 상대를 공격하다가 급히 다시 모여 돌격하려니 말들의 속도가 제대로 나오지 않았다.

그사이에 조선의 기병대는 어느새 가속이 붙어 빠른 속도로 다가오고 있었는데, 생전 처음 보는 형태의 기다란 기병창을 들고 있다.

'그래도 우리 수가 더 많으니 첫 격돌 이후 낙마하는 인원들을 버리고 도망가면, 무거워 보이는 갑주를 걸친 저들의 속도로 장시간 우릴 쫓기 힘들 테니 어떻게든 될 것이다.'

*   *   *

영중추원사 최윤덕의 아들 최광손은 북방에 부임하자마자

갑옷 치수가 몸에 잘 맞는다는 이유로 결원이 생긴 철판 갑주 기마병에 편재되었다.

평안도절제사 이징옥의 지옥과 같은 기마 훈련 일정을 버티면, 저녁엔 흉신악살과도 같은 동기이자 부관으로 출세한 남빈의 훈련을 소화해야 했다. 그 후 점차 훈련에 몸이 익숙해지자 남빈의 지도하에 역기라고 부르는 철판을 끼운 무거운 철근 봉을 들고 체굴법을 해야 했다. 그것마저 몸에 익숙해지자 기다란 탁자 같은 것에 누워서 철봉을 위로 들었다 내리기를 반복해야 했다.

그러다 보니 평생 북방에서 고생만 하는 아버지를 보고 문관을 지망하던 자신의 꿈은 점점 멀어져 갔으며. 이쪽이 진정 자기가 바라는 길이 아닌가 하는 생각도 들며, 단련은 좋은 것이라고 세뇌되는 듯한 기분도 들었다.

그렇게 반년 가까이 악몽과 같은 나날을 힘겹게 버티던 와중에 전쟁이 벌어지게 되니, 최광손은 첫 출전의 공포나 긴장 같은 사치스러운 감정은 전혀 느끼지 못했다. 그저 그동안 쌓인 울분들을 저 무도한 야인들에게 분출해야겠다는 분노의 감정만이 몸을 지배했다.

점점 야인들과 거리가 가까워지고 면갑을 쓴 좁은 시야로도 저들의 얼굴이 보일 만큼 접근하자 선두에 위치한 최광손은 기병창을 옆구리에 끼운 채로 적의 선두에서 가장 화려한 갑옷을 입은 남자에게 돌진해 창으로 가슴을 꿰뚫었다.

그동안 힘들게 배운 것들이 헛되지 않았는지, 최광손은 화려한 갑옷의 남자를 꿰뚫고도 모자라서 그를 창에 끼운 채로 들어 뒤에 있던 깃털 모자를 쓴 야인마저 관통해 한창으로 두 명을 사살했다.

'크으으… 진정한 기병이란 것이 이런 거였나?'

이 한 방으로 최광손 그동안 쌓인 울분과 분노가 한 번에 풀리는 기분이 들었다. 최광손은 난생처음 아버지 때문에 억지로 배워야 했던 무예가 재밌게 느껴지고, 이제까지 느껴본 적 없었던 만족감에 취했다.

최광손은 도절제사에게 배운 대로 적을 꿴 창을 무리하게 뽑으려다 자신이 휘둘리지 않도록 바로 손에서 창을 놓고 안장에 차고 있던 신형 쌍수 장검을 빼 들었다.

"이 무도한 야인 놈들아! 여기서 살아나갈 생각 따윈 버려라!"

그렇게 장검을 휘둘러 경로를 가로막는 야인 놈들을 베어 넘기다 보니 간간이 저들의 곡도나 기병창이 몸에 스치기도 했지만, 그에겐 아무런 타격도 주지 못했다.

최광손은 그렇게 무아지경으로 빠르게 적들을 베어 넘기며 전진하다가, 후열에서 야인치곤 잘 차려입어 대장처럼 보이는 이가 도주하려던 것을 발견했다.

"네놈이 이 야인 놈들의 수괴로구나! 그 목을 내놔라!"

그렇게 대장으로 보이는 이에게 돌진하던 찰나, 그를 호위하던 병졸 하나가 탑승 중이던 말에서 몸을 날려 최광손을 덮쳐 낙마시켰다.

'이런!'

적이 몸을 날려 말에서 같이 떨어졌으니 그렇게 매일 고통스럽게 훈련하던 낙법도 사용할 수 없었다.

하지만 최광손은 그 순간 배웠던 갑주술을 침착하게 응용해, 적을 아래로 끌어당겨 바닥에 깔아뭉개자 크게 다치지 않고 착지할 수 있었다.

밑에 깔린 자는 그대로 전신의 뼈가 부러져 즉사했는지 움직이지 않았다.

그래도 충격이 아예 없던 것은 아니라 온몸이 비명을 지를 듯이 아팠지만 참아야 했다.

'으으윽… 연습 때보다 더 아프잖아?'

하지만 최광손은 침착하게 낙마하면서 떨어뜨린 장검을 찾아 다시 쥐고 적의 공격에 대비했다.

그러자 적의 수괴가 그대로 자신 쪽으로 말을 달려 곡도를 들어 자신의 머리를 노리는 것이 보이자 배운 대로 움직이며 적의 말머리를 노렸다.

"흐압!"

— 텅!

그 순간 적의 공격으로 투구가 살짝 돌아갔는지 아무것도 보이지 않았지만, 살점을 베고 뼈를 끊어내는 감각이 손에 그대로 느껴졌다.

최광손은 본인이 분명 적 수괴의 말머리를 베어냈다고 확신했다.

최광손은 빠르게 살짝 돌아갔던 투구를 고쳐 쓰고 이어질 적의 공격에 다시 대비하려는데 뭔가 분위기가 이상함을 느꼈다.

'뭐지?'

자세히 보니 적 수괴로 추정되는 자를 호위하던 소수의 병력은 어느새 아군의 기마대에 포위되어 공포에 질린 표정으로 무기를 버리고 있었다.

그렇게 최광손이 고개를 돌려 뒤를 바라보니, 어느새 모든 적은 아군의 거창 돌격에 휩쓸려 전멸한 듯 살아 있는 이가 보이지 않는다.

좀 전의 적의 수괴로 추측된 이가 어디 있는지 확인하자 최광손은 황당한 감정을 느꼈다.

머리가 잘려 나간 채 쓰러진 말을 발견했는데 타고 있던 이의 상반신도 같이 잘려 나갔는지, 대각선으로 잘린 채로 하반신만 남아 있는 시체가 보인 것이다.

"허어… 이게 대체 무슨……."

"이보게! 최 군관!"

"예, 만호 나리."

기병대의 지휘관인 만호 정진(鄭珍)이 하마해서 면갑을 개방한 채로 최광손에게 다가오고 있었다.

"그대가 대공을 세웠구나! 야인 추장 놈의 아들을 잡았어!"

"예? 그게 정말입니까?"

"그래. 방금 사로잡은 이들에게 물으니 자네가 저들이 소족장이라고 부르는 추장의 아들 놈을 말을 탄 채로 참해 버렸다고 이야기하는구나."

'분위기상 그놈이 적의 수괴 같아 보이긴 했지만, 그 정도의 거물이었다고?'

"자세한 건 더 심문해 보아야 하겠지만, 저들의 선봉대는 이미 확실하게 괴멸했다. 그대의 춘부장 영중추원사 대감에게도 부끄럽지 않을 대공을 세웠으니 자랑스러워해도 되네."

그렇게 해가 저물어가고, 북방의 긴 하루와 전초전도 끝이 났다.

제5장

동상이몽

 북방에서 벌어진 전초전에서 아군이 단 한 명의 인명 손실도 없이 압승하고 무도한 야인들의 선봉대를 몰살했다는 장계가 올라왔다.

 이징옥의 빠른 대처로 저들이 조선 땅을 밟아보기도 전에 완벽하게 섬멸하고 살아남은 준마 100여 마리를 전리품으로 거뒀다고 하니 대승이라고 할 수 있겠다.

 저들이 대족장이라고 부르는 추장 자리에 동소로라는 야인이 올랐다는 것도, 최광손이 참살한 동가진의 측근에게서 정보를 얻었다고 한다.

 "영중추원사 대감, 아들이 대공을 세웠다고 하니 기분이 좋으시겠소."

"아뢰옵니다. 소관의 불초 가아(家兒)는 그저 운이 좋았을 뿐이고, 모두가 저하의 지도 덕에 이뤄진 일이옵니다."

에이… 말은 그렇게 해도 얼굴에 미소가 끊이질 않는데? 역시나 속 썩이는 말썽꾸러기 아들이 개과천선해서 큰 공을 세웠다고 하면 엄청나게 기쁘겠지.

"장계를 보니 이만주가 건주위의 대족장에서 밀려 나고 동소로라는 야인이 그 자리에 올랐다고 하니 대감의 예측대로 되었소이다. 혹시 그에 대해 아는 바가 있으시오?"

"적 추장 동소로와 직접 교전을 벌인 적은 없으나, 일전에 사로잡은 야인들에게 듣기론 본디 이만주와 사이가 좋지 않은 데다 성격이 흉포하며 성급하고 탐욕스러운 이라고 들었습니다."

"사실 지금 동소로보다 뒤에 남아 있는 이만주가 무슨 흉계를 꾸밀지 그게 더 염려된다오."

"그래도 저들이 스스로 분열되어 세력이 약화되었고, 겁 없이 조선을 선제공격했으니 조만간 동소로의 세는 몰락할 것입니다."

"그렇소이까? 이 기회에 이만주까지 끌어내서 저 무도한 야인들을 한꺼번에 정리해 버리고 싶었소만……."

"이번 난이 끝나면 써볼 만한 방도가 있사옵니다."

"어떤 계책이오?"

"저하께서 지난번 흠차내사에게 이만주 토벌의 요청을 하셨으니, 그걸 이용해야 하옵니다."

"이번 전쟁을 전부 이만주의 책임으로 몰아 합법적으로 명의 권역까지 들어가서 그를 소탕하자는 이야기이오?"

"과연, 영민하신 저하답게 바로 이해하시는군요."

"지난번에 흠차내사에게 미당을 주고 부탁하긴 했지만, 토벌은 어느 정도 선을 지키는 선에서만 이야기가 오고 갔소이다. 명국이 자기들의 권역까지 간섭하게 하는 건 미당을 말로 퍼줘도 허락하지 않을 거요."

"그렇긴 하오만, 소관도 명에서 그 악적의 이용 가치가 슬슬 떨어지고 있음을 잘 알고 있사옵니다."

하긴… 나도 기록에서 봤는데, 나중에 명과 사이가 최악으로 변한 이만주는 요동을 공격했다가 명 조정의 분노를 샀다. 명과 조선의 합동 출정은 예상 못 하고 있다가, 전력 보존을 위해 토벌에 적극적인 의지도 없었던 남이(南怡)가 이끈 조선군에게 본거지를 급습당해 일족과 함께 몰살되었다.

그러고 보니, 전에 남빈(南份)에게 듣기론 아내가 회임 중이라던데 남이도 곧 태어나겠네?

아무튼… 이만주는 나름대로 능력은 있어도 불운의 상징 같은 놈이란 말이지. 흠… 뭔가 써먹을 만한 게 생각났다.

"뭔가 떠오른 게 있는데, 일단은 아국을 침범하려 하는 북방의 무도한 야인들부터 응징하고 실행해야겠소이다."

이참에 건주위 놈들의 씨를 말리고, 후세에 청국이 들어설 여지 같은 건 주지 말아야겠다. 조선에 순종적인 야인들만 차츰 문화와 경제적으로 동화시켜 조선인으로 받아들여야겠지. 나머진 몽골에나 가서 정체성이 비슷한 말 성애자 놈들하고 같이 놀라고 하던가 죽일 수밖에 없다.

역사의 강제성이나 복원성? 웃기는 개념이다. 이미 조선의 역사는 크게 달라지기 시작했다.

혹여 재수 없으면 토목의 변이 안 일어날 수도 있겠지만, 그럴 기미가 없으면 내가 그들을 부추기고 양쪽을 이간하여 원 역사보다 더 크게 일어나게 할 거다.

애초에 몽골과 명은 양립할 수 없는 사이니, 그 부분은 처음부터 걱정이 없었다.

미래엔 사람들이 중국을 너무 사랑한 나머지 여러 개 있었으면 좋겠다고 소원하던데… 난 명을 사랑하진 않지만, 중국이 여럿이면 얼마나 좋을까? 상상만 해봐도 흐뭇하군.

*　　　　*　　　　*

평안도절제사 이징옥은 민가의 피난 임무를 마치고 온 남빈을 올라산성에서 만나 자랑스럽게 자신의 단련 성과를 보여주었다.

무식하게도 역기가 아닌 기병 창 수십 개를 안아 들고 쉼

없이 체굴법을 300개 하는 것도 모자라서, 유격 체조의 정수인 전신화마저 흔들림 없이 200개 이상을 해낸 것을 본 남빈은 상식이 붕괴되는 듯해 머리가 어지러울 정도였다.

"남 부관! 내 성취가 어떤가? 이 정도면 그대 눈에 차겠는가?"

"……."

유격 체조를 가르쳐 주고 헤어진 지 고작 한 달가량 지났을 뿐인데, 처음 남빈에게 지도받았을 때와는 차원이 다른 성과를 보여준 이징옥에게 남빈은 그저 경악한 표정을 지을 뿐이었다.

'영감께서 어렸을 적, 호랑이를 맨손으로 때려잡았다는 소문이 사실이었나…….'

"도절제사 영감, 정말 대단하십니다. 독학으로 이 정도의 경지에 오르셨으니 분명 올바른 자세와 방법을 익혀 몇 달만 더 고련하시면 저하의 경지에 근접하실 것 같습니다."

"뭐라? 세자 저하의 성취가 그 정도로 대단하신가?"

"세자 저하를 소관의 미천한 식견으로 감히 평가하기 어렵지만, 왕가에서 태조 대왕의 피를 가장 진하게 물려받으신 분이시옵니다. 게다가 타고나신 오성으로 사소해 보이는 동작마다 어떤 원리로 신체가 단련되는지 이론을 완벽하게 세우시고, 스스로 시험하신 후 소관에게 그 이치를 전수하셨나이다."

"허어… 세자 저하께서 타고나신 병략이 대단하신 것을 알고 있었으나 무예마저 그리도 대단하시다니… 본관은 이 나이 먹도록 타고난 힘만 가지고 우쭐댄 게 부끄러워지는구먼."

"그래도 정말 대단하십니다. 영감께서 소싯적에 산군을 맨
손으로 때려잡았다는 소문이 사실인 듯싶습니다만……."

"그건 헛소문일세. 그저 산중에서 마주친 산군과 눈싸움을
해 물러나게 만든 것뿐일세."

"…그것 역시 대단하신 일화 같습니다만……."

"그리고, 사람은 맨손으로 절대 산군에게 이길 수 없다네."

"예?"

"내가 그때 직접 산군에게 전력을 다해 주먹질을 해봤건만,
반응을 보아하니… 산군에겐 타격을 주긴커녕 쓰다듬는 수준
도 안 되어 보이더군."

"……."

"그때 좋은 교훈을 얻었다네. 사람은 역시 무기가 없으면
맹수를 이기기 어렵다는 걸 말일세."

그렇게 남빈이 여러모로 충격을 받아 굳어 있을 무렵, 갑작
스레 비상 신호종이 울리고 효시의 신호음이 들렸다.

*   *   *

조선을 향해 남하 중이던 건주위의 무리는 낯익은 지형들
이 눈에 들어왔다.

"저 풍경을 보니 고향에 돌아온 기분이 드는군. 이런 걸 '금

의환양'이라고 하던가?"

동소로는 대족장의 지위에 오른 후, 자리가 사람을 만든다는 격언을 몸소 실천하듯 진중해 보이게 행동했다. 물론 자신이 자랑스럽게 읊은 고사성어가 틀린 줄도 모르고 말이다.

어릴 적 부친 덕에 강제로 배운 천여 글자 정도나 간신히 외우던 동소로는 최근엔 둘째 아들이 선봉으로 떠나기 전 추천해 준 시경(時經)이란 책을 보고 있는데, 모르는 글자가 많아 이해가 안 가는 부분은 자기가 아는 글자들로 끼워 맞춰서 이해하고 있었다. 동소로 본인은 사악한 이만주에게 맞선 의로운 자라는 명분 덕에 대족장에 올라서 그런지, 요즘 부족원들 앞에서 특별하게 보이려고 필사적으로 노력 중이다.

옆에서 나란히 말을 타고 이동하던 심시리합(沈時里哈)의 아들이자 작년에 새로 부족장이 된 심이적휼(沈伊摘鷸)이 감탄했다.

"대족장께서 이리 영민하신지 예전엔 미처 몰랐습니다."

"남자는 사흘만 지나도 눈을 비비고 다시 보아야 한다고, '괄목삼대'라고 하지 않는가?"

"과연… 대족장께선 이만주 같은 비열한 작자와는 그릇과 학식의 격이 다르십니다."

물론 명국이나 조선의 관료들을 상대하기 위해 논어나 시경 정돈 기본적으로 외우고 있는 이만주가 들으면 심히 억울해할 말이다.

"하하하! 그런 패배자 놈 따위의 이야기를 꺼내서 무엇하겠는가?"

"어! 이 길을 보니 저쪽 위가 올라산성으로 가는 길목인 것 같습니다."

"그런가? 드디어 목적한 곳에 도착했군. 이제 산성에 진을 치고 며칠 정도 전사들과 말을 쉬게 한 다음 조선의 국경지대 부터 초토화해 버림세."

"대족장… 뭔가 이상합니다."

"뭐가 이상하다는 건가?"

"저 위쪽 숲에서 움직이는 이들이 여럿 보이는 게, 아무래 도 누군가 있는 듯합니다."

"내 아들놈이 미리 성을 확보하고 남겨둔 전사들이 아니겠 는가?"

"하지만… 저건 아무리 봐도…….'

그 순간 누군가 하늘로 효시를 쏘았다.

— 삐이이이~

그렇게 신호가 들린 후 숲 근처에 보이는 인영들이 부지런 히 움직이고, 땅이 크게 울릴 정도로 수많은 말발굽 소리가 들린다.

"설마… 우리가 예전에 여길 떠난 후, 조선군이 계속 이곳 을 점령하고 군을 주둔시키고 있었던 것인가? 대체 척후병은 뭘 한 거지?"

"아무래도… 정황상 전부 잡히거나 죽은 듯합니다."

"우리가 보낸 척후가 몇인데, 그들이 전부 잡히다니 말이 되는가? 삼 일 전에 보고받았을 땐 행군 경로에 아무 이상이 없다고 했는데… 그놈이 내게 거짓이라도 고한 건가?"

동소로는 모르고 있지만, 사실 그 척후의 정체는 오도리 출신의 간자였다. 조선군에서 사로잡은 척후와 인상이 비슷한 오도리 부족원을 골라 대략의 신상정보를 외우게 한 후, 거짓 보고를 올리게 만든 것이다.

망원경을 이용한 원거리 정찰과 깃발을 이용한 신호전달 체계를 확립한 조선군에게, 그저 눈으로만 확인하는 구식 정찰에 의존하는 건주위 야인들은 정보전에서 철저히 밀릴 수밖에 없는 것이다. 게다가 위장한 척후를 아무도 의심조차 하지 않았으니 당연한 결과다.

지금 이징옥의 휘하 정찰부대만 해도 100개가 넘는 망원경을 척후병들이 사용 중이다. 그 과정에서 안경청 장인들이 얼마나 갈려 나갔는지… 그들의 노고를 이징옥은 모른다.

"대족장! 일단 포진부터 하고 적을 맞이해야 합니다."

"그… 그래. 이성계 어르신도 이미 돌아가셨는데, 나약해 빠진 지금의 조선군 따위가 우리에게 상대나 되겠나!"

동소로는 어릴 적부터 부족의 어르신들에게 이성계의 무용담을 듣고 자랐다.

아직도 그의 이름은 북방에 전설적으로 남아 여진족들을 두렵게 만들고 있지만, 이미 그는 죽었기에 조선군은 아무것도 아니라고 생각하며 애써 자신을 진정시키려 노력했다.

"방패병들과 목창을 든 전사들을 전열에 세우고, 기마 전사들은 좌우 양익에 대기시켜라. 궁병은 전열 바로 뒤에서 준비하고, 나의 본위병들은 포진 중앙에서 대기한다."

동소로의 본위병으로 임명된 정예병들 500여 명은 일부 사슬이나 찰갑으로 무장한 이들도 있었지만, 대부분은 기름을 먹인 가죽 갑옷이나 짐승 뼈를 작게 조각내 찰갑처럼 줄로 꿰어 만든 골갑(骨甲)을 입은 이들이 대다수였다.

그마저도 동소로가 지급한 물품이 아니라 본래 본위병들 개인이 소유하던 장비였다.

"대족장, 저들의 기병대가 적어도 육천가량은 되어 보입니다만……."

마침내 모습을 드러낸 조선 기마병의 규모는 야인들의 상상을 초월했다. 건주위도 보유한 기마병도 전부 합치면 5천여 명가량은 되지만, 갑옷도 없는 이들이 절반 이상이고 장비의 질적 차이가 어마어마하니 차마 양측을 비교하는 것 자체가 조선에 실례인 수준이다.

"으음……."

"대족장. 곧이어 산성에서 저들의 보병이 지원하러 올 테고, 혹여 저기 보이는 높은 지대를 선점해서 저들이 자랑하는 화포마저 동원되면 지형에서 불리한 우리가 이기기 어렵습니다."

"그래서 어떻게 하자는 건가?"

"보병들이 기마병을 상대하는 사이에 도망… 아니, 퇴각하시죠."

"뭐? 부족원들을 버리고 도망이라니, 내가 무슨 명분으로 대족장에 올랐는지 모르나? 우리가 수로 압도 중인데 그런 내게 싸우기도 전에 도망을 가라고?"

"대족장! 지금 우리가 처한 현실을 보십시오! 저들은 전부 중갑을 차고도 모자라 마갑까지 착용한 조선군의 최정예입니다. 이렇게 대비도 안 된 상태에서 싸우다간 다 죽을 겁니다! 명분같이 하찮은 것을 죽고 나서 무덤까지 가지고 갈 겁니까? 아직 남하 중인 후속 병력 오천이 있으니, 그들과 합류해 유리한 지형을 미리 선점하지 못하면 저들의 정예 기병대에겐 필패할 뿐입니다."

"그래… 자네 말이 맞군. 내가 대족장에 오를 수 있던 것도 자네가 날 지지해 준 덕분이었으니, 그 말에 따르지."

동소로는 아군 기병 전사 지휘관들에게 적기마대가 돌진하여 사거리 안에 들어오면 화살을 쏘도록 은밀히 지시하고, 3발을 사격한 이후에 바로 본진에 합류해 같이 퇴각하도록 조치했다.

하지만 건주위 병력과 1리(약 400m) 정도의 거리를 두고 집결한 조선군의 기마대는 쉽사리 돌격하지 않고 조용히 대기하며 무엇인가를 기다리는 모습을 보여줬다.

그렇게 대치가 계속되자 동소로 역시 퇴각할 순간을 잡기가 힘들어졌다. 다수의 기마병을 눈앞에 두고 곧바로 등을 돌려 전군이 퇴각할 수도 없으니 미칠 지경이었다.

"저놈들은 대체 뭘 기다리는 거지?"

그렇게 양측이 서로 전열을 갖추고 상대가 움직이면 적의 방향에 맞춰 포진을 변경하며 눈치 싸움을 벌였다.

그렇게 치열하게 대치한 지 2각이 넘어가자, 동소로는 아군의 기병 전사들이라도 전진시켜 궁시로 저들을 교란하고 퇴각해 볼까 하는 고민이 들었다.

그렇게 동소로가 결단을 내리려는 순간, 동소로의 눈에 조선군의 후방에 손에 창보단 짧아 보이지만 기다란 막대기 같은 것을 든 보병 800여 명과 장창을 든 병사 1,000여 명 정도가 도보로 접근 중인 게 보였다.

"저 빌어먹을 것들은 또 뭐야? 설마 여태까지 저놈들을 기다린 건가?"

동소로는 짜증도 나고 은근히 겁이 나자 점잖고 학식 있는 척하는 말투 대신 본래의 천박한 말투가 그대로 튀어나왔다.

"저들은 아무래도… 예전에 한번 봤던 조선군의 총통병 같군요. 그런데 저리도 많은 수를 한꺼번에 보는 건 처음입니다."

"저게 뭐가 대단하다고 저렇게 기다릴 정도야? 내가 그동안 직접 본 적은 없었지만, 듣기론 한 번 쏘면 무용지물인 무기라고 하던데?"

"저도 어릴 때 봐서 잘 기억은 안 나지만, 특성이 그랬던 거

같긴 합니다."

"저런 걸 한 번 쏘는 사이에 상대에게 곱절의 화살이 쏟아
질 텐데, 조선군 놈들 쓸데없는 짓만 하는군."

그렇게 자신들이 아는 것만큼만 이해하며 도망치려 하는
멍청한 야만인과 그들 모두를 잡아 죽이려는 조선군의 대규
모 술래잡기가 시작되었다.

*   *   *

그렇게 대치 중이던 양군은 조선 측의 보병 전진으로 균형
이 깨지고, 본격적으로 교전이 시작되려 하고 있었다.

공격의 시작은 조선군 측에서 먼저 개시했다.

— 쾅! 쾅! 쾅! 쾅!

짧게 울리는 천둥과도 같은 소리가 멀리서 들리자 그 뒤를
따라 효시와 비슷한 파공음이 울리다가 곧바로 야인의 전열
에서 진을 치고 있던 야인들이 줄지어 쓰러지기 시작했다.

가장 앞줄에서 영문도 모르고 대장군전을 몸으로 받아낸
야인들은 시체의 흔적을 찾을 수 없을 정도로 산산이 분해되
어 사방으로 흩어졌다. 그렇게 선두의 야인들을 관통한 대장
군전은 뒤편에 밀집해 있던 야인 여럿을 관통해 사살했고, 개
중 운이 좋았던 이들 몇 명이 목숨 대신 팔이나 다리를 잃은
채로 바닥에 누워 비명을 지르고 있었다.

— 아아악!

— 으아아아! 내 팔! 팔이…….

"뭐야! 대체 무슨 일이 벌어진 거지?"

선두의 보병이 수십 명이 넘게 죽고 다치니, 당황한 동소로가 심이적휼에게 물었다.

"제가 우려한 대로… 조선의 화포 부대가 고지대의 숲을 선점한 모양입니다."

"저 숲은 우리와 이리(二理, 약 785m) 가까이 떨어져 있는데, 거기서 공격한 게 여기까지 닿는 게 말이 되나?"

"이것 참… 물정을 몰라도 너무 모르는군. 애초에 이만주의 실권을 뺏으려고 밀어주긴 했지만, 멍청한 건 둘째 치고 이렇게나 조선군에 대해 무지할 줄이야."

"뭐라고? 네놈이 설마……."

"그래. 멍청한 네 아들놈의 복수를 하겠다고 여기까지 온 게, 온전히 너의 의지 덕인 줄 알았냐?"

"이놈! 그동안 날 기만한 거냐!"

"어차피 이만주에게 독립하기 위한 구실로 널 이용했을 뿐이다. 조선에 대한 복수는 전사들을 손쉽게 모으기 위한 명분이었지. 이렇게나 빨리 조선군을 대면하게 된 건 내 계산 밖의 일이지만……."

"이 새끼가…….."

동소로가 칼을 빼 들려고 하자 심이적휼이 선수를 쳤다.

"본위병이여, 대족장의 몸이 좋지 않은 것 같으니 편히 모시 거라."

"뭐?"

동소로는 이제껏 자신의 본위병이라고 생각하던 이들에게 무장을 해제당해야 했다.

"너… 대체 언제……."

"그러게, 평소에 측근들에게 잘 대해줬어야 할 거 아냐? 사 소한 일로 부하들을 마구 때리면 쓰나. 출발하기 전에 아군의 기마 전사들은 모두가 내게 충성을 맹세했다. 그래도 그동안 자기 처지도 모르고 광대놀음 하는 꼴은 보기 즐거웠는데 이 젠 더 볼 수 없겠군. 킥킥킥……."

항상 직속 부하들에게 별것 아닌 일로 트집을 잡아 주먹을 휘두르고 전리품마저 거의 다 독식하던 동소로는 그렇게 버림 받았다.

그러던 사이에 다시 한번 조선군의 대장군전이 다수 날아 와 선두에서 방패를 들고 대비하던 이들을 방패 채로 박살 내 고 수많은 병사를 사살했다.

"으음. 이렇게 된 이상… 저들의 전력이 조금 아깝긴 하지만 어쩔 수 없지. 말이 없는 전사들을 조선군에게 진격시켜라. 그리고 자칭 대족장께선 저들을 이끌어주셔야겠소이다."

"뭐?"

"아니면 여기서 바로 죽던가? 네가 그렇게 증오하는 조선군을 하나라도 죽일 기회도 줄 테니 골라보시지."

"네 이놈… 언젠간 내 아들이 네놈에게 복수할 것이다."

"네놈의 아들이 겨우 오백 정도의 병력만 가지고 뭘 할 수 있겠냐만… 그러려면 그전에 네 아들놈도 조선군에게서 살아남아야 가능하겠지?"

"내 아들이라면, 반드시 살아남아 네놈의 심장을 도려낼 것이다."

"뭐, 그건 됐고. 이봐! 선두에게 전진 명령을 내려라! 대족장이 직접 지휘할 거라고도 전하고!"

                    *   *   *

"결국, 저놈들이 먼저 움직이는구나."

"야인들도 저대로만 있으면 천자총통에 일방적으로 당할 수밖에 없는 걸 깨달았을 겁니다."

"총통위장의 신호에 맞춰 우리가 적의 우익으로 진입하겠다고 전하게나. 남 부관은 여기서 대기하면서 전황을 확인하고, 혹시 모를 기습을 대비하게."

"설마… 우리라고 하심은… 도절제사 영감께서 선두에서 기병을 친히 지휘하려고 하시는 명이옵니까?"

"이럴 때가 아니면 언제 이만한 규모의 병력을 지휘할 기회가 또 있겠는가?"

"도절제사 영감, 전장의 화살엔 눈이 없습니다. 만에 하나……."

"그런 고루한 격언은 이제 안 통한다네. 남 부관은 내가 뭘 입고 있는지 잊었나?"

남빈은 그제야 무슨 이유로 자신만만하게 이정옥이 나서려 하는지 알 것 같았고, 졸지에 남아 있는 기병대를 책임지고 지휘하게 되자 머리가 아파졌다.

이정옥이 남빈과 실랑이를 벌일 때 총통위장 이천은 귀양지에서 생각해 둔 병법은 일단 실정에 맞춰 뒤로 미루고, 창병과 화승총병을 이용한 병진을 구성해서 총통위를 적진으로 전진시키기 시작했다. 기존 팽배수의 역할은 총통위에 새로 편재한 장전수(裝塡手)들이 사람 크기만 한 방패를 등에 메고 있다가 전열에 있는 창병에게 건네서 땅에 설치하도록 한 것이다.

화승총병 세 명당 장전수를 하나씩 편재하고, 그들의 뒷줄에서 장전 임무만 담당하여 총을 다시 건네 빠르게 교대로 사격하는 방식으로 정한 것이다.

"방패를 설치하라!"

궁의 유효 사정거리만큼 적들이 접근하자, 창병들은 이천의 지시에 따라 커다란 방패를 먼저 버팀목을 세워 설치하고 윗부분을 덮어 정면과 위를 보호했다.

'저들이 모두 신형 갑주를 입고 있었다면 얼마나 좋을꼬.

조만간 화승총병이 단독으로 움직이려면, 차전(車戰)에 이용할
방어용 수레의 생산부터 들어가야겠구나.'

"저들의 기병은 아직 움직임이 없구나. 설마 다른 꿍꿍이라
도 있는 건가……."

그러자 전황을 살피던 착호갑사장(捉虎甲士長) 천호(千戶) 박
장현이 옆에서 대답했다.

"소관이 보기엔 왠지 기회를 잡아 도주하려는 것같이 보입
니다만……."

"섣불리 적의 의도를 지레짐작하는 것보단 눈앞의 적부터
격멸하세."

"예, 장군."

거리가 좁혀지자 후열에 있는 야인 궁수들이 자리를 잡고
화살을 쏘기 시작했지만, 100보가 넘는 자리에서 화살을 쏘
아대니 그 위력이 약해 대부분 방패에 가로막혔다. 일부 운이
없는 이들이 화살에 맞긴 했으나 심각한 상처를 입진 않았다.

"저들이 30보(약 50m) 이내로 들어오면 일제히 방포를 시작
하라. 내 신호에 맞춰 현자총통도 같이 방포하라고 전하라."

야인들이 조선군에게 접근하자 곧바로 방패 진의 틈으로 자
욱한 연기와 함께 불꽃들이 피어올랐다. 맨 앞줄에서 전진하
던 야인들은 자기가 무엇에 당하는지도 모르고 삼분의 일이
그대로 쓰러지고 말았다. 이어서 천자총통의 대장군전 공격이
이어지자 오체분시된 시체들이 수도 없이 늘어나고 있었다.

보이지도 않던 화포 공격에 당해 사기가 바닥을 기던 야인들은 공포에 질려 살아남은 인원이 도망치려고 조선군 앞에서 등을 돌렸지만, 뒤이어지는 조선군의 연속적인 사격에 남아 있던 인원의 절반 이상이 그대로 절명했다.

＊　　　　＊　　　　＊

"명색이 대족장인데, 뭐라도 지시해야 하지 않겠어?"

예전에 동소로에게 여러 번 수모를 겪었던 측근 하나가 감시역을 맡아, 명목상 지휘관인 동소로를 조롱하고 있었다.

"이 배신자 놈… 저기서 죽어나가는 이들 대부분이 같은 부족인 걸 잊은 거냐?"

"그래 봐야 내 가족은 저기 없으니, 알 바 없다."

어느새 선두로 나선 야인의 전사들이 절반 이상 죽거나 부상으로 쓰러졌고 진형이 붕괴하는 중이다. 일이 이리되니 동소로는 어떻게든 죽을 운명이라면 목숨을 건 도박에서 활로를 찾아보려고 결심하고 크게 외쳤다.

"건주위의 용사들이여! 나 대족장 동소로가 선두에서 돌파하겠다. 모두 나를 따르라!"

"와아아아아—!"

그간의 복잡한 사정을 모르는 하급 전사들은 대족장이 선두에 나선다고 하니, 일부가 기운을 차리고 호응했다.

'저들이 정체 모를 강력한 무기를 쓴다 한들, 전군이 일제히 들이닥친 후 혼잡스럽게 싸우는 틈을 보아 도망가면 될 거다.'

동소로는 감시하고 있던 이에게 이죽거리듯 물었다.

"날 감시하려면 네 놈도 따라와야 할 것 아닌가?"

"미친놈… 저 광경을 보고도 그런 생각을 하다니, 정말 제 정신이 아니군."

그렇게 감시역을 자처하던 전 측근에게 벗어난 동소로는 말을 달려 선두 쪽에서 다시 한번 외쳤다.

"모두 나를 따르라!"

"대족장이 우리와 함께하신다! 모두 돌격하라!"

*　　　　　*　　　　　*

남아 있던 사천가량의 야인 보병들이 일제히 뛰어서 접근하기 시작하자 이천은 이징옥에게 신호를 보냈다.

"총통위장의 신호가 떨어졌군. 모두 나를 따르라."

눈부실 정도로 화려하게 광채가 나는 철판 갑옷을 차려입고, 세자 저하께서 하사하신 책에 개량형 방천화극(方天畵戟)이라고 적혀 있던 할버드(halberd)를 마음에 들어 해서 특별히 주문 제작하여 손에 들고 있던 이징옥이 기병 선두에 서서 말을 달렸다.

'후방에 대기 중인 야인의 기마병은 통 움직일 생각조차 안

하는구나. 적의 수괴(首魁)는 대체 무슨 꿍꿍이지?'

적의 숨은 의도를 경계하던 이징옥은 금세 마음을 고쳐먹었다.

'뭘 하든 전부 박살 내면 그만이겠지, 일단 목전에 야인부터 전부 박멸해야겠도다.'

적의 우익 측으로 돌격하는 조선 기병대엔 이징옥의 직속 부대인 철판갑주 기병들이 포함되어 있었다. 그들을 선두로 세워 이징옥이 전진 중이던 야인들의 측면으로 접근하기 시작했다.

"거창하라!"

이징옥의 지시에 맞춰 신형 기병창을 옆구리 단단히 고정한 기병들이 서서히 속도를 올려 야인들에게 쇄도하자, 대기하고 있던 야인의 기마병들이 모두 후퇴하기 시작했다.

"아쉽지만 저놈들은 대호 영감에게 맡길 수밖에 없겠구나… 전군! 목전에 무도한 야인들을 모두 참살하라!"

그렇게 철판 갑주 기병을 선두로 세운 삼천의 기병이 일제히 쇄도하여 야인들을 짓밟았다.

이징옥은 방천극의 도끼날을 휘둘러 처음 마주친 야인의 머리통을 쪼개고, 이어 뾰족한 송곳날이 세워진 부분을 이용해 뒤에 있던 야인의 목을 꿰뚫고도 모자라서 그대로 박살 내어 몸에서 분리해 버렸다.

이징옥은 그런 식으로 마주치는 모든 적을 쓰러뜨리면서

전진하던 와중에 화려한 옷을 입고 나이가 들어 보이는 야인 놈을 발견하자, 저놈이 야인의 우두머리라고 직감하고 곧장 기수를 틀어서 돌진했다.

그러자 이징옥의 예감이 맞았는지, 여럿의 야인들이 필사적으로 그를 지키려고 달려들었고 그사이에 그놈은 도망치려하는 것이 보였다.

가로막는 이들을 화극으로 후려치고 전진하려 하는데, 누군가가 올가미 줄을 이징옥에게 던져 목에 걸었다.

"흥! 이따위 걸로 날 막겠다고?"

이징옥은 왼손으로 줄을 잡아당기자 줄을 던져 걸었던 놈이 오히려 끌려왔고, 오른손으로 화극을 휘둘러 그놈의 머리를 박살 내버렸다.

"건방진 놈이 어디서 이 어르신에게……."

하지만 곧이어 수십 개의 올가미 줄이 연이어 날아와 이징옥에게 걸리자 결국 낙마할 수밖에 없었다.

낙마한 이징옥은 주변을 살피자 아군의 돌격 방향이 자신과 틀어졌는지, 자신이 적진 한복판에 혼자 고립됐음을 알 수 있었다.

"이건 본관의 실책이로군. 적 수괴의 목에 눈이 팔려 이런 한심한 짓을 하다니……."

이어서 이징옥을 둘러싼 야인들이 일제히 목창으로 이징옥을 공격했지만, 이징옥의 숙련된 회피 동작과 철판 갑옷에 막혀 아무런 피해도 주지 못했다.

"네놈들… 본관을 말에서 떨어뜨리면 끝이라고 생각했느냐? 여기가 네놈들의 무덤이 될 것이다!"

이징옥은 화극을 한번 휘둘러 도끼날 부분으로 자신에게 목창을 내지른 야인 중 네 명의 목을 베었다.

다시 한번 화극을 휘둘러 곡도를 들고 자신을 향해 뛰어오던 야인 놈을 세로로 쪼개 버렸다.

그다음부턴 무아지경의 경지로 적들의 공격을 모두 무시하고 한 합으로 두세 명씩 참살하다 보니, 어느새 주변에 시체가 쌓이고 적의 피로 작은 웅덩이가 생길 지경이었다.

이징옥이 입고 있던 철판 갑옷은 적의 피를 뒤집어써 붉은색으로 변했고, 화극은 차마 셀 수 없을 정도로 수많은 야인을 베어 도끼날이 상해서 둔기에 가깝게 변해 버렸다.

"여기서 네놈들의 머리통을 전부 박살 내주지. 덤벼라! 무도한 야인 놈들아!"

*   *   *

지난번 전투에서 적 추장의 아들을 베어 대공을 세웠던 최광손(崔廣孫)은 이징옥과 함께 선두에 서서 야인들을 학살하던 중이다. 최광손을 포함한 선두의 인원들은 이징옥이 별안간 대열에서 이탈해 달려가는 것을 목격하고 방향을 돌리려고 했지만, 적진에 진입한 후 쉽게 방향을 전환할 수 없어서 적의 진을 완전히 가로지른 후 크게 우회하여 다시 돌입하려 했다.

하지만 별안간 나타난 야인의 창병 무리에 가로막히자 일부는 운이 없어서 낙마하고 말았는데, 그중엔 최광손도 포함되어 있었다.

"이봐! 모두 등을 대고 뭉쳐라!"

다들 평소에 연습한 대로 낙법을 이용한 탓인지 낙마의 충격으로 죽은 사람은 없었다. 그렇게 낙마한 인원들은 연습한 대로, 각자 무기를 들고 야인들에게 뛰어들었다.

그렇게 아홉의 인원이 뭉쳐 각자 쌍수 장검이나 환도를 들고, 야인들을 학살하기 시작했다. 적의 공격을 전부 갑옷으로 받아내며 적을 참살하기 시작하니, 적들이 전략을 바꾼 듯 인원을 믿고 사방에서 한 번에 덮쳐 이들을 쓰러뜨리려 시도했다.

하지만 최광손을 비롯한 모든 이들은 평소 갑옷을 입고 토를 할 정도로 씨름과 갑주술(甲冑術)을 연마한 이들이다. 당연히 그들의 기습적인 시도는 숙련된 철판갑주사(鐵板甲冑師)인 이들에게 통하지 않았다.

아래에서 자신의 다리를 잡아 쓰러뜨리려고 돌진하던 적을 상대로 다리를 뒤로 빼고 버티면서, 위에서 짓누른 후 그대로 허리춤에서 단검을 꺼내 적의 멱을 따버린 최광손은 적들과 붙잡은 채로 대치 중이던 다른 기병대원들을 도와 하나씩 적을 처치했다.

일부 적은 가까운 거리에서 화살을 쏘기도 했으나, 당연하게도 그들에겐 통하지 않았고 그대로 안쪽으로 전진하며 적들을 참살하고 있던 차에 화려한 옷을 입고 말을 탄 이가 급하게 도망치는 것을 최광손이 발견했다.

"어어?! 저기, 저기! 저놈 보이십니까요?"

"저놈은 내가 맡지."

최광손에게 대답한 무관 김주현이 자신의 특기인 투창술을 살려, 야인들이 떨어뜨린 목창을 집어 든 후 바로 던져 말의 목을 맞혔다.

그러자 바로 말이 쓰러지며 타고 있던 이가 낙마해서 크게 몇 번 구른 후 다시 일어났다. 그 후 여진 말로 뭐라 지껄였지만, 가까이 있던 최광손은 여진 말을 전혀 할 줄 몰라 분위기만 파악한 후 자신에게 욕을 했다고 생각했다.

"이 늙다리 야만인 놈이, 무릎 꿇고 빌어도 시원찮을 판에 어디서 감히……."

어느새 낙마한 기병대원 아홉 명에게 포위된 늙은 야만인은 근처에 떨어져 있던 칼을 쥐어 들고 덤비기 시작했지만, 당연히 그들에게 통할 리가 없었다.

"보아하니 야인 중에선 신분이 높은 놈 같은데, 사로잡아야 할까요?"

"아무래도 그러는 게 좋을 것 같군."

이젠 아예 칼질을 맞으면서도 느긋하게 서로 대화까지 하니, 치열한 전쟁터 한복판에 있는 이들 같아 보이지도 않는다.

야만족의 노인 역시 결국 소용없음을 알고 포기했는지, 칼을 버리고 힘없이 뭐라고 중얼거리기 시작했다. 그러자 여진 말을 모르는 최광손이 답답해서 김주현에게 질문했다.

"저놈이 대체 뭐라고 하는 겁니까?"

"내가 북방에 오래 있어서 여진 말은 조금 할 줄 아는데. 이 노괴(老怪)는 자기 아들이 평양을 불태워 복수할 거라는구나."

"미쳐도 단단히 미친 할아범이네요. 야만인 놈들은 자기 주제 파악도 못 하나 봅니다?"

"저들 중에서 신분이 높다 한들, 근본은 천한 야인 놈인데 당연한 거 아니겠나."

그렇게 건주위의 힘없는 늙은이가 된 동소로는 자기 아들의 원수에게 생포당했고, 파저강 북변 올라산성 인근의 전투는 조선군의 압도적인 대승이자 학살로 끝이 났다.

*   *   *

9월의 시작과 함께 북방에서 승전 장계가 연달아 올라왔다.

평안도절제사 이징옥이 건주위 본대의 절반을 격멸하고 대족장이라고 참칭하는 추장 동소로를 사로잡았다고 한 것이다. 게다가 최공손 역시 야인의 추장 놈을 사로잡는 데 공을 세웠다고 하니, 그 소식을 들은 최윤덕 대감의 광대가 연일 하늘로 승천할 듯 높아지고 있었다.

게다가 이징옥과 연계하여 합동작전에 나섰던 함길도절제 사 김종서 역시 후퇴하는 야인의 기마병을 급습해서 이천가 량의 인원을 사살하고 천여 명을 포로로 잡았다고 한다. 그 와중에 말 천여 마리를 전리품으로 거두었다고 하니 기쁨이 두 배가 되었다. 다만 그 와중에 저들의 이인자라고 하는 심 이적휼의 생사는 알 수 없었다고 하니, 조금 아쉽기도 하다.

그 와중에 조선의 부상자는 동원했던 양도의 군졸 모두 합 쳐 이백 남짓하고 사망자는 오십 정도였다고 한다. 사람을 그 저 장계의 숫자 하나로 판단하여 그들의 생명을 쉽게 여기는 것은 잘못된 일이지만, 근본적으로 전쟁에서 사상자가 발생하 는 건 필연적인 일이라 이 부분은 감수할 수밖에 없다. 미래 에서도 그 부분은 달라지지 않은 듯하니, 전쟁의 근본은 크게 다르지 않은가 보다.

그래도 희망적인 건 파견되었던 내의원 소속 의원들의 활약 이 대단해서, 부상자들의 상처가 악화하는 것을 막아 예전 같 으면 죽었을 부상자들이 대거 회복되는 중이라고 한다. 아무 생각 없이 배상문에게 이야기했던 소독법이 여러 사람을 살리 니 나 또한 기분이 좋다.

당장은 힘들지만 앞으로 전사자나 부상자 중 장애가 남는 자들에게 보상할 방안도 마련해 봐야겠다.

      *   *   *

"세자 저하. 동궁빈 저하께서 산통을 겪으시고 계시지만, 저들은 숙련된 산파 겸 의녀들이니 그들을 믿고 그만 진정하시옵소서."

김처선이 아내의 진통이 시작된 후부터 날 진정시키려고 노력하고 있는데, 전혀 진정이 되지 않는다.

내가 아니라 그 누군들 아내가 아이를 낳다가 명을 달리한다는 미래의 기록을 봤다면 진정이 될까? 아니라고 본다.

"저들 모두가 손을 소독한 게 확실한가? 자네가 다시 한번 확인해 볼 수 있겠나?"

"저하, 그 분부만 벌써 다섯 번째이옵니다. 의관 배상문의 지도로 제생원(濟生院) 소속 의녀 모두가 철저히 소독하고 처소마저 같은 방법으로 소독을 마쳤다고 하옵니다. 그러니 제발 심기체를 다스리시옵소서."

"그랬나? 내가 워낙 경황이 없어서……."

"혹여 저하께서 아기씨가 아니라 동궁빈 저하의 안위를 우려하시는지요?"

"그래, 실은 빈궁의 안위가 염려되어 그렇다. 내 의학을 공부한 후 자세한 이치를 알게 되니, 그 어떤 변수가 생길지 몰라 불안하기 이를 데 없구나."

"저하께서 동궁빈 저하와 같이 단련한 건 이때를 대비하신 게 아닌지요? 저들을 신뢰키 어렵다면, 동궁빈 저하를 믿어보시지요."

"그래, 자네 말이 옳군."

"소관이 다시 한번 확인하고 올 터이니 부디 마음을 편히 하소서."

얼마 후 김처선이 달려와 급히 내게 고했다.

"저하, 세손이라고 합니다! 동궁빈 저하께서 세손을 보셨사옵니다!"

뭐? 진통 시작한 지 얼마나 되었다고? 사전을 띄워놓고 확인하고 있었는데 1시간 만에?

"…빈궁의 안위는 어떠한가?"

"그게……."

설마… 아니겠지. 아닐 거야, 아니라고 말해줘, 제발…….

"그게, 동궁빈 저하께서 해산하신 후 몸이 갑갑하시다며 요가를 하시겠다고 하는 걸 모두가 만류 중이라고 합니다……."

"……."

이게 대체… 그렇게 힘들게 만든 과산화수소 같은 건 건강해진 아내에게 불필요했나 보다.

그래도 펄프를 이용한 신형 종이의 생산도 성공적이었고, 그것 말고도 여러 용도로 사용 가능하니 상관없겠지. 요즘 만든 과산화수소는 보관 전용으로 만든 도자기에 담아 궁 외부로 옮겨 지하 저장실을 따로 만들어서 보관 중이다.

"빈궁, 참으로 고생이 많았소이다. 혹여 몸에 열은 없지요?"

그러자 옆에 있던 의녀가 대신 대답했다.

"동궁빈 저하의 체열이나 맥박은 모두 무탈하십니다. 산열의 기미도 없으시고, 예후(睿候)가 굳건하시어 곧장 거동하셔도 무방하시나 회복을 위해 며칠은 쉬어야 하옵니다."

"아니옵니다. 고생이랄 것도 없었사옵니다. 저하께서 소첩에게 알려주신 양생법으로 쉬 낳을 수 있었으니 저하의 은덕이라 할 수 있사옵니다."

"그게 어찌 나의 공이라고 할 수 있겠소? 주상 전하께 세손을 안겨 드린 빈궁이야말로 최고의 공을 세운 것이니 자랑스러워해도 된다오. 그보다 그대가 무사해서 정말… 다행이오."

무사한 아내를 보니, 나도 모르게 눈물이 나온다. 그간 상상하기도 싫은 최악의 미래에 대한 공포와 불안에 짓눌려 있던 심적 고통에서 해방된 것 같아 눈물이 멈추지 않는다.

"저하, 소첩이 여기 있사옵니다. 소첩은 저하를 두고 먼저 떠날 생각이 없으니, 마음 놓으소서."

아내는 어느새 내게 다가와 나를 안고 있었다. 아내 역시 내가 그동안 이유 모를 불안함에 짓눌려서 지냈던 것을 눈치채고 있었나 보다.

"빈궁……."

아내가 내 귓전에 대고 속삭이듯이 말했다.

"오빠께선 이리도 울보셨나요?"

난 그렇게 빈궁의 품에 안겨 진정될 때까지 한참을 울어야
했다.

*   *   *

그 후 아바마마께선 세손이 태어난 것에 크게 기뻐하시어
대사면령을 내리셨다. 역사가 달라져서 그런가? 교서 반포 중
에 촛대가 쓰러지는 일은 벌어지지 않았다고 한다.

"이리도 건강한 원손이 태어났으니 앞으로 조선 사직의 반
석이 탄탄해질 일만 남았구나. 동궁빈의 노고가 많았도다."

유아 사망률이 높은 지금 갓 태어난 아기가 건강하다고 하
면 이상하지만, 아내는 미래의 도량형으로 환산하면 4kg이 넘
는 우량아를 낳았다.

"전하의 은혜가 망극하옵니다."

"그래, 내 사정을 듣자 하니 해산이 수월했다고 들었도다.
그게 그간 행했던 양생법의 효능이라지?"

"아뢰옵기 송구하오나 소첩은 그저, 저하의 지도에 충실했
을 뿐이니 이는 저하의 공으로 보심이 옳은 듯하옵니다."

"하하! 며늘아기 네가 겸양하여 내 아들에게 공을 돌리려
하니 기특하긴 하나 스스로 단련에 힘써 내게 원손(元孫)을 보
게 했으니 그것은 온전히 자네의 공일세."

"망극하옵니다."

"아바마마의 옥음이 지극히 옳사옵니다. 소자보다 빈궁의 공이 크니 이를 치하하심이 옳은 줄 아뢰옵니다."

"그래, 그 말이 맞도다. 그러하니 나중에 과인이 따로 동궁 빈에게 하사품을 내릴 것이다. 또한, 세자는 앞으로도 많은 후손을 보기 위해 지금처럼 힘을 쓰라."

어… 아버지 지금도 홍씨를 비롯한 후궁들이 밤마다 호시탐탐 제 몸을 노리고 있어서 무섭거든요?

따지고 보면 내가 그전에 여색에 관심 없던 것도 첫 빈궁인 김씨 덕이다. 나보다 네 살 연상에 덩치도 한참 큰 곰 같은 여자가 내게 반해서 열셋의 나이였던 날 자꾸 덮치려고 하니, 트라우마가 안 생기겠냐고.

그 후 무서워서 그녀를 피하니, 김씨는 저주와 비슷한 미신의 비방까지 행해 내 관심을 끌려다가 적발되어 결국 궁에서 퇴출당했다.

"망극하옵니다. 소자가 후일에 아바마마께 더 많은 자손을 안겨 드리기 위해 노력하겠나이다."

"과인도 근래 단련에 힘쓰다 보니, 몸이 가볍고 예전처럼 조금만 움직여도 호흡이 가쁘지 않아 새로이 생을 얻은 기분이 도다. 앞으로 이 양생법은 왕실의 법도로 만들어 후손들에게 도움이 되도록 만들어야겠다."

요즘 아버님께선 긴 시간 동안 식이요법과 단련에 힘쓴 보람이 있어서 얼굴의 살이 전부 빠지고, 용포에 가려서 자세히는 안 보이지만 뱃살도 전부 들어간 듯 보인다. 살이 빠지면서 인상도 달라져서 예전의 후덕하고 자애로운 인상보단 선이 굵은 미남형으로 보이신다.

소문을 듣자 하니, 요즘 아버님의 후궁이나 귀인들이 어떻게든 모시려고 안달이 났다던데.

역시나 우리 집안은 천생 무골 집안이 맞긴 맞나 보다. 나는 어느새 운동 중독에 무인에 가깝게 변했고, 아버님은 역기 같은 건 질색하셔서 기초적인 스쿼트와 팔굽혀펴기만 하고 계신 데도 저리 건강해지셨으니 말이다.

아버님이 건강하게 장수하시면 조선이 더 번영하게 될 테니, 나는 왕위에 늦게 올라도 별 상관없다. 미래의 사람들도 세종대왕께서 장수하셨으면 하고 그렇게 바랐다면서?

그 바람은 내가 이루어냈으니, 조선은 더 발전할 수 있겠지.

＊　　　　＊　　　　＊

성시진은 경주부(慶州府)의 신입 아전이다. 얼마 전 결원이 생겨 실시한 향리 시험에 당당히 합격해 양인의 출신에서 향리의 품계를 받아 신분 상승도 했고, 나라에서 녹을 받는 몸이 됐기에 스스로 자부심이 대단하다.

지금은 갓 향리에 오른 몸이라 구급(九級)의 품계이지만, 일정한 연차가 오르면 급수와 녹봉도 오른다 하니 미래가 기대되어 더없이 열심히 책무에 종사 중이다.

하지만 현실은 성시진이 상상한 것과 매우 달랐다. 하루하루가 눈 돌아가게 바쁘고 수많은 송사를 처리하는 데 시간 대부분이 소요된다.

최근에 경주부에 유황광산이 새로 생기고 수정광산에서 필요한 인력이 늘자 사람들이 몰려들어서 그렇다.

'아전이란 건 사람들에게 위세도 좀 부리고 방귀 좀 뀌고 사는 거 아니었나? 경주부윤(慶州府尹) 김익생(金益生) 나리께서 전에 아전들을 두고 말씀하시길, 너희들은 이제 공무원이니 만사에 조심하라고 하셨는데 공무원이 대체 뭘까?'

"크으으… 오늘은 유독 피곤해서 그런가? 술맛이 쓰네. 이보게 시진이, 자네 출신이 어디라고 했었지?"

"대구군(大丘郡) 출신입니다만… 병방(兵方) 나리는 갑자기 그건 왜 물으십니까요?"

이때 정식 명칭은 육방(이, 호, 형, 병, 예, 공)이 경국대전으로 정착하기 전이라 서리(胥吏)라고 해야 맞지만, 병방(兵方)은 경주부호장(戶長)인 변방학(邊芳壑)의 별칭이다. 경주부윤 밑에서 병졸들을 관리하니 병방이나 다름없기도 하고, 주로 담당하는 임무에 따라 육방식의 통칭으로 혼용해서 부르는 시절이었다.

"요즘 세상이 참 많이 바뀌고 있어서 그래. 예전 같으면 향

리 시험 보겠다고 사람들이 다른 지방에서까지 벌떼처럼 모여
드는 건 상상도 못 해봤거든."

"전엔 아전 시험인 이과(吏科)가 열려도 보는 이들이 드물었
단 이야기는 들었습니다."

"전엔 말로만 품계를 주겠다고 하곤 무시되기 일쑤였고 근
속 일수 채우는 게 엄청나게 길어서 힘들었거든. 그런데 주상
전하께서 기존의 인원들에게 근속 일수에 맞춘 품계도 하사
하시고, 나랏일 하는 이들이라고 친히 녹봉도 지급해 주시니
예전과는 많이 달라졌어."

"그래도 예나 지금이나 대부분 지방 유지들이 해먹고 있지
않았습니까?"

"뭐… 그런 사람들은 법도가 바뀌고 나서 삼분지 일 정도
가 그만뒀어."

"왜 그렇습니까?"

"전처럼 수령한테 위세 부리기도 힘들어졌고 이젠 백성들
눈치를 봐야 하니 그렇지."

"그런 사람들이 백성들 눈치를 왜 봅니까?"

"왜긴 왜야. 오 년의 지방 임기가 끝나면 백성들한테 잘했는
지 가부를 결정한 평가를 받게 돼 있다네. 자넨 그런 것도 모
르고 시험을 본 건가?"

"예? 그런 건 몰랐습니다요."

"쯧쯧… 이젠 예전과 달라. 이젠 양민들에게 함부로 굴면

안 되네. 물론 자네도 양인 출신이니 그러지는 않겠지만. 그리고 수령 나리께도 평가를 받으니 조심해야 해. 전에 아전을 해먹던 토호 나부랭이들처럼 굴다간 임기 채우기도 전에 파직당할 수 있어."

"허… 전에 생각한 거랑은 다르네요."

"자네도 위세 부리고 싶어서 이 길에 들어선 거면 그만두는 게 좋아."

"그런 거 아닙니다."

사실은 성시진은 낙향한 선비에게 그 집 일을 도와주고 글을 몇 년 배운 적이 있었다. 그렇게 배운 글줄을 이용해 동네 사람들 송사에 도움을 주다가, 적성에도 맞는 것 같고 마침 농사짓는 게 싫증이 나서 시험을 본 경우였다.

"아무튼, 자네도 이 길에……."

그렇게 술에 취한 변방학에게 한참 동안 설교를 듣던 성시진은 겨우 풀려 나 집에 돌아와서 아내에게 위세를 부렸다. 세상이 바뀌어 위세 부릴 상대가 없는 슬픈 가장의 자화상이라 할 수 있겠다.

"이봐! 서방님 오셨다!"

"이이가 지금 자시가 넘었는데, 제정신이에요? 아버님 깨시겠어요."

위세를 부리지도 못하고 곧바로 쭈그러든 슬픈 가장은 바로 잠자리에 들었고, 일어나자마자 다시 송사 지옥의 구렁텅

이로 들어가야 하니 막막해짐을 느꼈다.

'이거 송사는 많이 들어오는데, 막상 따지고 보면 별것도 아닌 사소한 일이 팔 할이 넘는단 말이야… 이걸 합법적으로 미리 거를 방법이 없을까?'

그렇게 밥상을 두고 자신의 귀찮음을 줄이기 위해 한참을 고민 중이던 성시진은 저 멀리 고대 서역의 그리스에서 어떤 현자가 목욕탕에서 몸을 불리다가 외쳤듯이 그 역시 큰소리로 외쳤다.

"그래, 생각났어! 이거다!"

*　　　　*　　　　*

경주부의 향리인 성시진이란 자가 상소를 올렸는데, 그 내용이 작금의 조선에서 가히 파격적이며 지금 사람들에게 받아들이기 힘든 면이 있지만 내겐 굉장히 매력적으로 들렸다.

송사를 접수할 때 일정한 수수료를 받아서 국고를 충당하자는 개요의 내용인데, 잘못하면 악용될 수 있는 법이지만 이를 방지하기 위해서 정당한 선수급 형식으로 받은 수수료를 송사가 완료된 후 구 할 정도 다시 돌려주는 형식의 법안을 제시했다.

당장 수수료를 낼 수 없는 이들은 나중에 걷을 조세에 추가하여 비용을 치르도록 적혀 있다. 그 외 여러 가지 잡무와 공무 역시 국가의 이름으로 보장하고 일정 부분 수수료를 걷자는 제안이 담겨 있어서 매력적으로 들렸다.

그간 백성들이 관청에서 송사를 보게 되면 수령이나 서리에게 재물을 바치는 관습도 일부 있었다. 그런 음성적인 부분을 양지로 끌어 올리고 기록으로 남겨 투명하게 관리해 국가의 재정을 충당할 수 있으니 이 법을 적당히 개정하면 생각 이상의 효과를 볼 수 있을 거 같다.

사전에서 찾아보니 미래의 관공서 역시 여러 가지 일을 처리해 주고 적게나마 수수료를 받는다고 하니, 기본적인 방향은 좋게 잘 잡힌 것 같다.

어차피 지금도 토지거래 시엔 관청을 거쳐 중개자나 향리가 수고비를 챙기고 있고, 실질적인 송사의 절반가량은 못자리로 인한 토지 분쟁이 대다수이니 사람들도 크게 거부감을 가지지 않을 것 같다.

아버님도 이 건에 대해 긍정적이신지, 재개된 도로공사와 조세법의 논의 이후 상정하시려는 듯하시다.

*　　　*　　　*

"총통위장, 그간 북방에서 노고가 많았소이다. 대공을 세우셨다고 들었소만."

"저하께서 고안한 신형 총통인 화승총의 덕이 크니, 소장의 공이랄 것은 그다지 없는 듯하옵니다."

"아닐세. 아무리 좋은 무기가 있고 병사가 있다 한들, 그들을 훈련하고 지휘하는 자가 무능하면 그 모든 것이 무용지물이니 이는 총통위장의 공이 크다 할 수 있소."

이건 미래 조선의 한심한 기록을 봤기에 진심으로 하는 말이다. 후세에 병자호란이라고 부르는 여진족 놈들과의 전쟁 중 쌍령이란 곳에서 팔기군 기마병 삼백여 명에게 조총으로 무장한 조선군 2만 이상, 일설에 따르면 4만이라고도 하는데 어느 쪽이 맞는지는 모르겠지만 아무튼… 머릿수만 보면 조선군이 압도적으로 유리했던 전투였다.

무관도 아닌 문관 출신의 무능한 지휘관이 무리하게 지휘권을 잡은 데다가, 잘못된 사격 통제와 병졸들의 훈련 부족이 겹쳐서 처참하게 패배한 전투다. 삼백 대 몇 만이라니…… 여진 놈들이 무슨 스파르타도 아니고 저게 말이 되나?

"아직 여러 단계의 전술을 훈련하며 실정에 적합한 병법을 찾아 시험해 보고 있사옵니다. 그 와중에 소장이 느낀 바가 있사온데, 만약 후대에 소형 화기가 더 발전하면 기병대 또한 세를 잃을 듯싶사옵니다."

이런 부분은 예리하기 그지없네. 실제로 유럽에서 풀 플레이트 아머를 차려입은 기사들이 라이플링 기술이 적용된 총기의 등장으로 인해 몰락하고 경기병에 가까운 형태를 유지하다 나중엔 완전히 사라져 버렸다.

"나 역시 총통위장의 예측이 타당하다고 보오. 요즘은 상호군(上護軍) 장영실이 새로운 총기와 화포를 개발 중이라고 들었소."

장영실은 그간의 공적을 인정받아 얼마 전 정삼품 상호군으로 승진했다.

"그렇사옵니까? 소장도 상호군을 만나 이야기를 한번 나눠봐야겠사옵니다. 소장도 그간 생각해 둔 것이 있으니 머리를 맞대면 뭔가 개선할 점이 있을지도 모르겠습니다."

"총통위장과 상호군이 모여 뭔가 만든다고 하니, 그것참 기대하지 않을 수가 없구려."

"과찬이십니다. 저하의 병략과 식견에 비하면 이 노구의 식견은 고루하기 이를 데 없으니 비교할 것이 못 되옵니다."

그렇게 이천이 물러난 후, 난 아버님과 독대의 자리를 가졌다.

"세자는 아조의 정사에 관해 생각하고 있는 바가 있느냐?"

어… 갑자기 이런 질문을 하시니 뭐라 답해야 할지 모르겠다. 생각하고 있는 건 수없이 많지만, 대놓고 전부 이야기하는 것도 선을 넘는 일이니 편히 말을 하기가 곤란하다. 그간 최대한 조심하면서 제시한 의견들을 받아주신 것만 해도 아버님의 마음이 넓고 개방적이시기 때문이었다.

"소자의 짧은 식견으론 현명하신 주상 전하의 고견보다 나은 것을 생각하기 어렵습니다."

"세자는 그간 사직에 많은 공을 세웠다. 그 점을 고려하여 어릴 적부터 세자 이상의 권한을 주고 있었으니 편히 말해보라."

뭐… 이 부분은 맞는 말이시다. 아버님은 신하들의 권력을 분산하시려고 진양대군과 안평대군을 비롯한 동생들에게 여러 일을 맡기셨고 그들의 정점에 섰던 것이 세자인 나였다.

미래의 조선엔 그 어느 세자도 나보다 많은 권한을 가졌던 이가 없다. 기록을 보니 정말 왕위에 오르기 전엔 얌전히 세자시강원에서 공부만 하고 왕에게 문안드리는 게 전부더라고.

"소자의 식견이 미천하니, 아바마마의 성려(聖慮)를 어지럽히지 않을까 우려되옵니다."

"향이 네가 어릴 적부터 재지가 비범하여 이 아비 역시 큰 도움을 받았으니 겸양할 필요 없다. 그리고… 이제 이 아비 앞에선 좀 더 진솔해지거라. 잘난 이가 지나치게 겸손한 것은 보기 안 좋다."

"……."

살다가 아버님에게 이런 말을 듣게 될 거라곤 상상도 못 해봤다. 항상 누구에게든 과인이라고 칭하시면서 겸손하셨던 아버님이신데…….

"세자는 여(余)의 후계자이기도 하지만, 그전에 여의 아들이자 넓게 보면 군신 관계라고도 볼 수 있다. 앞으로 생각해 둔 것이 있다면 신하의 처지에서 상소를 올린다고 생각하고 편히 말해 보아라. 우둔한 이 둘이 머리를 맞대도 가끔 쓸 만한 것이 나오는데, 현인 둘이 머리를 맞대면 대단한 것이 나오지 않겠느냐? 이 아비와 독대한 자리에선 조선 사직을 어찌 발전시킬 수 있을지만 궁리하거라."

음… 아버님이 조선에 길이 남을 천재이시긴 하지만, 이런 면이 있으실 거라곤 생각 못 해봤다. 세자가 본격적으로 정사에 관여하는 건 왕권을 심각하게 위협할 수 있는 행위다.

고금의 역사를 두루 둘러봐도 왕권이나 권력은 부자간에도 쉬이 나눌 수 없는 것이었다. 그 권력 때문에 비극이나 파국을 맞은 부자들이 얼마나 많았는데… 지금 아버님은 조선의 발전을 위해서 권력을 아들인 내게 기꺼이 나누시려 하신다.

난 이렇게도 고귀하시며 다시없을 성군이자 위대하신 왕의 아들로 태어난 거구나. 항상 알고 있지만, 다시 한번 자각하게 되니 그 천운에 감사하게 된다.

"아뢰옵기 황송하오나, 주상 전하께서 하교하시니 소자가 삼가 아뢰옵니다. 우선 편전에서 논의 중인 법안들이 먼저 선결되어야 많은 것들이 발전할 수 있다고 사료되옵니다."

"그래, 근간에 도로의 문제와 수미법이 논의 중이나 조선팔도에 한 번에 적용하기 어려우니 이 아비는 도성과 가까운 고을들부터 길을 닦는 것을 시험적으로 적용해 볼 생각이다."

"선공감(繕工監)에 소자가 고안한 도로의 토목법을 미리 알려두었으니, 요역(徭役)에 동원되는 이들에게 경주부의 경우처럼 적게나마 화폐로 임금을 지급하시면 될 듯하옵니다."

"그래, 도로의 문제는 그 정도면 적당하니 넘어가자꾸나. 그

리고 이 아비가 그동안 작황에 따라 세금을 구분하는 연분구
등법(年分九等法)을 구상하고 있었는데, 이참에 수미법이라는
좋은 방도가 생겼으니 앞으로 이것을 합쳐서 새로운 법안을
구상해 봐야겠도다."

이러면 후세에 대동법으로 유명해진 김육(金堉)은 어찌 되
려나? 그전에 역사가 크게 바뀔 테니 자칫 잘못하면 태어나지
못할 수도 있겠네.

"현명하신 결단이시옵니다. 주상 전하의 뜻대로 하시옵소서.
그리고 지난 임자(1432)년에 개정한 노비종모법(奴婢從母法)은 폐
하거나 되돌리시는 것이 옳사옵니다."

"어찌하여 그렇게 생각했느냐?"

미래의 사람들이 아버님의 오점이라고 평가한 노비종모법
에 관해 이야기가 나오자 아버님은 의아해하시고 계시다. 사
실 이 부분은 좀 억울한 게, 노비 신분인 여인들이 노비 남편
에게서 낳은 아이를 데리고 양인과 재혼하여 관아에 거짓을
고해 아이의 신분세탁에 악용하고 있어서 개정하신 거였다.
아버님이 후세에 그렇게 조선의 사회구조가 망가질 거라고 예
상하셨겠어?

"당장 작금의 조선엔 아무 문제가 없지만, 시간이 지나면
양인보다 노비의 수가 많아질 확률이 높사옵니다. 또한 후세
에 납세를 피하기 위해 가난한 양인이 자신을 스스로 노비로
팔려는 자들이 늘어날 테고, 그로 인해 신분간 갈등이 여럿

일어날 수 있사옵니다."

"향이 네 예측대로라면 조세를 거둬야 하는 양인들이 점점 줄어들겠구나."

"국가가 오랫동안 온전히 돌아가려면 노비가 늘어나는 것보다 양인들에게 새경을 주고 일을 시키는 풍속이 정착해야 한다고 사료되옵니다."

"으음… 그 부분은 이 아비도 미처 생각지 못한 부분이로구나. 역시 이런 자리를 만들길 잘했어."

"주상 전하의 배려 덕이옵니다."

"그래, 잠시나마 정사에 관해 편하게 논해보니 어떠하냐?"

아바마마께선 논의하면서도 끊임없이 날 관찰하고 계셨다. 내가 여기서 무슨 대답을 해야 할까? 으… 잘 모르겠을 땐 정석으로 나가야겠지.

"그저 주상 전하께서 하문하시니, 소자의 보잘것없는 소견을 아뢴 것이옵니다."

"그러한가? 흐음……."

아버님이 내게 뭔가 시험하려 하신 것인가? 아니면 다른 게 있나?

"금일은 종모법이 후세에 미칠 영향에 대해 깨달은 것만으로 성과가 있었으니, 과인이 이를 새로이 정리한 후 나중에 대신들과 다시 논해볼 것이다. 당시 법안을 논의한 신료였던 맹사성(孟思誠)이나 권진(權軫), 허조(許稠) 같은 이들도 졸하고 없으니 큰 반발은 없을 것이다."

"성은이 망극하옵니다."

그렇게 한없이 길게 느껴진 하루가 저물었고, 처소에 돌아와
자리에 누웠다. 그렇게 정신적으로 피곤한 하루를 보내고 나
니 사전으로 공부할 엄두조차 나지 않아 그대로 잠이 들었다.

*　　　　*　　　　*

다음 날 갑작스레 천지가 개벽할 교지가 내려왔다.

교지의 내용을 요약하면 이런 내용이었다.

[과인은 금일부터 세자에게 대리청정을 맡기려 하니, 문무
백관은 모두 이 안건을 논의하라.]

그리하여 조정이 발칵 뒤집혔다.

난 졸지에 석고대죄를 청하는 신세가 되었고, 일부 대신들
과 같이 부디 명을 거두어달라며 강녕전 앞에서 읍소하는 신
세가 되고 말았다.

머리카락은 작년에 비교해 길어지긴 했지만 여전히 짧아서
풀어 헤칠 머리도 별로 없기에 관과 망건만 벗은 후 엎드려
죄를 청하는 중이다. 그러자 멀리서 대기 중이던 궁녀들이 고
개 숙인 자세로 잡담 중인 내용이 작게나마 들린다.

"어머, 어머… 세자 저하께선 저렇게 하셔도 멋진 게 마치
한 폭의 그림 같아……."

"전엔 수염 없는 남정네는 전부 내시 같아 이상했는데, 요샌 수염 없는 남정네도 왠지 멋져 보여……."

"야! 그러다 내관들한테 꼬리 치겠다?"

"그게 다 세자 저하처럼 현양하신 남자나 수염이 없어도 멋진 거야. 아… 세자 저하에게 한 번만이라도 입 맞춰보고 싶다."

"그러게, 자선당 애들은 좋겠다, 저런 분을 매일 보고 사니……."

"저분에게 하룻밤만 승은을 입을 수만 있다면 평생을 과부로 살아도 좋아."

"야! 이미 과부 신세인데 아닌 것처럼 말한다?"

"이년이 갑자기 왜 사실 공격을 하고 난리야! 그러는 너도 마찬가지야!"

"내가 자선당 동기에게 들었는데… 세자 저하는 다른 후궁들하고 궁녀는 거들떠보지도 않고 동궁빈 저하만 총애하셨다는데? 회임하시기 전엔 거의 매일 밤 그… 흠흠……."

"하아아… 동궁빈 저하는 정말 좋으시겠다."

"전에 그 미친년이 폐서인되어 쫓겨나고 나선, 궁에서 대식(對食, 동성 애인) 상대도 못 만들게 되니 이러다 늙어 죽을 때까지 독수공방할 것 같아… 흑."

거기 아가씨들, 지금 너희들이 하는 말 다 들리거든?

죽었다 살아난 이후 귀가 조금 더 밝아져서 그런지, 집중하면 보통 사람은 못 들을 만한 작은 말소리도 잘만 들린다.

평소에 근엄한 표정만 짓던 궁녀들이 입술도 거의 안 움직이고 자기들끼리 저런 이야기나 나누고 있을 거라곤 상상도 못 해봤다.

그런데 너희들 전부 아바마마의 궁녀 아닌가? 명목상이지만 너희들 전부 아바마마의 여잔데 아들인 내게 안기고 싶다니 그건 좀…….

이 몸은 왜 이리도 잘나게 태어나서 참… 내 존재만으로 죄를 짓네. 내가 이리도 죄가 많아.

아니지, 지금은 이런 생각을 할 때가 아니다. 내가 또 정신줄을 놓을 뻔했다.

"주상 전하! 부디 명을 거두어주시옵소서! 차라리 불초 소자를 죽여주시옵소서!"

내가 선창하면 대신들이 따라 외친다.

"명을 거두어 주시옵소서!"

그러길 반복하니 한참 후 아바마마께서 나와 하교하셨다.

"세자는 그만 자리에서 일어나거라."

"그전에, 부디 명을 거두어주시옵소서."

"과인은 본디 요 몇 년 사이 몸이 심히 좋지 않아 앞날을 장담할 수 없었기에, 시기를 보아 세자에게 대리청정을 맡기거나 태종 대왕께서 과인에게 했듯이 선례에 따라 보위를 물려주고 상왕으로 물러나려고 했었다."

기록엔 내가 1442년쯤에 대리청정하게 되었다고 적혀 있긴 했었다. 그런 불경을 범하지 않고 아바마마께서 만수무강하시어 조선을 번영하길 소망해서 그렇게나 힘겹게 아버님의 건강 관리에 힘을 쓴 건데…….

"주상 전하! 어찌 그런 생각을 하셨나이까? 부디 오래오래 선정을 베푸시고 명을 거두어주소서. 소자는 아직 국정의 무거운 짐을 감당할 수 없나이다."

"하나 요즘은 과인의 몸이 날아다닐 것 같이 가볍게 느껴지고, 잠자리도 한창때보다 수월하니 과인이 더할 나위 없이 건강해짐을 느꼈다. 일전엔 눈이 매우 나빠져 글씨가 흐리게 보여 서책도 제대로 볼 수 없었는데, 세자가 만들어준 안경 덕에 요즘은 다시 독서의 낙을 찾았노라."

저기 잠깐… 뭔가 이상한데? 이리도 건강해지셨는데 왜 대리청정을 맡기시려는 거지? 이건… 설마?

"과인은 그간 생각했던 국정 계획의 반도 못 펼치고 과인의 치세가 완결되리라 생각했었도다. 하지만 과인의 성후를 위해 지극히 정성을 들여 양생하도록 한 세자가 있어 과인이 이리도 강건해졌으니 자식 하나는 잘 두었다고 청사에 자랑할 수 있겠도다."

상선을 사주해 매일 운동시킨 거 때문에 앙심 품으신 건 아니시죠? 대체 무슨 말씀을 하시려고…….

"그리하여 과인의 흐려지던 심기체가 바로 잡히니, 과인에게 주어진 천수가 늘어난 것을 느끼고 결심했도다!"

"……."

"과인이 계획한 국책을 전부 실행하고 새로운 학문을 연구하기 위해선 과인 혼자만으로 부족하다. 게다가 세자가 이리도 훌륭히 장성하여 원손도 얻었으니, 이는 조정의 경사로다!"

"아바마마……."

"그리고 세자가 과인을 닮아 기재로 태어난 데다 선대왕들께서 보우하여 죽음도 이겨내고, 잇따라 신묘한 이치를 깨달아 나라에 도움을 주고 있도다. 과인은 이런 세자의 역량을 인정해 정식으로 세자의 도움을 받아 국정을 운영하기 위해 대리청정을 명하노니, 조정 대신들은 모두 과인의 명을 받들라."

뭐라고요? 이건 저를 잡아 갈아 넣어 굴리실 거라고 선언하신 거죠?

안 돼! 이건 미친 짓이야. 난 여기서 빠져나가야겠어.

내가 명을 거두어달라고 말하려는 순간, 갑자기 대신들의 합창이 이어진다.

"삼가 전하의 명을 받들겠사옵니다."

뭐?!?!

내가 놀라서 뒤를 바라보니, 지옥에 온 걸 환영한다는 표정으로 나를 바라보는 대신들이 보였다. 그러고 보니 저들은 모두 아바마마의 친위대나 다름없는 이들이었다. 조말생부터 황희, 정인지 같은 사직의 노예들만 모여 있는 걸 봤을 때 눈치챘어야 했는데.

이거 다 미리 짜고 설계된 거였다니…….

이젠 내가 비웃고 불쌍하게 여긴 조정 노예들과 같은 처지가 되었단 말인가?

아들인 제게도 이렇게까지 하시다니, 아버님 당신은 대체…….

아… 정신이 혼미해진다.

제6장
대리청정

"주상 전하, 세자 저하께서 혼절한 듯한데 속히 어의를 불러야 하지 않겠습니까?"

"그대로 두어라. 기쁨이 과해 잠시 정신을 잃은 듯하니, 깨어나면 물이나 한 그릇 먹이거라."

"그래도 국본을 어찌……."

"이보게, 백저(伯雎). 세자는 여의 아들이기도 하지만, 죽음도 이겨냈던 강골이로다. 게다가 세자 배부(背部, 등)에 보이는 게 전부 단련된 근육일세. 그런 세자가 고작 한 시진 동안 석고대죄로 탈이 난다고? 허허! 그렇게 나약한 이는 작금의 왕가에는 없도다."

그러자 정인지가 경악한 얼굴로 주상에게 다시 질문했다.

"예체(睿體)의 역삼각 형상이 전부 근육이란 말씀이시옵나이까? 소신은 세자께서 용포를 부풀리기 위해 뭔가 집어넣은 줄 알았사옵니다."

"귀한 맏아들이라 그동안 애지중지하면서 키우고, 죽었다 살아난 이후 그저 기쁨에 겨워서 세자의 청을 다 들어줬더니 버릇이 점차 나빠졌도다."

"어떤 일을 이르심이시옵니까?"

"세자가 국정에 관해선 여와 상의하여 선을 넘지 않고 신중하게 처리하지만, 그와 별개로 항상 다른 이들을 움직여서 여러 가지 일을 하고 있도다. 아직까진 모든 일의 결과가 좋으니 망정이지만, 그 일로 자신의 공을 세우지도 않고 책임도 안 지고 있으니 이는 위정자(爲政者)로서 옳지 못한 자세로다."

"그래도… 저하 덕에 북방에서 대승을 거두지 않았사옵니까?"

"그것과는 별개로 무릇 정치나 치세는 모두 자신의 책임을 전제로 하는 것인데, 아직 세자는 직책상 그런 경험이 일천하니 이번에 제대로 가르쳐 주어야겠도다."

영의정 황희가 끼어들면서 말했다.

"그것은 전하의 말씀이 지극히 옳사옵니다. 책임을 지지 않는 위정자야말로 위선자보다 못한 이가 될 수 있사옵니다."

"아무리 좋은 이론이나 학문을 연구하여 국정에 적용하려

한들, 여러 실정이나 전례에 부닥쳐 쉬이 적용하기 힘듦을 그대들도 알고 있지 않은가?"

"전하의 이치가 지극히 합당하신 거로 아뢰옵니다."

"하지만 세자가 과인을 도우려고 일러준 방도들을 곰곰이 궁리해 보니, 실정에 바로 적용하기엔 힘들어 보이지만 긴 안목으로 보면 가히 나라를 크게 부국강병하게 할 방책들이로다. 이제 과인과 자네들이 나서 세자를 도울 차례로다."

"망극하옵니다."

"정식으로 대리청정이 시작되면 그대들 모두 세자에게 신(臣)이라고 칭하라."

그러자 자세한 사정을 모르던 이가 무릎을 꿇고 간언했다.

"전하! 어이하여 그런 참담한 하교를 내려 하늘을 둘로 나누시려 하십니까? 부디 명을 거두어주시옵소서."

"여(余)와 대신들이 의논할 때 이미 약조된 바이니, 그런 형식적인 부분은 대리청정에 방해만 될 뿐이다. 가식적인 반론은 필요 없도다."

건강해진 세종은 그의 아버지 태종과도 같은 기세를 보였고, 그런 왕이 노려보자 신하들은 압박감을 느껴 아무런 말도 꺼낼 수 없었다.

그 후 강녕전에서 해산하여 퇴청하는 신하들이 서로 이야기를 나누며 걷고 있다.

"성상께서 너무도 변하셨어. 본디 우리가 반대 의견을 내어도 그것을 공박하실 때 타당한 법도나 학문의 이치를 이용해 찍어 누르시던 분이셨는데."

그 말을 가만히 듣고 있던 예문관(藝文館) 대제학(大提學) 조말생이 한마디 했다.

"전하 역시 태조 대왕의 피를 이으신 분일세. 아무리 일가를 세울 만한 학문을 익히셨다 한들 천생 무골의 피가 어디 가시겠는가? 본관은 좀 전에 일순 태조 대왕께서 살아 돌아오신 줄 알았다네."

그러자 태조를 직접 본 적 없던 이순지가 질문했다.

"태조 대왕마마께서도 그 정도셨습니까?"

"그땐 태조 대왕께서 지그시 바라보기만 하셔도 그 누구든 아무 말도 못 하고 굳을 정도였어. 그래서 조정 대신들 모두 전하와 감히 눈을 마주칠 생각도 못 했다네."

그러자 조정 대신 중에서 무서운 눈으로 인해 한 인상하는 영의정 황희가 자랑하듯 말했다.

"사실 불경스러울 수도 있는 말이지만, 태조 대왕마마의 용안(龍眼)은 호랑이 같은 맹수의 눈에 가까웠다네. 그걸 안광이라고 해야 하나? 용안이 번뜩인다고 표현하는 게 적절하겠군. 마주칠 때마다 수명이 몇 년씩 줄어드는 기분이 들었지. 겨우 본관 정도의 인상과는 비교조차 할 수 없다네."

"허… 그런 분이시니 이 조선의 사직을 세우셨겠죠. 일전에 운 좋게 태조 대왕의 진용(眞容, 어진의 옛말)을 본 적이 있었는데 위압적이긴 했었습니다."

"사실 그림만으론 그분의 위압이나 칼날 같은 분위기는 표현할 수 없다네. 그분은 정말……."

"세자 저하도 그 피에 늦게나마 눈을 뜨셨으니, 저리도 몸을 단련하시나 봅니다."

"세자 저하는 문이나 육예(六藝) 쪽으론 이미 일가를 이룰 만한 분이고, 이제 단련에 힘을 쓰시니 진정 문무겸전이라 할 수 있으시지."

"본관이 풍문으로 들었는데 저하께서 저술한 병법책이 야인 토벌에 큰 도움이 되었다고 합니다만……."

그러자 이제껏 가만히 있던 영중추원사 최윤덕이 끼어들었다.

"그건 풍문이 아니라 사실일세. 게다가 저하의 은혜로운 가르침 덕에 우리 집의 불초 가아(家兒)가 이번에 공을 세울 수 있었던 것일세."

근래 들어 항상 기분 좋아 보이는 최윤덕이 은근슬쩍 끼어들어, 셋째 아들의 공까지 부각하는 걸 본 황희는 자신의 못난 아들놈들과 비교되는 기분이 들어서 날을 세워 말했다.

"영중추원사 대감의 셋째 아들이 대공을 세웠다는 건 알고 있지만, 평안도절제사의 고된 훈련과 지휘 덕이 아닙니까?"

"영의정부사 대감께선 군의 사정을 모르시나 보오? 그 모든 훈련법과 단련법을 저하께서 고안하셨다는걸? 평안도절제사가 적진 한복판에서 낙마하고도 야인 백여 명을 참살한 게 모두 저하의 단련법 덕이라고 칭송하신 것을 모르시오? 가만 보자, 대감의 아들이… 작년에 뭘 했었더라?"

작년에 황희의 서자 황중생(黃仲生)은 동궁 소친시(小親侍) 신분으로 자선당에서 귀중품을 도둑질하려다가 내관 김처선에게 발각당해 미수범에 그쳤지만, 황희가 세종에게 자신의 사직을 허하지 않아도 좋으니 부디 용서만 해달라고 석고대죄하게 만든 전적이 있다.

그렇게 황희는 족보에서 서자 황중생을 파버리고 가문에서 내쫓아 크게 공론화되지 않게 수습에 성공했는데, 이는 절도에 성공했다가 발각된 역사와 달라지게 만든 원인이다. 본래 절도 혐의로 추포된 황중생의 심문 과정에서 황희의 다른 아들들의 비리가 발각되어 더 큰 사건이 되었지만, 미수범으로 그쳐 아직 그들의 비리가 발각되지 않아 미래에 더 큰 위협과 약점이 남아 있는 걸 황희는 아직 모르고 있었다.

"그놈은 이미 황씨도 아니오. 감히 저하의 물건에 손을 대려 해 가문의 이름에 먹칠을 한 놈은 아들이라고도 할 수 없소이다……"

눈엣가시였던 최윤덕에게 되로 주려다가 말로 귀싸대기를 맞은 황희는 궁색한 심정으로 입을 다물 수밖에 없었다.

그러자 지중추원사(知中樞院事) 정인지(鄭麟趾)가 무거워진 분위기를 환기하려 말을 꺼냈다.

"세자 저하께선 죽음도 이겨내신 분이 아닙니까? 고금에 그런 전례가 없으니 저하께선 참으로 대단하시지요."

그러자 조말생이 웃으면서 그 말을 받아 화제를 전환했다.

"본관은 그것보다 주상 전하께 단련을 강제한 게 더 대단하다고 본다네."

"그것 역시 위업(偉業)에 가까운 공적이라 할 수 있습니다."

"성상께서 어떤 분이신가? 태종 대왕께서 그렇게나 성상의 성후을 염려해 승마나 격구를 시키려고 노력을 하셨는데 결국 실패하시지 않았는가?"

"그렇긴 합니다. 이제 성상의 성후마저 강건해지셨으니, 조선은 반석에 오를 일만 남았습니다."

"자, 그럼 이제 다들 하던 일이나 마저 하러 가세."

그렇게 일견 퇴청하는 것처럼 보이던 조정 노예들의 하루는 끝이 나려면 아직 멀었고 각자 할 일이 산더미처럼 쌓여 있었다.

＊　　　　＊　　　　＊

그렇게 잠시 정신을 잃었다가 다시 깨어나니, 김처선이 물을 떠 와 내게 건넸다.

"주상 전하께선, 뭐라고 하시던가?"

"자세한 건 새로 공표하시겠지만, 다른 신료에게 듣자 하니 전하께서 첨사원(詹事院)이란 기관을 새로이 만드신다고 들었사옵니다."

첨사원은 기록에서 본대로라면 나의 승정원이나 다름없는 기구다. 아바마마께서 진심으로 날 정사에 참여케 하려 결정하셨나 보다.

"그래, 알겠다. 이젠 많은 것들이 달라지겠구나."

그렇게 난 다음 날부터 난 편전에 입조해 대리청정을 수행해야 했고, 아버님께 정사를 보면서 남쪽을 바라볼 수 있는 남면(南面)의 특권과 신료들에게 사배(四拜)를 받을 수 있는 권한마저 받았다.

오늘은 첫날이기도 하고 당분간 아버님이 용상에 올라 내가 정사를 처리하는 모습을 지켜보기로 하셔서 난 따로 좌석을 마련해 아버님의 앞쪽에 자리하고 있었다.

"정사가 처음이라 그런데, 내가 알기 쉽게 금일의 안건이 무엇인지 설명할 이가 있소?"

"신(臣) 호조 판서 김맹성(金孟盛)이 저하께 아뢰옵니다. 금일(今日)은 작일(作日)에 이어 연분구등법과 수미법에 대해 논할 차례였사옵니다."

저 노인네도 조만간 호조판서 그만두고 지중추원사로 물러날 사람이었지?

미리 사전을 띄워두고 대신들의 면면을 자세히 살핀 후, 기록을 비교해 보니 노신들의 대부분이 수명이 몇 년 남지 않았다. 정말 아버님은 저들이 죽기 전까지 어떻게든 골수마저 뽑아내려고 하셨구나.

"그렇소? 그렇다면 이 법안에 관해 생각한 바가 있는 이가 있으면 자유로이 의견을 내보시오."

"신 영의정부사(領議政府事) 황희가 저하께 아뢰옵니다."

"그래요. 황대감의 고견이라면 내 필히 경청하겠소이다."

"수미법의 취지는 매우 좋사옵니다. 그러나 아조의 사정상 당장 공납을 폐하고 수미법을 적용하긴 난망하고, 근래 해마다 흉년이 들어 백성들이 조세를 쌀로만 내야 한다면 그들이 먹을 것이 줄어드니 어찌 쉽게 적용할 수 있겠사옵니까? 그래서 이는 아조의 실정과는 동떨어진 법안이오니 이 건은 논의를 물려야 한다고 사료되옵니다."

얼핏 듣기엔 황희의 말이 맞기도 하다.

하지만 황희는 일부러 자신의 의견에서 연분구등법을 제하고 백성의 실정을 위하는 척 이야기해 논점을 흐트러뜨렸을 뿐이다.

"그것은 영의정부사 대감의 말도 일리가 있소만, 주상 전하께서 상정하신 작황에 따라 세금을 감하거나 더 걷는 연분구등법에 대해 전혀 염두에 둔 것 같지가 않소. 흉년이 들어 작황이 나빠지면 세금을 감하고 공납을 폐하면 양인들이 조정에 바쳐야 할 공납을 구하기 위해 품을 팔거나 쌀로 교환하는 일이 줄게 되니 기존보다 그들의 입에 들어갈 쌀이 많아지게 된다고 생각하오만?"

"하지만 막상 기존의 조세에 익숙해진 백성들은 그렇게 생각하지 않을 가능성이 크옵니다. 또한, 공납을 폐하고 바치던 물품들을 조정에서 구하기 위해선 백성들이 농한기에 길을 닦아야 하니 그들의 원성이 자자하여 민심을 잃을 것이옵니다."

"백성들이 당장 힘든 것은 그들의 좀 더 나은 미래를 위한 일이니, 그 정도 원성은 감수해야만 하오. 원성을 사기 싫어 실정에 적용하기 힘들다고 구습을 타파하지 않고 방치한다면, 그런 나라에 더 이상 발전이란 것은 없어진다오."

"하지만 길이란 것은 한번 만드는 게 전부가 아니옵니다. 지속적인 유지와 보수할 인력이 필요하니 이를 어찌 감당하려 하시나이까?"

"새로운 법안에 필요한 재정에 대해선 주상 전하와 미리 상의해 둔 바가 있소이다. 그 부분은 차후에 따로 안건에 올릴 것이고, 도로의 공사는 일단 현재 재정이 허락하는 선에서 개시하면 되오."

그러자 영중추원사 최윤덕이 끼어들었다.

"신 영중추원사 최윤덕이 아뢰옵니다. 영의정부사 대감은 말로만 백성들을 위한다고 하는 것 같사옵니다."

"그게 무슨 중상모략이오? 법안의 취지는 좋으나 집행 과정에서 일어날 백성들의 반발을 고려했을 뿐이오!"

"그러시는 분이 사위가 무슨 일을 저질렀는지 잊으셨소이까?"

황희의 얼굴이 새빨개지고 최윤덕을 죽일 듯이 노려보기 시작했다. 눈에서 레이저 나온다는 미래식 표현이 저런 거였구나.

오우… 역시 조정 대신들의 말싸움은 상대의 허물을 들추거나 인신공격에 특화돼서 그런가? 아주 흥미진진하네. 갑자기 팝콘이란 미래의 음식이 절실하게 먹고 싶어졌다.

그렇게 시작된 황희와 최윤덕의 말싸움은 황희의 패배로 끝이 났다.

황희는 지적당할 비리가 한둘이 아닌데, 최윤덕은 정말 깨끗하게 살아서 용렬하다는 정도의 인신공격이나 받았기 때문이다. 게다가 아들이 북방에서 큰 공을 세운 것도 한몫했다.

역시… 무장 출신답게 한 인상하는 황희에게도 겁먹지 않고 침착하게 비리 팩트 폭행을 가하니 황희가 이길 수가 없겠지.

영중추원사 대감, 부디 오래오래 만수무강해 주세요. 오늘부터 그대를 4호기로 임명합니다.

*   *   *

그렇게 이어진 회의에서 나 대신 나선 최윤덕은 반대하던 이들 모두의 입을 다물게 했다. 본인은 순수 무관 출신이지만 좌의정까지 오른 전력이 있어서 그런지, 인신공격과 토론 모두 경지에 오른 듯하다.

　그렇게 최윤덕이 나서서 대신들에게 어느 정도 긍정적인 여론을 끌어낸 채 그날의 논의는 마무리가 되었다.

　"그래, 세자는 금일 정사를 처리한 소감이 어떠한가?"

　"소자가 아직 정사에 미숙하여, 사직에 폐를 끼치지 않을까 우려했사옵니다."

　"모든 이가 처음부터 잘할 수는 없는 법이다. 이 아비도 아바마마께 보위를 물려받았을 땐 대신들에게 할 수 있는 말이 상왕 전하와 상의해서 처결하겠다는 것뿐이었단다."

　"그러셨사옵니까?"

　역시 기록을 보는 것과 당사자에게 실제로 듣는 건 느낌이 아주 다르다. 아버님도 그런 시절이 있었구나.

　"이 아비가 금일 세자가 하는 것을 지켜보니 이 아비의 초년보단 낫더구나. 적절한 시기에 대신들이 서로 논쟁하게 만들고 빠지는 것을 보니, 노회한 위정자를 보는 것 같기도 했다. 그 부분이 매우 적절했노라. 무릇 대신이란 이들은 절대 입을 모아 한목소리를 내게 하면 절대 아니 된다. 또한, 그들을 공평하게 대해서도 안 되고."

　"어찌하여 그러하옵니까?"

"대저 신하라고 하는 이들은 서로 군주의 총애를 받고 싶어 하는 게 그 본성이다. 그것을 이용해 적절히 일부를 편애하면 받지 못한 쪽이 투기를 하고 군주의 총애를 얻기 위해 더 노력하는 계기가 된다."

어… 음… 지금 아버님의 총신들은 너무나도 뜨거운 사랑을 받아서 과로사하겠던데요.

"아바마마의 지극하신 가르침을 반드시 새겨 명심하겠나이다."

"그 외에도 가르쳐 줄 게 수없이 많으나, 한 번에 전부 알려주는 것은 곤란하구나. 이 아비도 아들에게 가르치는 재미라는 게 있어야 하니, 다음 기회에 알려주겠노라."

"성은이 망극하옵니다."

*   *   *

건주위의 추장 동소로와 그의 아들 동가진의 잘린 목이 도성에 전시되었다.

동소로는 총통위가 귀환할 때 도성으로 압송되어 의금부에서 통변을 통해 심문했었고 필요한 정보를 모두 알아낸 후 참수형을 집행했다. 부자의 목이 나란히 장대에 전시됐으니 죽어서도 쓸쓸하진 않겠네.

"결국, 이만주의 행방은 아직 알 수 없다는 정보나 매한가지인가."

동소로의 심문조서를 모두 읽어보니 건주위가 그동안 이용했던 본거지들의 위치는 파악했다고는 하지만, 내 생각엔 이만주가 다시 그곳에 정착할 리 만무하니 새로 알아내야 한다는 소리나 마찬가지다.

그러고 보니 보고서의 내용 중에 그간 알 수 없던 일도 포함되어 있었다. 이만주가 일전에 전쟁을 벌였던 오이라트의 무리와 협상해 말을 거래했었다는 이야기다.

이놈은 참 발이 넓기도 하지. 명나라에 한 다리 걸친 것도 모자라서 그놈과 전쟁했던 상대인 몽골 쪽에도 저렇게 선이 닿아 있으니 말이다.

그러자 나와 대면 중이던 총통위장 이천이 답했다.

"소신은 이만주가 올적합(兀狄哈)의 영역 북동쪽으로 도망가지 않았을까 추측 중이옵니다."

"거긴 정말 아무것도 없는 동토가 아니오?"

올적합의 영역 북동쪽이면 두만강 이북을 지나 미래에 우수리스크나 블라디보스토크라고 부르는 땅의 근처다.

"소신이 알기론 그 근방에 커다란 호수가 있다고 들었사옵니다."

아아, 미래에 한카(Ха́нка) 호(湖)라고 불리던 지명을 말하는 건가 보다.

"총통위장이 말한 곳은 옛 발해국에서 미타호(眉沱湖)라고 불리던 곳인 듯하오."

"으음… 소신이 고사(古史)에 밝지 못해 옛 지명이 따로 있는 것은 몰랐군요. 송구하옵니다."

나도 사전으로 공부하기 전엔 몰랐으니, 부끄러울 것까지야.

"고사를 공부하다가 알게 된 것이니 자랑할 만한 것은 못되오. 발해국 쪽은 워낙 기록이 희귀해서 아는 이가 별로 없으니 당연한 일이오."

"소장이 들은 바론 그곳은 습지대에 웬만한 고을보다 거대한 호수라서, 한겨울에도 완전히 얼지 않아 식량으로 물고기를 잡을 수 있다고 하옵니다."

그래? 그것참 매력적인 장소네. 그쪽은 명이 아직 손을 대지 못한 곳이고 야인들이 살고 있을 테니 먼 훗날 나라의 사정이 되면 개척을 한번 시도해 봐야겠다.

"그곳은 함길도절제사 김종서 영감과 가까운 영역이니, 그에게 군령을 내려 탐색을 해보는 게 좋겠구려. 조만간 조정에서 이 일을 안건으로 논의를 해봐야겠소이다."

"일전에 사신을 통해 명국에서 온 비답은 어찌 되었사옵니까?"

"형식적으로나마 크게 일을 벌이지 않는 선에서 토벌을 허락하긴 했소. 일전에 조선을 침탈하려 한 야인들과 회전이 벌어지기 전에 그들이 출발한지라 그 소식을 알게 된 저들의 태도가 변할 수도 있을 것 같소이다."

"명의 사신이 미당을 대량으로 진상할 것을 요구했다지요?"

"그랬지요. 하지만 아국의 조정 입장이 늘 그랬듯이 선금 먼저 아니겠소이까? 하하하!"

그랬다. 조선은 명과 조공 무역 시 항상 명이 선금의 형식으로 사여 물품을 하사하면 그때 사은사를 통해 조공을 올리는 형식의 교환이 이루어지고 있었다.

"명의 황제가 미당(味糖) 맛을 보니 몸이 달긴 했나 보오. 곤포(昆布)와 미당을 있는 대로 전부 바치라고 떼를 쓰니 말이오."

다시마는 조선에서도 희귀한 특산품이고, 남해안 쪽에서 양식에 성공해 흔하게 먹을 수 있는 미래와 다르게 함길도 쪽 동해에서나 일부 존재해 자연 채취에 의존하는 중이다. 사신들이 조선에 올 때 선물로도 받아가는 고가 식재이자 약재에 가깝다.

"그래서 명국이 사여 품목으로 쌀을 제시하길래, 이 주머니에 든 미당 값으로 쌀 백만 섬을 제시했더니 입을 다물더이다."

"일전에 풍문으로 듣긴 했지만, 미당의 가치가 그렇게나 귀하옵니까?"

"그렇기도 하고, 아니기도 하오. 이건 총통위장에게 주는 나의 선물이니 받으시오. 전에 북방에서 고생한 것에 대한 포상으로 생각하시오."

"…성은이 망극하옵니다. 하나 소신이 지난번에 받은 사당
도 행군에 지친 병사들에게 주고 남은 것이 절반 이상 있사옵
니다. 부디 거두어주시지요."

"그대라면 내가 신뢰할 수 있어서 하는 이야기인데, 사실
이 사당과 미당은 원재료가 같소."

"예? 그것이 참말이시옵니까?"

응, 맞아. 이번 해에 함길도에서 대량 재배에 성공하여 진상
된 사탕무의 양이 엄청나게 많아서, 조만간 사온서에서 설탕
하고 미당 만드는 인원들만 모아서 따로 독립 부서로 만들 예
정이다.

"아직 주상 전하와 나를 제외하곤 재료의 비밀을 아는 사
람들은 이걸 만드는 장인들뿐이라오."

언젠간 설탕이 더 대중화되면 제조법은 빼고 사탕무가 재
료라는 것까진 밝힐 수도 있겠지만, 아직은 그때가 아니지. 아
바마마께 배운 이치대로 이 정도만 언급하면 이천은 내가 그
를 특별히 총애한다고 생각할 것이다.

"지금 시중에 사당만 거래되어도 사대부들에게 그 수요가
엄청날 것이옵니다."

"그렇지요. 조청을 만드는 데 장작과 보리나 쌀이 너무 많
이 들어가니, 요즘 같은 흉년이 이어지는 시기엔 눈치가 보여
함부로 만들기가 난망하니 말이오."

이순지가 만든 태양열 조리기로 해도 되긴 하지만, 태양열 조리기의 제작비를 생각하면 그야말로 주객전도급이다. 일전에 소식을 듣자 하니 이순지가 좀 더 싸게 만들려고 개량 중이라던데, 시제품은 아직 소식이 없다.

"그렇다 해도, 소신이 이리 귀한 것은 받을 수 없으니 거두어주시지요."

"무도한 명국에게나 그 주머니의 가치가 쌀 백만 섬이지, 그대와 같은 명신에겐 더 많이 줘도 모자를 지경이라오. 그리고 마침 석식 시간이니 같이 한술 뜨시고 가시게."

그러자 이천 역시 소문으로만 듣던 미당이 든 식사가 기대되었는지, 태도를 바꿔 미당을 받았다.

"저하의 은혜가 망극하옵니다."

그렇게 이천에게 따로 한 상을 차려주고 같이 식사를 하는데, 미당이 들어간 소고기뭇국을 맛본 이천의 표정이 범상치가 않다.

"그 맛이 그렇게 충격적이시오? 항상 근엄하던 총통위장의 표정이 온화하면서도 행복에 겨운 듯하오. 총통위장이 그런 표정을 지을 수 있는 걸 처음 알았소이다."

"사석에서 가끔 영중추원사 대감께서 근래에 식사하는 것이 즐겁다고 하는 이야기는 들었지만, 그것이 이 정도일 거라곤 예상하진 못했사옵니다. 소신은 이 맛을 평생 잊지 못할 듯하옵니다."

"그렇소? 총통위장이 그렇게 극찬을 하니, 이 음식을 만든 숙수도 기뻐할게요."

"전하와 저하께선 미당으로 명에 무엇을 요구하실 생각이시옵니까?"

"조만간 동지사가 명에 가면 미당의 대가로 구리나 초석 같은 전략물자나 기술을 요구하고, 유리의 제작법을 알려달라고 하게 될 거요. 그 와중에 극히 소량을 그쪽 대신들에게 풀 예정이니 조만간 조공의 풍토가 바뀌겠지요."

"하면, 사무역이나 밀무역으로 금은을 가져오려고 계획 중이신지요?"

"그야 당연한 것 아니겠소? 그동안 아조에서 뜯어간 말도 일부 다시 가져올 생각이오."

교배용 종마로 쓰려고 수배 중인 한혈마는 아직도 구하지 못하고 있었다. 저놈들이 대대로 말을 조공 요구하는 걸 조선이 계속 들어주다 보니, 후세 조선의 양마(良馬)들의 씨가 말라 심각하게 퇴화했다는 기록을 보고 어이가 없었다.

"일전에 야인들에게 전리품으로 거둔 말 중에 명마로 보이는 말이 몇 있었습니다. 평안도절제사에게 요청하시어 그중 가장 덩치가 커다란 말을 사복시(司僕寺)로 보내시면 사정이 나아지실 듯합니다."

"그것참 좋은 소식이구려. 내일이라도 당장 평안도절제사에게 서신을 보내야겠소."

그렇게 이천과 즐겁게 식사를 하며 각종 사안에 대해 논하다 보니 어느새 밤이 깊어져 난 아내의 침소를 찾았다.

  "빈궁, 그간 회임 중이라 내가 격조했으니 쓸쓸하지 않았소?"

  "배 속에 아이와 같이 잘 지냈사오니, 그럴 틈이 없었나이다."

  "원손(元孫)은 요즘 어떻소?"

  "소첩이 매일 찾아가는데 유모의 젖도 잘 먹고, 저하를 닮아 강건해 보이옵니다."

  "그래요? 이거 빈궁에게 새삼 고마워지는구려. 그런 의미로 우리 한 명 더 가져볼까요?"

  "사실… 소첩도 항상 저하의 품이 그리웠사옵니다."

  오우야.

  그렇게 임신한 동안 굶주렸던(?) 아내는 밤을 새울 기세로 나를 갈구했고, 나 역시 그녀의 소망을 모두 받아주어야 했다. 이거 평소에 단련 안 했으면 위험할 뻔했네. 여자의 성욕도 남자 못지않구나.

                    *   *   *

  함길도절제사 김종서는 요즘 이징옥의 추천으로 체굴법을 단련하기 시작했다. 평소의 그였다면 정무와 학업에 바빠 거절했겠지만, 이걸 배워 몸을 단련하면 키가 커 보인다는 소리에 혹한 것이다.

김종서는 사실 자신의 체구가 작은 것에 불만을 품고 있었다. 얼굴이야 부모님에게 물려받아 위엄 있는 인상을 지녀 함부로 자신을 깔보는 이가 없었지만, 자신의 부인보다 작은 키는 그에게 왠지 모를 열등감을 가지게 만드는 원인이었다.

"흐음… 이걸로 하반신을 단련하고 그 단계를 거친 후 다른 방법으로 광배근이란 곳을 키우다 보면 자연스레 견근(肩筋)이 넓어진다고?"

이징옥이 보낸 단련법이 적힌 서책을 읽던 김종서는 자신의 어깨가 넓어지면 체구가 조금은 커 보일 거라고 생각하자, 희망을 품고 단련에 매진하기 시작했다.

"이거 단순히 앉았다가 일어나는 행위라고 쉽게 보았는데, 굉장히 천천히 움직여야 하니 난도가 생각 외로 굉장하군."

김종서가 키가 커 보이고 싶은 욕망으로 한참 단련에 매진하던 중, 전령이 소식을 가져왔다.

"영감, 심이적휼의 행방을 쫓던 척후병이 그들의 본거지를 찾았다고 하옵니다."

"그래? 그놈들이 자리한 곳이 어디더냐?"

"수분하(綏芬河) 이남 근처에 골간(骨看) 부족의 마을 하날 몰살하고 그곳을 점령하여 골간 부족으로 위장하고 있다고 합니다."

"이런 간악한 놈을 봤나. 골간족은 야인이긴 하나, 성질이

순박한 이들이건만……."

　김종서는 야인들의 교화를 목표로 했던 부임 초기와 다르게 여러 사건을 겪으며 점점 그들에게 질려갔다. 그 후 새로 평안도절제사에 부임한 이징옥의 영향을 받아 강경한 노선으로 변했지만, 그중 골간 부족같이 수렵이나 어업에 의지해 얌전하게 사는 이들은 그다지 싫어하지 않았다.

　"절제사 영감, 어찌하실 요량이신지요?"

　"일단 조정에 보고 장계를 올리고 답을 기다려야겠지. 그전에 척후들을 부락 근처에 배치해서 그들의 동태를 지속해서 살펴야겠다."

　"그들에게 대감의 명을 전하겠사옵니다."

　그렇게 몰락한 건주위의 잔당을 소탕하려는 조선군과 야인들의 숨바꼭질이 다시 시작되었다.

　　　　　*　　　　　*　　　　　*

　이만주에게 벗어나 독립한 건주위 여진의 분파 우두머리 심이적휼은 지금 심각한 상처를 입고 앓아누워 있는 중이다. 올라산성 인근의 회전에서 성공적으로 퇴각한 것은 좋았는데, 전장에서 완전히 벗어났다고 방심한 순간 숲에 매복한 대규모의 조선군에게 급습당해 지휘하던 기병의 절반 이상을 잃어야 했다.

퇴각 도중에 본인도 오른팔에 화살을 맞았고 나름대로 치료는 해봤지만 점점 팔이 썩어들어 갔기에 어쩔 수 없이 잘라 냈는데, 그 후 몸에 열이 올라 아무것도 못 하고 누워만 있는 신세다.

그렇게 건주위 분파는 우두머리가 부상을 입고 아무것도 못 하고 있을 때, 길을 헤매다가 발견한 골간 놈의 마을 하날 점령해 반항하는 부족민들은 전부 학살하고 순종적인 이들만 남겨 노예로 부리고 있다.

"이봐! 밖에 누구 없나?"

심이적휼은 열이 펄펄 끓어오르는 와중에 잠시나마 정신을 차리고 이후의 일을 수습하려 직속 부하를 불렀다.

"대족장, 몸은 좀 나아지셨습니까?"

"음… 아직은 모르겠다. 일단은 내 정신이 온전할 때 미리 말을 해두어야 할 것 같아 불렀으니 내 말을 잘 듣고 이에 따르라."

"예, 말씀하시지요."

"일전 조선군에게 사로잡힌 놈들은 분명 우리 본거지 위치를 발설했을 거다. 조선군이 보복으로 마을을 불태우기 전에 본거지를 옮겨야 하니, 결사대를 조직해서 이주하도록 지시해야 한다. 그런데… 여긴 대체 어느 마을이냐?"

"조선군을 피해 동진하다가 발견한 골간족의 마을입니다."

"뭐? 그럼 올적합(兀狄哈) 놈들의 세력권 근처가 아닌가? 우리 행적이 발각되진 않았겠지?"

"지금 전사들은 골간 놈들의 옷을 입고 위장 중입니다."

"그게 말이 되나? 전사들은 골간 말도 제대로 못 하고, 우리가 타고 온 말들이 눈에 뜨이면 누구든 의심할 텐데?"

"으음… 그렇다면 노예로 삼은 놈들을 동행해서 의심을 피하게 만들겠습니다. 말은 근처 숲에다가 따로 숨겨두지요."

"안 되겠다. 여기 오래 머물다가 조선군이나 승냥이 같은 올적합, 알타리 놈들의 눈에 띄면 위험해. 당장 여기서 벗어나자."

심이적휼이 몸을 간신히 일으키려 시도했지만, 한쪽 팔이 없어진 탓인지 몸의 균형을 잃고 금세 바닥에 내동댕이쳐지듯 쓰러졌다.

"대족장, 아직 무리하시면 안 됩니다!"

그렇게 충직한 수하의 도움으로 다시 자리에 누운 심이적휼은 금세 다시 잠이 들었고, 현재 건주위 분파의 실질적인 수장이자 부관인 적삼로(赤森路)는 대족장의 지시에 따라 본거지로 전령을 보냈다.

물론 그들은 이 모든 것을 기다란 막대를 통해 지켜보고 있는 이들이 수십이 넘는 줄 모르고 있었다.

*　　　　　*　　　　　*

"요즘 흉년이 잇따라 계속되고 있소. 내년을 대비하기 위해 고을마다 보(洑)나 저수지를 여럿 만드는 게 백성들의 농사에 도움이 되지 않겠소?"

그러자 편전에 있던 대신 중 호조판서 김맹성이 내 말을 받았다.

"저하의 하교가 극히 지당하시나, 백성들의 반발이 우려되옵니다."

"당장 반발이 있다 한들 기약할 수 없는 내년에 다시 흉작이 드는 것보단 낫지 않겠소?"

솔직히 말하면 이양법을 도입하고 싶지만, 지금은 수리 시설도 제대로 정비 안 되어 있고 모 아니면 도라는 도박성 농법이란 인식이 박혀 있어 쉽게 적용하지 못하니 그전에 밑밥을 깔려고 제시한 정책이다.

"내 그간 작성한 신농사직설이란 책이 있는데, 이것을 정음으로 써서 반포하는 것은 어떻게 생각하시오?"

내가 작성한 신농사직설은 지금 실정에 적용할 만한 미래의 농사법을 가져오고, 아직 질소 비료를 만들 형편이 못되니 발효된 퇴비를 만드는 법을 집중적으로 다뤘다.

"어찌 왕실의 치적을 알리기 위한 글을 농사에 사용하려 하시옵니까?"

"농사가 잘되어 백성들이 배불리 먹고 세를 거둬야 왕실이 유지되는 것 아니겠소?"

"그 일은 차후에 좀 더 논의가 필요하옵니다. 그리고 보를 쌓는 일 역시 일전에 도로에 관한 법안이 통과되어 길을 내는데 많은 백성이 동원되기로 결정되었으니 요역에 모집할 인원이 부족하여 당장은 힘이 들 것 같사옵니다."

"당장 모든 고을에 적용하잔 말이 아니오. 이번 해에 농사를 망친 지방의 고을들 위주로 요역에 동원한 이들에게 임금이나 구휼미를 지급하고, 일을 시키면 내년 농사에 도움이 될터이니 반발이 적으리라 생각하오."

"하오나 금년부터 환전소를 운영하면서 비축한 쌀이 지속해서 손실을 보고 있어 재정이 감당할 수 있을지 우려가 되옵니다."

"그건 너무 걱정하지 마시오. 조만간 출발할 동지사가 조공의 대가로 많은 것들을 받아오게 될 터이니 말이오."

그래, 이번에 명에 갈 동지사는 조공으로 바칠 미당과 말을 빌미로 쌀과 구리 초석 등을 잔뜩 뜯어내 올 것이다.

"그리고 일전에 경주부 아전 성시진이란 자가 올린 상소의 법안을 실정에 맞게 개정해서 국고를 충당하는 방안은 어떻게 생각하시오?"

"그 방책을 모두 바로 적용하기엔 난망하나, 일정 부분이 현재 관습과 비슷하니 논의를 거쳐 법도를 만들고 송사 관련에 대응한 지침서를 만들어 관아마다 배포하면 긍정적인 효과를 볼 수 있을 듯하옵니다."

"다만 지금 북방에 사민된 이들에겐 쉽게 적용하기 난망하니, 도성 인근 지방들부터 시험 적용해 보고 적용 범위를 확대해 나가는 것이 좋을 듯하오."

"저하의 하교가 극히 온당하옵니다."

그러자 이조판서 최부(崔府)가 나섰다. 이 아재도 일흔이 넘은 나이에 고생 중이네. 요즘 계속 관직을 파해달라고 요청 중인데 아버님은 윤허하지 아니하시고 있다.

"신 이조판서 최부가 아뢰옵니다. 송사 시 공임을 받는 법도를 개정할 때 이를 이용해 관원들의 녹봉을 해결하는 방도는 어떠하신지요?"

이 아재가 요즘 사직서에 계속 쓰는 내용이 자긴 천성이 어두워서 일마다 실책을 남발하니 사직을 윤허해 달라고 하지 않았었나? 당신 지금 실수한 거야.

"이조판서의 의견이 온당하오. 그럼 이일은 호조와 이조가 협의하여 일을 처리하시오. 다른 의견을 내실 대신이 더 있으면 편히 말해보시오."

"신, 병조판서 황보인이 저하께 감히 아뢰옵니다."

"병조판서께서 하실 말이 있소?"

"작금의 아조군의 편재는 아직 전조 고려의 영향을 받아 십위(十衛)와 십사(十司) 같은 비능률적인 편재를 유지 중이옵니다. 이는 지나치게 복잡한 명령체계를 거쳐야 하니 변란 시 신속히 대응이 어렵사옵니다. 하여 이를 혁파하고 재편성해 명령권의 일원화를 꾀해야 하옵니다."

저 부분은 내가 정식으로 왕위에 올라서 했던 일이다. 내가 왕위에 올라서 군을 5사(五司)제로 개혁했다고 하는데, 이 부분은 좀 더 신중하게 접근해야 하니 긴 시간을 두고 정해야 할 것 같다.

솔직히 말하면 미래식 군제가 간편하고 효율적이더라도, 그걸 조선 실정에 맞춰서 적용하려면 좀 더 연구를 해봐야 할 것 같으니 이 일은 당장 해결할 수 없다. 내가 대리청정 중이긴 하지만, 이런 일은 아바마마의 의중도 중요하니 말이다. 지금 저 말을 하는 황보인도 내 뒤에 계신 아버님의 눈치를 보고 있다.

"병조판서의 의견이 온당하나 이는 하루아침에 이루어질 일이 아니오. 이 안건은 주상 전하와 상의하여 결정하겠소."

"망극하옵니다."

그러자 가만히 지켜보고 계시던 아버님께서 나서셨다.

"병조판서는 개혁안에 대해 구체적으로 생각해 둔 것이 있는가?"

"예, 전하. 현재 아조의 지방군이 진관제를 바탕으로 고을을 담당하는 수령의 명을 받아 움직이고 그 위로 여러 단계를 거쳐 다시 도절제사의 명을 받아 움직이게 되옵니다. 하여 수령의 군재가 떨어지면 외적의 급작스러운 침입에 대응하기 어려우니, 새로이 지방관아에서 군을 통솔할 이를 두고 수령의 임무와 군을 분리하심이 어떠신지요?"

어… 결과적으로 무과의 인원을 늘리자는 소리네? 저 아재는 문신 출신인데 어떻게 저런 생각을 다 했어? 미래엔 저 사람이 김종서에게 묻혀 이름도 잘 모르는 이가 많다던데, 실상은 북도체찰사로 북방 개척에 공헌한 경력도 있고 여러모로 능력 하난 출중한 인물이 맞다.

"그대가 제시한 법도의 취지는 좋으나 지금보다 무관을 더 많이 뽑아야 하는구나. 그들의 녹봉을 지급할 재정을 어찌 보충할 것이며 이 정책이 후세의 사직에 어떤 영향을 미칠지는 생각해 두었느냐?"

"그것이 아직은… 초기 구상 단계라 소신이 그 부분까진 미처 생각지 못했사옵니다."

"그러면 병조판서는 평소 머릿속에 품고 있던 방책을 정리도 안 하고 이조판서의 의견에 편승해서 의견을 낸 것과 같구나. 어찌 나라의 중책을 맡은 이가 무책임하게 뒷일은 생각 않고 정책을 논하려 드는가? 아무리 좋은 정책이라도 재정 확보를 도외시하고 후세에 미칠 영향을 고려하지 못하면 그저 탁상공론에 불과할 뿐인데."

"송구하옵니다. 소신의 생각이 짧아 전하의 성려를 어지럽혔사옵니다."

"하지만."

"예. 전하, 하교하시옵소서."

"그대의 정책 방향이 전부 나쁘다고만 할 수는 없으니, 오늘부터 병조에서 관원들과 논의해 더 나은 방책과 재정 확보 방법을 마련한 후 과인에게 서면으로 보고하라."

저 말을 들은 황보인의 표정이 흙빛으로 변했다. 그러게… 왜 함부로 나서서 화를 자초하세요. 오늘부터 야근 확정 축하해요.

"성은이 망극하옵니다."

그렇게 황보인을 간단하게 잡아 갈아 넣으신 아버님은 내 쪽을 바라보시는데 눈으로 이렇게 말씀하시는 듯 보이셨다.

'보아라, 아들아. 조정의 노예들은 본디 이렇게 다뤄야 하는 법이다.'

네, 아바마마. 아직 부족한 소자에게 큰 가르침을 내려주시니 매일매일이 새롭습니다. 근데 저도 매일 서류와 씨름하느라 죽을 것 같아요…….

그렇게 일과를 마친 나는 신설된 세자 서무 처결기관인 첨사원(詹事院)에서, 각종 문건들을 살피는 중이다. 아직 인사와 군사같이 중요한 업무는 아버님이 전부 보고 계시니, 그런 주요 업무를 제외하고 내게 허락된 업무의 결재와 반려를 반복해야 했다.

그렇게 서류와 한참 씨름하던 와중에 전에 쓰던 것과 질이 다른 종이가 보여 나도 모르게 말했다.

"이게 요즘 조지서에서 새로 만들었다는 쇄지(碎紙)인가……."

최근 집현전에서 첨사원으로 차출되어 내 옆에서 업무를 보던 성삼문이 내 혼잣말에 답했다.

"예, 그렇사옵니다. 예전에 땔감으로나 쓰이던 잡목들을 갈아 부수어 만들었다고 들었사옵니다."

아직 펄프 제조 기술이 미래에 비하면 미흡하고 기계 없이 손으로 작업하다 보니, 기존에 생산하던 종이보다 질은 떨어지고 생산량이 많진 않다. 그 부분은 차차 시간을 두고 발전하다 보면 더 나아지겠지.

"나라에 할 일이 이리도 많은데, 재정을 좀 더 늘릴 방법은 없겠소?"

"소신의 얕은 소견을 아뢰어도 되겠사옵니까?"

"그대의 고견이라면 내 안 들을 수가 없지. 편히 말해보시게."

"곧 도성과 가까운 고을에 길을 닦는 공사가 시작된다고 들었사옵니다."

"그렇소. 이번 농한기부터 시범적으로 시행할 예정일세."

"그렇다면 나라에서 수레를 만들어 민간에 파는 게 어떻사옵니까? 수레가 있으면 조운선에 싣기엔 적고 사람이 들고 나르긴 힘겨운 양의 물자를 유통하는 데 큰 도움이 될 것이옵니다. 그렇게 인력으로 물자의 운반이 수월해지면 점점 나라 안에 도는 물산의 유통이 점차 늘어날 것이옵니다."

"성 수찬(修撰), 그대의 말이 참으로 옳소이다. 그것참 좋은 생각이구려."

그러자 옆에서 업무를 하며 듣고 있던 첨사원 첨사(詹事)직 유의손(柳義孫)이 말을 꺼냈다.

"성 수찬의 의견은 좋지만, 당장 수레를 만들어도 그걸 사가려는 사람은 극히 일부일 것이옵니다."

"그대의 말도 타당하오. 유 첨사는 그에 관한 생각이 있으시오?"

"소신이 사료하건대, 수레를 만들면 고을의 관아마다 일정한 수를 비치해 재화를 받고 빌려주는 형식이 나을 것 같사옵니다."

"그대의 방법도 좋다만 수레를 빌린 이가 잠적하면 이를 회수할 방도가 없으니 그 역시 한계가 있구려."

"이는 신원이 확실하게 확인된 이들에게만 빌려주면 되오니 큰 문제가 되지 않을 거라 사료되옵니다만……."

"평소 농업에 종사하는 이들이 수레가 필요한 건 수확하는 한시뿐이고, 수레가 항시 필요한 쪽은 전국을 떠도는 보상이나 부상들일 테니 수레가 필요한 이들의 사정이 다르오. 차라리 두 방안을 합쳐서 보완하면 뭔가 쓸 만한 방도가 나올 듯하오만."

"듣고 보니 소신의 생각이 짧았사옵니다."

"저하의 말씀이 지극히 옳으신 듯한데, 이걸 다음 안건으로 내기 위해 안을 정리해 보시는 것은 어떠신지요?"

논의에 관심 없는 듯 일만 하던 첨사원 동첨사(同詹事) 이선제(李先齊)가 어느새 끼어들었다. 그렇게 시작된 논의는 어느새 자정 가까이 이어졌다.

　　그리고 다음 날 북방에서 장계가 올라왔다.

제7장
수요시식회

　이만주는 명에 바치던 뇌물의 근원인 사금 채취가 끊겨 최
근 명과 관계가 크게 악화하자, 명의 비호를 믿을 수 없어 조
선군에게 화를 당하기 전에 북동쪽으로 크게 우회하여 이동
하고 있었다. 지리도 잘 모르는 곳을 적대하는 부족들을 피
해 이동하니 예정과 다르게 일정이 크게 지체되고 있었다.

　"이봐! 저기 달리는 기수들 보이나?"

　"예, 대족장. 어찌할까요?"

　"일단 잡아라."

　이만주의 지시를 받은 기병 오십여 명이 달려가 금세 그들
을 붙잡아 본대로 귀환했다.

"너흰 어디서 온 놈들이냐?"

그러자 이만주의 얼굴을 알아보곤 놀란 기수가 부복하며 말했다.

"대족장, 저흰 심이적휼의 수하이옵니다."

"뭐라고? 심이적휼의 부하가 왜 이쪽에서 이동 중이냐?"

"그것이, 사실 지난번 조선으로 출병한 후 조선의 매복 공격에 당해 대패하였습니다."

"하아… 이 멍청이들이 정말… 그래서 생존자는 얼마나 되고?"

"지금은 심이적휼 족장도 부상을 당해 생사를 헤매는 중이며, 저희 측 생존자는 이천 명이 채 못 됩니다."

"그리 많은 전사를 모아 나갔는데, 겨우 이천이 남았다고? 그럼 조선군에게 준 피해는?"

"제가 알기론 거의 없는 거로……."

"얼간이들이 자신만만하게 반기를 들고 나가더니 꼴이 우습게 됐군. 동소로는 어찌 됐느냐?"

"사실 동소로가 병력을 나눠서 조선군과 교전하던 중에 퇴각한지라 알 수 없습니다."

"그 멍청인 보나 마나 잡히거나 죽었겠군. 그런데 너희들은 어딜 가던 중이냐?"

"조선군이 보복하기 전에 남아 있는 부족원들을 피신시키러 이동 중입니다."

'심이적흉이 생사를 오간다고 하니, 이놈들을 다시 거두면 지금보다 사정이 나아지겠지?'

"그래, 너흰 절반만 본거지로 귀환해서 소식을 알리고 나머진 너희가 지금 머무르는 곳으로 날 안내해라."

"예? 그게 무슨 말씀이신지……."

"자비로우신 이 어르신께서 배신한 너희들을 용서하고, 다시 거두어주겠다는 소리다."

"네……."

그렇게 본거지로 귀환하던 건주위 분파의 기수를 길잡이로 세워 본래 골간족의 마을이었던 장소에 도착한 이만주는 병상에 누워 있던 심이적흉과 대면했다.

"흥… 얼간이 동소로를 내세워 자신만만하게 독립해서 나가더니 꼴좋게 됐군."

"……."

"팔 한짝은 어디다 버리고 온 거냐?"

"날 비웃으러 온 건가? 끄어억……."

어떻게든 이만주 앞에서 당당하게 보이려 노력하던 심이적흉은 갑자기 찾아온 전신 통증에 몸이 활처럼 뒤로 굽혀진 채로 바닥을 뒹굴어야만 했다. 한참 후에나 간신히 진정된 심이적흉을 보던 이만주는 혀를 차며 말했다.

"허… 네놈 꼴을 보아하니 쇳독에 중독되었구나."

"끄으으… 전에도 이런 증상은 자주 봤지만 독이었다고? 이게 대체 무슨 독이지?"

미래엔 파상풍이라고 부르는 병이지만, 당시엔 의원들도 정확한 원인을 몰라 그저 독으로 치부하던 시절이었다. 그나마 이들 중에서 유일하게 정확한 증상을 아는 이만주가 이 중에서 가장 현명한 사람이라고 봐야 한다.

"나도 잘은 모르지만, 쇠붙이로 된 무기에 찔리면 걸리는 거라고 들었다."

"해독약은 있는 건가?"

"아니. 일전에 명국의 의원에게 듣기론 너처럼 발작이 일어날 정도면 며칠 못 가 죽는다고 하더군."

"평생을 그렇게나 네놈에게서 벗어나고 싶었는데, 결국 그러지 못했군."

"네놈이 죽으면 남은 이들은 내가 잘 거두어주겠다. 그들에게 절대 보복하지 않을 것을 맹세하지."

"그럼 되었다."

"조선군과 전투 결과를 말해다오."

"그래, 네놈도 그게 궁금했겠지. 우린 옛 근거지였던 올라산성 근처에서 조선군 기병 육천과 마주쳤다."

"그래서 거기서 패퇴한 건가?"

"아니다. 난 동소로와 오천 병력을 미끼로 던지고 그 직후 바로 탈출해서 그놈들이 어찌 된진 모른다."

"그러면 팔은 어쩌다가 잃었지?"

"후퇴하다가 숲에서 매복한 조선군에게 당했다."

"그것참 이상하군. 따지고 보면 넌 두 번 다 매복에 걸린 거나 마찬가지 아닌가? 그렇다면 너희들의 행적이 전부 조선군에게 파악됐다는 이야기인데."

"네놈 말이 맞다. 우리의 척후는 모두 잡혀 죽은 듯했었지."

"작년에 내 척후병이 조선군이 척후병을 배로 늘렸다고 보고하던데, 실상은 그보다 한참 더 많은 척후가 활동 중이었나 보군."

그 후 심이적홀에게 한참 동안 자세한 전투의 경과를 전해 들은 이만주는 그전보다 더 강해진 조선군의 전력을 절감하고 시름에 빠졌다.

*　　　*　　　*

북방에서 연이어 장계가 도착 중인데, 이만주로 추정되는 이가 일전에 조선을 침탈하려 한 야인들의 무리를 다시 거두어 북쪽으로 이동 중이라고 한다. 며칠 후엔 오천의 야인들이 몰려와 이만주에게 귀의했다는 장계도 올라왔는데, 저건 동소로의 심문 정보에서 언급된 후속 병력으로 추정된다.

곧 겨울이 들이닥치니 사정상 바로 이만주를 토벌하러 출병하긴 힘들다. 아버님은 김종서에게 그들을 지속적으로 탐망하고 본거지의 위치를 반드시 파악해 두라고 교지를 내리셨다.

그 후 한창 대리청정으로 바쁜 날을 보내던 와중에, 이순지에게 칠정산(七政算) 역법책과 태양열 조리기 개량품을 완성했다는 소식을 들었다. 일정 도중 시간을 내어 이순지를 불러이를 치하하고 설명을 들어보니 전에 나와 상의한 대로 아랍식 역법도 일부 도입해서 나중에 나올 칠정산외편의 내용도들어가 있는 데다 칠요(七曜)의 운행을 본떠 일주일이란 개념도 집어넣었다고 한다. 정인지는 기록에 적힌 역사와 다르게칠정산에 크게 관여하지 않고 그저 가끔 시간을 내어 계산을도와줬다고 한다.

"이 호군, 그간 정말 수고가 많았소이다."

"망극하옵니다. 이 모든 게 전하와 저하의 지원이 있었기에가능한 일이었사옵니다."

"이 책의 원리를 적용해 이 호군이 계산한 대로면, 내년 윤월 초하루에 일식(日食)이 일어난다는 게지요?"

"예, 그러하옵니다, 저하."

"드디어 조선의 실정에 맞는 역법이 완성되었으니, 이를 완성한 그대는 대대로 칭송받아 마땅하오. 내 그대의 공적을 기려 새 안경을 준비했으니, 한번 써보시게나."

"망극하옵니다, 저하."

그렇게 내가 건넨 안경을 살피던 이순지는 깜짝 놀랐다.

"이것은 전의 안경과는 약간 다르게 생겼사옵니다."

그랬다. 내가 이순지에게 건넨 것은 상아를 깎아 만든 뿔테 안경이다. 플라스틱이 나오기 전엔 동물의 뿔로 안경테를 만들었다길래, 안경원 장인을 시켜 새로 만들게 하였다.

"그렇소. 그 안경의 다리처럼 생긴 부분을 귀에 걸어 착용하면 된다오."

지금 안경원엔 안경을 착용 중인 신료들의 시력이 전부 기록으로 남아 있어, 따로 시력검사를 하지 않고 안경알까지 새로 제작할 수 있었다.

"이것은… 일전에 착용하던 안경과는 뭔가 착용감이 다르옵니다."

"그 안경의 테는 상아로 만들었으니 그럴 거요."

"그럼 이 안경은 사치품이 아닌지요?"

이순지가 내게 반문하는데 그 표정이 사뭇 놀란 듯하다.

"나라를 위해 불철주야 힘쓰는 그대에겐 재물이 많아도 사치 부릴 시간이 없잖소. 그래서 특별히 만들게 한 거니 편히 쓰시오."

"저하의 말씀이 지당하시군요. 소신의 봉록이 오르고 재물이 쌓인다 한들, 소신은 그걸 누릴 시간이 없사옵니다……."

지금 조선의 신료들 대부분의 사정이 이렇다. 물론 그 와중에도 짬짬이 재산 축재를 일삼는 사람도 간혹 있긴 하다. 하지만 그런 이들은 이미 아버님께 종신 노예형을 선고받은 이들이라 따로 챙겨주고 싶은 마음은 들지 않는다. 난 그냥 내 또래의 신진 관료나 일부 마음이 맞는 사람들만 잘 챙겨야겠지.

"저하, 사실대로 고하자면… 근래에 안경을 쓴 신료들끼리 치열한 경쟁이 벌어지고 있사옵니다."

응? 그게 또 무슨 소리야.

"대체 무슨 경쟁을 하길래 그러시오?"

"신료들끼리 착용 중인 안경으로 사치스러운 경쟁을 하고 있사옵니다. 안경알은 따로 손대기 어려우니 각자 자신의 테에 금박이나 은박을 넣기도 하고 귀에 걸치는 실 부분을 손봐서 특별한 형상의 매듭을 짓기도 하옵니다. 간혹 일부는 유학 경전의 글귀를 미세한 글자로 새기기도 한다고 들었사옵니다."

"허허허, 그것참 뭐라 할 말이 없구려."

"게다가 누군가 새로 안경테를 맞추면 귀신처럼 알아채고 경쟁하듯 새로이 자신의 테를 손보는 이들도 있다고 합니다. 소신은 이런 경쟁이 잘못되면 과도한 사치가 되지 않을까 염려하고 있었사옵니다."

"사람이 살면서 그 정도 사치도 없으면 무슨 재미로 살 수 있겠소. 그들 나름대로 압박을 해소할 수단이니 그냥 두는 게 나을 거요."

사람이 살면서 과시도 좀 하고 치장도 좀 하면서 스트레스를 풀어야지. 가뜩이나 힘든 관직 생활 중에 저런 재미라도 없으면 어떻게 하라고.

"한데 요즘 영의정부사 대감께서 이를 문제 삼을 거란 소문을 들었사옵니다."

황희가 이걸 트집 잡는다고? 하긴 지금 신료들은 법으로 관복에 흉배(胸背)를 못 하게 되어 있는데, 이는 황희가 관료들의 사치와 낭비를 줄이자고 적극적으로 주장했기에 정해진 법도다. 미래의 사극을 보면 문무백관들 전부 화려하게 만든 흉배를 관복 앞뒤로 차고 있지만, 지금은 아버님과 내가 입는 용포에만 사용 중이다.

근데 그러는 양반이 자기 재산은 왜 그렇게 많이 모았대? 참 알 수 없단 말이야.

아니나 다를까 다음 날 편전에서 황희가 운을 뗐다.

"저하. 작금의 신료들이 모두 안경에 지나친 사치를 부리고 있으니, 이를 엄히 단속하시고 안경의 사용을 금하시옵소서."

"영의정부사 대감이 젊을 적부터 안력 관리에 힘써 아직도 눈이 좋은 건 내 잘 알고 있소이다."

저 할배는 틈만 나면 한쪽 눈만 번갈아 감은 채로 허공을 쳐다보면서 시력 관리하는 습관이 있다.

"저하, 소신이 말씀드리자 한 것은 그런 것이 아니오라……."

"사치라는 게 엄금하고 막는다고 사라지는 문제요?"

"무릇 사대부라고 하면 사치를 엄금하고 학업에 힘써야 하옵니다."

"안경은 학업에 도움을 주는 기물이지요."

"하나 작금의 신료들은 학업의 도움보단 자신을 과시하는 데 쓰고 있으니, 이는 본말이 전도된 문제이옵니다."

"음, 오늘은 영중추원사 대감이 출석하지 않았구려. 아쉽게 되었소이다."

황희라면 방금 내가 한 말만으로 무엇을 지적했는지 눈치챘을 거다.

"저하의 뜻이 그러시다면 신료들의 품계에 따라 안경의 재료를 제한할 법을 상정케 해주소서."

"정말 그게 최선이라 생각하시오?"

"신하의 신분으로 주상 전하보다 사치스러운 재료로 안경테를 만드는 것만은 금해야 한다고 사료되옵니다."

음, 그 정돈 이해가 가는 상식선이군. 그런데 어쩌나, 얼마 전 이순지의 테를 제작하면서 아버님께 새로 맞춰드린 호화 명품 안경테의 재료비가 얼마였더라…….

그러자 아버님도 황희에게 하문하셨다.

"영의정부사."

"예, 전하. 하문하시지요."

"과인이 듣고 보니, 대감의 말이 어느 정도 타당하다고 생각하네."

"망극하옵니다."

"과인이 착용 중인 안경보다 사치스러운 건 제작에 응하지 말라고 안경원에 교지를 내릴 터이니, 영의정부사는 안심해도 좋다."

"성은이 망극하옵니다."

오늘의 주요 행사는 이제 시작이다. 난 미리 아버님과 약조한 대로 말을 꺼냈다.

"다음 안건으로 넘어가기 전에, 전하께서 불철주야 사직을 위해 노고가 많은 대신에게 내릴 하사품을 준비하셨소. 내관들은 준비한 궤를 들이라!"

그렇게 내가 대기시킨 자선당 내관들이 상자들을 들고 들어오기 시작했다. 미리 준비한 8상자가 전부 준비되자 황희가 궁금한지 내게 물었다.

"저하. 아뢰옵기 송구하오나, 신들에게 금(錦, 비단)이라도 내리시려고 하시는지요?"

"아니오. 비단이 귀하다곤 하나 고작 그 정도로 노고가 많은 신료에겐 성이 찰 리가 없잖소. 이보게! 김 내관, 상자를 열어 준비한 것을 대신들에게 나눠주게나."

그렇게 내관들이 나눠준 도자기 병을 받은 이들은 의아해하고 있었다. 빈 도자기라기엔 속이 꽉 차서 무거울 테니까.

"아뢰옵기 송구하오나, 자기 안에 든 내용물이 무엇인지 여쭈어도 되겠나이까?"

"그건 일전에 공납으로 배(梨)가 여럿 들어왔기에 사당을 넣고 졸여 만든 배절임이오."

그냥 설탕만 주긴 뭐해서, 공납으로 들어온 배로 잼을 만들어 봤다. 배가 맛이 좋기도 하고 나이 든 대신들의 건강에 도움이 될 거 같아서였다.

"성은이 망극하옵니다─!"

내용물이 무엇인지 듣자 신료들은 일제히 모두 도자기를 바닥에 내려놓고 아버님께 절을 했다.

"그래. 과인이 항상 고생하는 그대들을 위해 특별히 준비한 것이니, 부담 같은 건 가지지 말고 편히 들게나."

내관들이 시식용으로 준비한 작은 대접에 배로 만든 잼을 담아 신료들에게 나눠 주고 있다.

졸지에 편전이 설탕과 배 맛에 취한 신하들이 행복한 표정으로 단맛을 즐기는 장소가 되어버렸네?

"상미원(狀味院) 장인들이 만든 절임 맛이 어떻소이까?"

상미원은 얼마 전 사온서에서 미당과 설탕을 만들던 이들을 따로 떼어 독립시킨 기관의 이름이다.

굳이 편전에 출석하지 않아도 되는데, 등청한 조말생이 횡재한 표정으로 내게 말했다.

"차마 말로 표현할 수 없사옵니다. 그저 사당만 하사하셨어도 황송한 처사이신데, 이런 귀한 것들을 조리하여 내리시니 전하와 저하의 은혜에 몸 둘 바를 모르겠나이다."

"그렇소? 배는 고뿔에 특효약이고 가래나 기침을 완화하며 천식 같은 기관지 질환에 잘 듣고 종기에도 좋다고 하오. 또한 사당은 피로를 해소하는 데 도움이 되니 노신들의 건강에도 도움이 될 거요."

"그렇사옵니까? 이리도 맛이 좋은데 건강에도 좋다고 하시니, 소신은 그저 감읍할 따름이옵니다."

할배들 그간 각종 야근에 시달리느라 피곤했죠? 설탕 드시고 회복해서 더 많이 일해주세요. 물론 지금은 하사품이지만, 더 먹고 싶으면 돈을 내야겠지만요.

사람에게 단맛은 그 자체로 중독이자 폭력적이기까지 한 습관이다. 단맛을 본 적 없으면 모를까 한번 맛보면 마약처럼 찾게 되거든. 나도 일전에 설탕 맛을 본 후 먹어본 적도 없는 콜라 같은 탄산이 먹고 싶어졌으니, 지금 사람들에겐 오죽할까. 조청만으론 설탕을 완전히 대체할 수 없으니 한번 설탕 맛을 보면 끊을 수 없게 될 거다.

앞으로 저들은 국가에서 판매하는 사당과 여러 가지 가공품을 사기 위해 받았던 녹봉을 다시 나라에 지불하게 될 것이다. 앞으로 사대부의 설탕 수요가 높아지면 그만큼 세금을 더 걷는 거나 마찬가지겠지.

그러고 보니 칠정산 역법으로 오늘이 수요일이기도 하네? 앞으론 신료들에게 매달 첫째 주 수요일마다 신제품 시식회라도 시켜볼까?

*   *   *

최근 명나라의 황제인 정통제 주기진은 헤어 나올 수 없는 욕구 불만에 걸려 있었다.

일전에 주기진은 조선에 사신으로 다녀온 태감 황엄이 신묘하고도 대단히 귀중한 식재라며 각종 미사여구를 늘어놓고 웬 주머니를 가져와서 바쳤기에 처음에는 그가 노망이라도 난 줄 알았다.

하지만 이는 명백한 오산이었다. 그날 황 태감이 조선에서 만드는 법을 배워왔다면서 진상한 음식들은 달랐다. 주기진은 난생처음 음식을 먹다가 체면과 예법도 잊고 빈 접시를 핥을 뻔했다.

이후 탕추(糖醋)라고 하는 양념장을 뿌린 돼지고기 튀김을 맛보다가 환각 비슷한 것이 보여 처음엔 황엄이 미약이라도 탄 줄 알고 엄히 질책하기도 했었다. 물론 나중엔 그것이 오해라는 것을 알고 황엄에게 큰 상을 내렸다.

주기진은 어릴 적부터 중원에서 가장 귀한 식재로 만든 호화 음식을 먹고 자라, 자신이 당연히 중원 제일의 미식가라고 생각하던 인식이 그날부터 산산이 부서졌다. 세상엔 자신이 모르는 음식이 많이 있었고, 번국 조선에서도 왕이나 맛볼 수 있다는 미당이란 가루 없이는 그 어떤 음식을 먹더라도 뭔가 허전함을 느껴야 했다.

"황 태감, 지금까지 곤포를 얼마나 확보했는가?"

"폐하, 예전 조선에 사신으로 갔다가 선물로 곤포를 받아온 이들에게 모두 거두긴 했사오나… 곤포는 시중에서 워낙 귀한 약재이기도 하여 황상께서 만족하실 만한 양이 못 되옵니다."

"분명 미당이 들어간 음식은 곤포로 우려낸 육수 한 그릇을 몇 십 배에서 몇 백 배 이상 농축한 듯한 감칠맛이 느껴졌단 말이야… 어떻게든 많이 넣고 맛을 내면 비슷하지 않겠나?"

지금 주기진이 이러는 것은 그렇게나 아껴먹고도 모자라, 황엄이 조선에서 얻어 와서 먹다 남은 미당 주머니를 강탈하다시피 빼앗아서 사용하고도 얼마 전에 미당이 바닥났기 때문이었다. 물론 MSG의 맛은 감칠맛뿐이 아니라 여러 가지가 포함된 복합적인 효과로 음식에 들어간 재료의 맛마저 증폭시키는 역할을 하니, 자칭 미식가라고 하는 주기진의 얕은 생각은 도움이 되지 않았다.

"폐하. 어선방(御膳房, 황제의 식사담당 기관)의 주사들이 미당을 제조하려 시도 중이니 조금만 기다려 주심이 어떠하실지요?"

"일전에 짐이 듣기론 그들은 아까운 곤포만 허비하고 전부 실패했다고 들었다. 대국의 주사란 자들이 저 소국에서도 만드는 걸 번번이 실패하다니……."

"소신이 일전 조선의 세자에게 듣기론, 만드는 데 귀한 약재와 적절한 천후가 동반되어야 한다고 하더이다. 게다가 본래 미당을 만들던 장인이 죽어, 그 아들이란 자가 대를 이어 새로이 제조하고 있는데 선친의 기술을 제대로 물려받지 못했는지 번번이 실패 중이라고 하니 조선에도 남은 미당이 별로 없을 것이옵니다."

"일전에 사신을 통해 조선의 세자가 조선에 남아 있는 미당을 전부를 가져가려면 쌀 백만 석을 가져오라는 무도한 요구를 했다고 들었다."

"아마 진심은 아닐 것이옵니다. 본래 조선의 세자가 효심이 지극해 아비인 조선왕 이도(李祹)의 건강을 염려하여 미당을 바쳤다고 하니 남은 것을 대국에 진상할 수 없다고 돌려 말한 것임이 틀림없사옵니다."

"으음… 조선이 진상한 미당의 양이 비축분의 삼분지 이는 되었다고 하니, 그렇겠구나."

"자비로우신 황상께서 조선 땅에서 구할 수 없는 귀중한 물품들을 하사하시면 그들도 감복하여 미당을 바칠 수밖에 없을 것이옵니다."

"짐의 일 년 치 진선(進膳, 황제의 식사) 예산이 얼마인가?"

"자세한 것은 기록을 봐야 하겠지만, 대략 은자 이만 냥 정도 될 것이옵니다."

"고작 그것밖에 안 드나? 짐이 참으로 검소하게 살았었구나. 그렇다면 조선에 미당의 대가를 크게 줘도 큰 지장은 없겠도다."

물론 미래의 돈으로 환산하면 7억에 가까운 돈이니 정말 검소할 리가 없지만, 주기진은 진심으로 자신이 검소하다고 믿고 있었다. 게다가 법도에 규정된 아침저녁 식사에만 드는 비용만 따진 것이라 실제론 하루에 몇 끼든 먹는 것이 일상인 황제는 매년 저것보다 훨씬 더 많은 돈을 식비로 소비해야 했다.

한참 동안 미당의 수급에 대해 고민하던 주기진은 발상의
전환을 하여 뭔가 깨달았다.

"으음… 차라리 아국에서 재료를 모아 저들에게 미당의 제
조를 위탁하는 것이 낫지 않을까? 그대는 짐의 제안을 어찌
생각하는가?"

"황상께서 현명하신 결정을 내렸다고 사료되옵니다."

중국에선 미래의 양식 기술이 발달하기 전엔 해안가에서
다시마가 거의 나지 않았다. 명의 사신들이 조선에서 선물로
다시마를 받아오는 건 당연히 중국에서도 극히 귀하기 때문
이었다. 황제의 엉뚱한 발상으로 인해 해안가에 사는 이들만
고생길이 예약된 것과 다름없다.

"얼마 후면 저들의 동지사가 도착할 텐데, 짐이 전권을 내릴
테니 황 태감이 나서서 협상을 성사시켜 보게나."

"소신, 삼가 폐하의 명을 받들겠사옵니다."

＊　　　　　＊　　　　　＊

최근 사례감 태감(司禮監太監)인 왕진(王振)은 간혹 황상의 진
선(進膳) 시간에 참여해 기미하며 맛볼 수 있었던 요리의 맛에
푹 빠지고 말았다. 게다가 일전엔 보지 못한 새로운 요리들이
끼니마다 가득했고, 그런 요리를 고안하여 바친 늙은이 황엄이
황상의 총애를 독차지하자 환관 중에서 독보적이던 자신의 위

치가 흔들리게 되니 큰 위협을 느꼈다.

"저런 출신도 불분명한 천한 늙은이가 음식만으로 황상의 스승이었던 나를 제치고 총애를 독차지하다니… 나도 맛을 보았지만, 분명 거기 들어간 재료만으론 그런 맛이 안 날 텐데… 대체 그 비결이 뭘까?"

그러자 사례감 소속의 내관 전규가 왕진에게 답했다.

"소관이 듣기론, 황 태감이 일전에 조선에 흠차내사로 갔다가 배워온 음식이라고 들었습니다."

"그래? 조선에서 저런 미식을 만들 수 있었다고?"

"자세한 것은 모르지만, 조선 궁중 숙수의 솜씨가 대단한 듯싶습니다."

"으음… 그렇단 말이지. 아무래도 그 비법을 배우려면 내가 조선에 사신으로 직접 다녀와야겠군."

"그런데 요즘은 조선에선 사신에게 예전처럼 성의를 보이지 않는다는 소문이 돕니다만……."

"뭐, 그런 사소한 것보단 황상의 마음을 얻는 것이 더 중요하다. 분명 늙은이가 배운 것보다 더 나은 요리들이 분명 조선에 더 있을 테니 그것만 배우면 그만이야."

그렇게 사소한 오해 덕에 원래 역사엔 없던 왕진의 조선 사신행이 결정되었고, 틈만 나면 요리를 연습하는 왕진의 모습을 볼 수 있었다.

　　　　*　　　　　*　　　　　*

　요즘 도성의 육조부터 길이 이어지는 저잣거리에 도로공사를 시작했다는 소식이 선공감을 통해 전해졌다. 그렇게 지지부진하게 몇 달 동안 이어지던 논의가 얼마 전에 마무리되고 예산을 투입한 덕분이다.

　하지만 도로는 이제 첫 삽을 떴을 뿐이고, 주요 지방들까지 도로가 이어지려면 아직 멀었으니 언젠간 아버님을 모시고 온양의 온천이라도 행차하는 척하는 순행이라도 나서 이동 경로를 확대하여 강제로나마 길을 만들어봐야겠다.

　난 매일매일 바쁜 정사에 치여 살다가, 10월 말에 드디어 대하소설 뿌리 깊은 나무를 완성했다. 정신없는 일정 속에서 하루에 간신히 한 장씩 집필하다가 드디어 퇴고를 마쳤기에 기쁨이 더 컸다.

　"저하, 소신 안평이 저하를 뵙습니다. 그간 무탈하셨는지요?"

　얼마 전 지방 순회 공연을 마치고 돌아온 재래연단장인 동생 안평대군이 나와 독대 중이다.

　"그래, 난 건강하단다. 안평은 이번 해에 팔도를 돌며 재래연 일정을 무사히 마쳤다고 들었다. 일이 고되진 않으냐?"

　"소신이 사직을 위해 왕실의 격을 높이는 공무에 매진 중인데, 어찌 일이 고되다 할 수 있겠사옵니까? 가는 곳마다 소신의 분에 넘칠 정도로 환대를 하니 이를 거절하는 것이 제일

고됐사옵니다."

하긴… 소문을 듣자 하니, 왕실 종친들과 공신 집안사람들로 이루어진 재래연단에 잘 보이려고 한 사람이 많다는 이야기는 들었다. 그런데 안평이 중간에서 사적인 뇌물이 오가지 못하도록 엄히 단속했다는 이야기를 들었다.

"그래, 나도 그 이야기는 들었다. 네가 정말 태조 대왕의 업적을 널리 알려 왕실의 치적도 홍보하고 단원들의 단속도 철저히 했다 하니 네 공이 정말 크다."

"이는 대군의 신분으로 당연히 해야 할 일이니 대수로울 것이 못 되옵니다."

"고생한 동생을 위해 이 형이 친히 따로 챙겨줄 것이 있으니, 나중을 기대하거라."

"저하의 은혜가 망극하옵니다."

"그래, 지금은 그것이 중요한 게 아니다. 우선 이것부터 읽어 보아라."

내가 건넨 뿌리 깊은 나무의 정음본을 건네받은 안평은 처음엔 빠르게 속독으로 책장을 넘기다가, 중반 이후부터 눈에 띌 정도로 천천히 책장을 넘겨 읽더니 마무리 부분에서 눈물을 보였다.

어? 이게 그렇게 슬픈 내용이었던가? 내가 더 당황스러운데…….

한참 동안 울던 안평은 겨우 몸을 추스르고, 내게 말했다.

"소신이 그간 생각하던 사직과 효에 관해 다시금 생각하게 만든 이야기이옵니다. 오늘 소신이 저하의 글을 보고 진정 새로 개안한 기분이 들었사옵니다. 이 책은 조선의 모든 사대부가 두고두고 보면서 공부해야 한다고 생각하옵니다."

"그러냐? 문에 조예가 높은 아우가 그리 말하니 이 형님이 그동안 집필하며 고생한 보람이 느껴지는구나. 그런데 뒷부분은 지나치게 과한 칭찬 같구나."

"아니옵니다. 이 내용은 단순히 할아버님 태종 대왕 전하의 이야기만 담긴 것이 아닙니다. 사람이 살면서 배워야 할 모든 이야기를 교훈처럼 담고 있으니, 이는 주자께서 말씀하신 거경궁리와도 같은 이치에 맞닿아 있으니 가히 경전이라 보아도 무방하옵니다."

거기서 학문적 경험을 통한 체득론인 거경궁리(居敬窮理)가 왜 나와? 뭔가 과한 해석 아닌가? 이걸 쓰면서 성리학적 교리나 유학적인 메시지는 빼고 그저 끊을 수 없는 천륜과 혈육의 정에 관해 이야기하려고 한 건데?

거참 알다가도 모르겠네.

뭐… 원래 공자의 말 한마디도 해석하는 사람마다 제각각으로 달라지니, 논어도 제논어나 노논어와 고논어 같이 여러 종류가 나왔으니까. 그래, 꿈보다 해몽이라고도 하잖아. 착각해서라도 많은 사람들이 봐주면 좋겠지.

"그래. 일단 이걸 내년 초하루나 보름쯤에 재래연에 올리려

하는데, 재래연 준비와 연습 시간이 촉박할 듯싶으냐?"

"할 수 있사옵니다. 태조 재래연에서 사용 중이던 도구들을 그대로 쓰면 되옵고, 배경으로 쓰일 그림은 몇 장만 새로 그리면 될 듯싶사옵니다. 그리고 무엇보다 지금 재래연단원들은 저하께서 처음 보셨을 때보다 아주 많이 달라졌사옵니다."

근 1년 가까이 지방을 돌면서 다들 연기 경험과 실력이 늘었나 보다. 아주 기대되는데?

"그런데, 포은(圃隱) 선생 역을 누가 맡아야 할지 고민되는구나. 내가 내용상 어쩔 수 없이 포은 선생의 행적을 일부나마 고쳤기에 그의 집안에서 쉽게 받아들이지 못할 수도 있어서……."

포은 정몽주는 할아버님 태종의 재위 시절에 복권되어 후손들의 출사가 허락되었다.

"소신이 알기로는, 조정에 출사 중인 포은 선생의 손자 정보(鄭保)가 포은 선생이 졸했을 당시의 나이와 비슷하다고 들었사옵니다."

일전에 기록에서 보길, 내가 후일 재위에 올라 포은 정몽주(鄭夢周)와 야은 길재(吉再)의 작위를 추증해 주고 후손들을 봉작시켜 주었다고 한다. 정보는 내 아들에게 절개를 지키다 수양 놈에게 사사당하고 살던 집마저 몰수당했으니, 집안 대대로 충성심이 대단하긴 한 것 같다.

"그러하냐? 자칫 잘못하면 그가 책을 보고 문중의 어르신을 모욕했다고 화낼 법도 한데……."

"사실 저하께서 책에서 표현하신 방도만 달랐을 뿐, 포은 선생이 우리 집안 전부와 삼봉 선생을 죽이려고 한 건 사실이지 않습니까."

"그건 엄연한 사실이긴 하지."

우리 집안사람들은 전부 저렇게 알고 있긴 하다. 정말 정몽주가 증조부와 정도전만 제거하려 한 건지 혹은 우리 집안을 몰살하려 했는지는, 내가 당시 그 사건을 직접 겪어보지 못해서 알 수 없다.

"소신이 나서서 정보를 설득하고, 전조 고려 최후의 충신의 모습을 알리기 위함이라고 설득해 보겠나이다."

"그러나 설득에 성공해도 그가 재래연에 소질이 없으면 힘들 것이다."

"소신이 재래연단장을 하면서 깨우친 요령이 있사옵니다. 소신의 문하에서 조금만 갈아… 아니, 지도받으면 사람이 완벽하게 달라질 것이라 확신하옵니다."

"……."

갈다니 그런 표현은 언제 누구한테 배웠니? 설마 전에 이순지나 장영실한테 무심코 한 말이 다 퍼진 건가? 문예를 사랑하며 사람 좋다고 평가받던 내 동생은 이미 사라졌구나. 너도 진정 아버님의 핏줄임이 틀림없다.

                    *   *   *

　　장인청 소속 정9품 종사직이자 명목상 상호군 장영실의 도
제인 최공손은 요즘 새로운 무기를 고안하는 데 열중하고 있
었다. 물론 음서제를 통해 간신히 관직에 오른 자신의 처지상
눈치가 보여 함부로 새로운 무기를 만드는 데 손을 댈 수 없
었기에 몰래 도면을 그리는 데 열중하고 있었다.

　　그렇게 눈치만 보면서 지내던 어느 날. 상호군 장영실에게
총통위장 이천이 찾아와서, 최근 연구 중이던 새로운 무기를
개량해 보자고 하며 뭔가를 상의한 이후 장영실이 자주 자리
를 비우게 되었다.

　　사정이 그리되자 최공손은 이때가 기회라고 생각하여, 그간
자신의 연습용으로 만들던 화승총 총열들을 여럿 이용해 그
동안 구상만 하던 무기의 시제품을 몰래 제작하기 시작했다.

　　"…그래서 이게 자네가 만든 새로운 화기라고?"

　　"예, 대장군! 이거야말로 기존 화승총의 단점을 보완한 최신
형 화기라고 자부합니다!"

　　장영실은 최공손이 자랑스럽게 내놓은 무기를 보고 한숨을
쉬었다.

　　"하아… 이보게, 공손이. 총열을 이렇게 여럿을 모아 하나
로 만든 연유가 무엇인가?"

　　"그야 화승총이 강력한 화기이긴 하나 한 발 쏘고 나서, 후

속 공격을 하려면 다시 탄환을 재는 데 시간이 오래 걸리지 않사옵니까? 게다가 빗나가면 치명적이기도 하지요. 하지만 이렇게 상황에 맞춰 총열 여섯에서 일제히 발사하거나 한 발씩만 사격할 수 있게 사용자가 결정할 수 있게 만들었으니 가히 여러 상황에 유연하게 대처할 수 있다고 생각했습니다."

최공손이 만든 건 미래에 오르간 건(organ gun)이나 리볼데퀸(Ribauldequin)이라고 부르는 다연발 제사(諸射) 화기를 사람이 들 수 있게 만든 개념에 가까웠지만, 겉으로 보기엔 미래에 개틀링건이라고 부르는 무기처럼 총열 여럿을 원통 형태로 묶어둔 것과 비슷하게 보인다.

겉보기엔 그럴듯해도 장영실이 자세히 살펴보니 격발 구조에 심각한 결함이 있어서, 막상 총은 제대로 격발되지도 못하고 작동 불량이 일어날 것처럼 보였다.

"그래. 일단 격발의 문제는 그렇다 치고, 제작 의도는 좋구나. 그런데 이 화기의 무게가 얼마나 된다고 생각하는가?"

"음… 오십 근 정도 나갈 겁니다."

아직도 자신이 뭘 잘못했는지 모르는 최공손의 모습을 보게 되자, 장영실은 이마에 핏줄이 돋은 채 점점 말투가 험악해졌다.

"총통병이 전투에서 이 화기를 잠깐 들고 쏠 순 있겠지만, 이런 걸 전장에서 내내 들고 다닐 수 있겠느냐?"

"예? 병사가 이 정도도 못 들고 다니는 게 말이 됩니까?"

"허어, 이자가 아직도……."

점점 험악해지는 장영실의 표정을 본 최공손은 찔끔했다. 여태껏 자신은 음서로 관직에 오르긴 했지만, 이 나라 화기 제작의 시조인 영성부원군(永城府院君) 최무선의 손자라는 자부심이 있어서 집안의 위세를 믿고 그게 당연하다고 생각하던 중이다.

그간 장영실의 다른 제자들처럼 심한 고생을 하거나 야근 같은 부당한 대우를 받은 적이 없었기에 그게 다 부친의 덕으로 알고 당당하게 굴기도 했었다.

"이봐, 본관이 그동안 자네가 실수해도 뭐라 하지 않은 건 그저 관심이 없었기 때문이야. 아직도 자네 집안의 위세가 그리 대단하다고 믿고 있는 건가?"

"그야 당연한 것 아니겠습니까? 우리 영주(永州) 최(崔)가가 없었다면, 조선에 화약이란 것이 없었을 테니까요."

"흠… 그래서 자네 춘부장이 자기 재주만 믿고 업무에 태만했었지."

"뭐라고요? 지금 제 가친(家親, 아버지)을 모욕하신 겁니까?"

최공손은 아무리 상대가 관직이 높다곤 하나, 자랑스러운 아버지를 모욕하는 듯한 말을 하자 화가 나서 핏대를 세웠다.

"지금 내가 그간 관심도 없던 자네에게 이러는 것은 얼마 전 부탁을 받아서다. 바로 자네의 춘부장 전 강계부사의 부탁 말이다."

좀 전까지 분노로 몸을 떨던 최공손은 존경하는 아버지 최해산의 부탁이었다는 장영실의 말에 금세 태도를 바꿔야 했다.

"예? 그게 무슨 말씀이신지?"

"말 그대로일세. 자네의 춘부장이 내게 그대를 잘 부탁하고 가더군. 건강도 안 좋은지 낯빛이 어두워 보이는데도 굳이 서신을 보내지 않고 본관을 직접 찾아왔었다."

"예? 전 금시초문의 이야기인데……."

"자네 부친이 그러더군. 자신은 조선에서 화기에 관해 제일 능통하다고 믿어 재주를 믿고 태업했었지만, 일전에 북방 야인 토벌의 결과를 보고 생각이 바뀌었다고 말이야."

"아니, 아버님께서 그러실 리가……."

"일전 저하께서 화기와 인광석을 이용한 화약 제조법을 새로 고안하셨으니, 이대로 가면 자신의 집안의 세는 완전히 몰락할 거라고 자네를 내게 부탁하고 갔다네. 필요하다면 손을 대서라도 사람으로 만들어달라고 말이야."

실제로 최해산은 얼마 못 가 내년에 사망하고, 그 아들인 최공손은 화포를 다루는 능력보다 줄을 잘 골라 타는 데 탁월한 능력을 보여준 사람이었다.

"네……."

"자! 일전엔 그저 말로만 사승 관계였으나, 이제 정식으로 새로운 제자를 받았다고 생각하고 너의 관례를 치러야겠다."

"예? 관례라니요? 장인청에 그런 게 있었습니까?"

"이보게, 화포장! 내 망치 좀 가져오게나!"

*　　　　　*　　　　　*

얼마 전 흉년으로 크게 피해를 본 충청도와 메뚜기로 피해
를 보았던 황해도의 주요 고을에 보와 저수지를 만드는 안건
이 통과되었다. 내가 기록을 보니 황해도는 메뚜기에 입은 피
해도 모자라서 내년에 흉년마저 예정되어 있다고 하여, 황해
도에 수리 시설을 갖추는 게 가장 시급한 안건이었기에 급하
게 밀어붙여 결정했었다.

그런데… 소문을 듣자 하니 이 정책에 대해 황해도의 백성
들이나 토호들의 반응이 좋지 않다고 한다. 저쪽 지방은 개성
을 중심으로 왕가에 반감을 품고 있는 고려 출신이 많아 황해
도는 언제나 함부로 손대기가 뭐하긴 하다.

그래서 난 한창 재래연 연습에 매진 중인 안평대군을 찾아
가 상의해 보았다.

"그런 연유로 저하께선, 개성과 황해도의 토호나 사대부를
이번 재래연에 특별히 초대하고 싶으시단 말씀이시옵니까?"

"그래. 그들은 겉으로만 조선인이고, 아직도 마음속으론 전
조 고려를 숭앙하고 있지 않으냐. 고려의 추악한 실상도 좀 보
여주고 그들이 아직도 정신적인 지주로 삼는 포은 선생의 절
개를 보여주면 어느 정돈 마음이 풀리지 않겠느냐?"

"하오나! 저들은 불경스럽게 아직도 공공연히 태조 대왕마마를 모욕하는 이들이옵니다."

"사실 그건 조정에서 그들의 출사도 제한하고 있으니 그럴 법도 하다. 게다가 태조 대왕 시절에 왕씨들이 많이 죽지 않았느냐. 이젠 조정에서 먼저 그들에게 화해의 손을 내밀어보고, 그래도 받지 않으면 그땐 다른 방법을 써봐야겠지."

"세자 저하. 그보다 소신이 긴히 저하께 부탁드리고 싶은 것이 있사옵니다만……."

"그래? 내 사랑하는 둘째 아우의 부탁이라면 들어줘야지."

'그놈'이 족보에서 사라졌기에 안평은 졸지에 차남이 되었다.

"저하께서 배역을 한 자리 맡아주시옵소서."

"뭐? 아니, 그건… 이 형님이 정사를 보느라 너무 바빠서 힘들겠구나."

"저하께서 좀 전엔 뭐든 들어주신다고 하셨으면서……."

누가 그런 부탁인 줄 알았겠냐? 갑자기 왜 억지로 떼를 쓰고 그래?

"아니, 아우야. 정말 이 형님은 하고 싶지만, 시간이 없단다. 그러니까 다른 지원을 해주도록 하마. 예산이 더 필요하면 말하거라."

"저하께서 시간만 나시면 상관없으시단 전언으로 듣겠사옵니다."

"그래그래. 시간만 있으면 아우의 부탁 정돈 들어줄 수 있단다."

그리고 다음 날 난 졸지에 연극 연습 무대에 서야 했다. 아버님과 독대한 안평이 무슨 수단을 동원했는지는 몰라도, 갑자기 당분간 편전에 출석하지 말고 재래연의 연습에 참여하라는 아버님의 지시가 떨어진 것이다.

"그래서, 내 배역이 대체 뭔가? 사랑스러운 동. 생. 아?"

그러자 안평이 싱글싱글 웃으면서 내게 대꾸했다.

"할아버님이십니다."

뭐? 내가 지금 헛것을 들었나?

"누구라고?"

"조부 태종 대왕마마 말이옵니다."

"……."

안평이 내게 적당한 단역을 줄 거라고 생각했는데, 이건 너무 일이 커진 거 아닌가?

"하아… 할아버님 역을 맡을 만한 이가 그리도 없었느냐?"

"소제가 처음 형님의 작품을 읽었을 때 느낀 감정과 할아버님의 모습을 고스란히 표현할 만한 단원이 아무도 없었습니다. 그나마 개중 이형(李泂)이 가장 잘하긴 했으나, 그는 증조부 역을 맡아야 하니까요."

아무리 그래도 그렇지, 그렇다고 원작자를 잡아 와서 굴리겠다고? 아… 그렇게 착하고 순진하던 내 동생은 대체 어디로 간 걸까?

그렇게 아버님과 동생에 계략에 빠져 시작한 연극 연습은 생각보다 별로 어렵지 않았다. 워낙 타고난 내 성격이 뻔뻔하기도 하고, 아버님 앞에서 목숨을 걸고 극한의 연기력을 발휘해 거짓을 고한 전적도 있었다.

게다가 평소 미래에서 온 놈의 영향을 받아 경박하고 가벼워진 성격을 예전의 나처럼 위장하기 위해 노력한 덕분이라고 생각된다.

"역시… 저하께선 정말 뭐든지 다 잘하시는군요."

"아니다. 그저 남들을 보고 흉내 낸 것이니, 그렇게 자랑할 만한 것은 못 된다."

"지금 단원 중에 저하보다 나은 이가 없사옵니다. 너무 겸양하신 것은 아니온지요."

이건 일부 사실이기도 하다. 미래에 할아버님의 배역을 맡았던 사극 배우들의 연기를 부분적으로 참조해서 연기 중이니 그렇다.

"합을 맞추어보니 예상외로 정보(鄭保)의 포은 선생 역도 나쁘지 않긴 하다. 다만 처절함이 조금 부족하구나."

"아무래도 본인이 생각 중인 이상적인 조부의 모습을 보여주려 하니 그럴 것이옵니다."

"그렇다면 나와 같이 대면 연습을 좀 더 해봐야겠구나."

그렇게 연습이 진행되는 동안 충청도와 황해도에선 억지로나마 밀어붙인 보의 공사가 시작되었고, 그 와중에 아버님이 정사를 맡아 여러 일을 처리하셨다. 그러던 중에 난 아버님과 상의하여 어머님을 위한 특별한 선물을 준비했다. 그 과정에서 약간의 잡음이 있었지만, 아버님이 손수 전부 처리하셔서 더 이상 뒷말이 나오지 않을 것이다.

11월이 끝나갈 무렵 북쪽에서 김종서를 통해 이만주의 동태가 장계로 올라오고 있는데, 그놈은 전에 흡수한 건주위 잔당을 규합해서 인근의 올적합 부족들을 일부 복속하여 한카 호수 근처에 주둔하고 있다고 한다. 야인이지만 능력 하난 타고난 듯 보인다.

그래서 이만주가 시기만 적절하게 태어났으면, 그의 후손 누르하치처럼 나라를 세울 만한 인재란 생각이 들었다. 하지만 지금은 절대 그렇지 못하지.

조선이 전력을 내기는커녕, 북방의 한 개 도(道)의 군졸만 동원하면 그를 철저히 몰락시킬 수 있다.

이젠 김종서 덕에 발달된 정찰 체계로 예전처럼 쉽게 도망도 못 갈 테고, 지금은 우연히 잔당을 쫓다가 발견한 덕에 일거수일투족이 파악되고 있으니 말이다.

그건 그렇고 요즘 척후들의 사정을 들어보니 벌판에 몸을 숨길 데가 없으면 타고 온 말은 미리 훈련해 집결지로 귀환하게 만들고, 자신은 토굴을 파고 들어가 풀을 덮어 위장한다고 한다. 지난 북방 원정 때 파견된 착호갑사들이 척후병에게 자연스럽게 위장하는 법을 여럿 가르쳐 줘서 저렇게 변했다고 한다. 그렇게 보면 저들은 미래의 수색대라고 하는 이들과 비슷해졌네?

아무튼, 저들을 보니 더 좋은 생각이 났다.

"소신, 천호(千戶)직 박가 장현이 세자 저하를 뵙사옵니다."

지난번 북방 원정에 다녀온 착호갑사장(捉虎甲士長) 박장현이 내 앞에 부복 중이다.

"그래, 일어나 앉게나. 요즘은 지내기가 어떤가?"

"천한 엽사 출신이 전하의 하해와 같은 성은으로 출사하게 되었으니, 그저 꿈만 같사옵니다."

"아닐세. 그대 덕에 무사히 확보한 인광석으로 나라에 비축된 화약의 양이 가히 몇 년 치 생산량에 맞먹으니, 그 공이 매우 크다네. 전에 장계를 보니 그간 휘하 갑사를 동원해 인광석이 있는 동굴 몇 군데 더 찾았다며?"

인광석으로 만든 고품질 화약을 바탕으로 요즘 장영실과 이천이 신형 화포를 주조 중이기도 하다.

"예, 그러하옵니다, 저하."

"다름이 아니라 오늘 그대를 부른 것은 그 공을 치하하기 위함도 있으나, 그보다 자네의 야생 생존술과 위장술을 듣고 그를 책으로 적기 위함이네. 이는 앞으로 특별한 임무를 맡은 이들에게 큰 도움이 될 걸세. 자네는 그 책의 저자가 되는 거고."

"소신의 비천한 재주가 무슨 도움이 될지는 모르겠습니다만, 저하의 분부를 따르겠사옵니다."

"일전에 장계로도 읽고 이야기를 듣고 느낀 건데, 자네의 재주는 대단한 게 맞네. 좀 더 자부심을 품게나."

이건 진심이다. 게다가 박장현을 부른 건 책도 책이지만, 그의 능력을 좀 더 활용하기 위해서다.

요즘은 연극 연습 끝나고 시간이 조금 남아서, 총신을 길게 만들고 소형 수정 망원경을 붙인 저격용 총을 설계 중이었다. 굳이 비슷한 걸 꼽자면 미래에 천보총이라고 불리는 쪽에 가깝긴 하겠네.

"저하의 은혜가 망극하옵니다."

총의 시제품이 완성되면 박장현과 착호갑사부터 지급해서 무기 실험을 해봐야겠지. 이제 미래엔 저격수나 스나이퍼라고 부르는 이들의 시초는 저들이 될 것이다.

*　　　　　*　　　　　*

그렇게 내겐 다사다난했던 한 해가 가고 1442년의 새해가 밝았다.

본래 초하루에 실시하려던 재래연은 조정의 일정이 바빠서 보름날로 미루어졌고, 연극 연습도 마무리되어 난 공연을 하기 전까진 다시 대리청정의 업무를 봐야 했다.

게다가 얼마 전에 동지사가 미당에 관한 교섭 권한의 전권을 아버님께 부여받아 명국으로 출발했기에, 교섭이 잘 이루어지고 있을지 염려되었다.

"일전에 명국에 간 동지사들이 도착하면 명과 교섭을 성공할 수 있을지 조금 염려가 되는군."

그러자 첨사원에서 내 업무를 도와주고 있던 성삼문이 대답했다.

"저하께서 친히 동지사가 명으로 출발하기 전에 철저하게 교섭 협상을 사전 연습시키셨으니, 별문제는 없을 것이옵니다."

"소신이 생각건대, 협상에 성공하더라도 명국에서 구리를 받을 순 있어도 초석을 사여품으로 받는 것은 난망하지 않을까 추측 중이옵니다만."

이건 요즘 내 업무가 늘어서 성삼문을 따라 졸지에 새로 첨사원의 노예가 된 신숙주의 발언이었다.

"그건 신 부수찬(副修讚)의 우려가 타당하다만, 초석은 받지 않아도 당분간 크게 지장은 없을 걸세."

그러자 덩달아 신숙주와 같이 차출된 박팽년이 내게 물었다.

"저하께서 초석을 언급하시니 아뢰옵니다만. 소신이 일전에 저하께서 염초전(焰硝田)을 만드셨다는 풍문은 들었사옵니다. 정말 밭에서 염초를 생산하는 게 가능한지요?"

"내가 그간 염초의 재료가 어찌 만들어지는지, 그 이치를 연구해서 최대한 비슷한 환경을 조성하여 실험해 보려는 것일세. 시간이 한참 지나봐야 나의 이론이 맞는지 알 수 있을 걸세."

일전에 난 왕실 내수소에 소속돼 있던 가뭄이 든 땅에 염초밭을 새로 만들어서, 그간 모아둔 분뇨를 잘 개어서 뿌리고 어느 정도 썩힌 다음 잿가루와 오줌을 뿌려두었다. 그 후엔 계절이 겨울이니 재료가 얼지 않도록 위에 짚을 모아 두껍게 덮어두고 결과를 기다리는 중이었다. 아마 제대로 된 결과를 보려면 내년까진 기다려야 할 테고, 앞으로 꾸준히 대소변을 모아서 염초밭에 투입해야 할 것이다.

그러자 내 말을 듣던 신숙주가 갑자기 엉뚱한 발언을 내뱉었다.

"소신이 일전에 듣기를, 저하께선 근간에 병법책과 신형 화기와 병기를 여럿 고안하셨다고 들었사옵니다. 송구하오나 저하께선 최근 너무 무(武)에 관심을 가지고 문(文) 쪽에 소홀하신 것이 아닌지 소신은 염려가 되옵니다."

허! 이 인간이 노예로 부리려고 집현전에서 차출해 왔더니 별소릴 다 하네? 전에 본 기록에 적혀 있길, 내가 재위한 시절에 신숙주와 내가 무기 제조에 관한 문제로 말다툼한 전력이 있다고 하던데 벌써 이러면 아주 곤란하지. 이참에 이놈의 싹을 미리 밟아두어야겠다.

"부수찬. 그대가 벌써 나랏일을 염려할 정도로 국정의 이치를 깨닫고 스스로 학문이 완성되었다고 생각하는가?"

일단 첫마디부터 도발하듯이 크게 한 방 날리자, 미래 말로 키보드워리어라고 불리는 이들의 시조인 집현전 출신답게 신숙주는 바로 나의 떡밥을 물었다.

"소신의 연치가 미욱하여 학문의 성취는 아직 모자라지만, 기본적인 이치는 알고 있다고 사료합니다."

"그런가? 병기를 만드는 일 또한 나라의 중대사일세."

"그 또한 나라의 큰일이지만, 국본이신 세자 저하께선 국정에 힘쓰시고 그 일은 관인들이나 장인들에게 맡겨두시옵소서."

"그대는 일전에 북방에서 갑자기 전쟁이 벌어질 거라고 예상했었나? 전쟁이란 언제나 먼저 기별하고 찾아오지 않는 법일세."

"야인들은 그저 북방의 군사들에게 맡겨도 큰 위협이 되지 못합니다."

"그렇다고 해도 언제든 주변 나라들의 정세가 바뀔 수 있고, 좀 더 발전된 무기와 갑주가 있으면 전쟁에서 다치거나 죽는 이들이 크게 줄어드는 법이지. 그러니 그대의 말은 그저 탁상공론에 불과하네."

"물론 저하의 고언이 지당하시옵니다만, 그 일은 장인청과 군기감에서 신경을 써야 할 문제이옵니다."

"나라를 위한 일에 위아래가 따로 있는가? 하물며 주상 전하께서도 각종 진법과 병략을 통달하셨다. 무릇 위정자란 이들은 무와 문을 구분하여 경중을 따지면 아니 되는 법이다."

"소신은 그저 저하께서 작은 이득을 좇아 학문을 소홀히 하시면 안 된다고 간언드린 것이옵니다."

"그대의 말은 그저 경험 없는 백면서생의 이론일 뿐일세. 그

델 보니 조나라의 조괄이 생각나는군."

조괄(趙括)은 스스로 병략이 대단하다고 자신해 조나라의 명장 염파(廉頗)를 몰아내고, 지휘관에 올라 장평대전(長平大戰)에서 명장 백기(白起)에게 패해 40만의 병사를 생매장당하게 만든 졸장의 대명사이다. 신숙주 역시 주변에서 천재이자 신동 소리를 듣고 자랐고 어린 나이에 급제해서 그런지, 내게 모욕에 가까운 말을 들으니 유학자로서 자존심이 상했는지 얼굴이 빨갛게 달아올랐다.

"소신이 아직 미욱하고 연치가 어리지만, 사리는 구분할 수 있고. 국정을 운영하는 데 사소한 리(利)보다 의(義)가 중요함은 알고 있사옵니다."

이놈이 갑자기 치세와 유학의 도 쪽으로 말을 돌리려 하네? 그렇게 자신 있어?

"그런가? 그럼 그대가 이상적이라고 생각하는 국정의 전반적인 개념과 유학의 도에 관해 먼저 편하게 이야기해 보게나. 참고할 점이 있으면 친히 들어주겠네."

"본디 조선은 성리학을 국시로 세워진 나라이옵니다. 일단 불씨의 도를 받드는 사특한 이들을 먼저 조선에서 일소하고, 아래에서 사대부는 백성을 교화하고 군주는 위에서 그런 사대부들을 올바른 방향으로 이끌어야 하오며, 작금의 조선의 세는 강대하오니 북방의 야인들 역시 전하의 위엄을 이용해 교화하여 조선을 따르게 만들어야 한다고 사료되옵니다."

자기가 잘 모르는 부분에 대하여 논하다가 면박을 듣고 화제를 돌리려 한 것 같은데, 그 부분마저 정말 원론적이다 못해 단순하다. 그저 실정을 모르는 유학자라는 이들이 생각할 법한 고루한 생각이다. 게다가 그저 이상적이기만 하고 구체적으로 뭘 어떻게 해야 한다는 개념이 거의 없다. 똑똑하긴 해도 아직 너무 어리고 실무 경험이 없어서 그런가?

"그래, 원론적으론 그게 맞는 말이지. 그런데 말일세. 아직도 백성들 대부분이 아직도 석가의 가르침을 따르고 있는 게, 왕화(王化)나 사대부들이 힘써야 하는 교화(敎化)가 부족해서 그런 것인가?"

"아니옵니다. 백성들이 불씨의 가르침에 홀려 유학과 성현의 도를 알지 못하는 것은 전조 고려부터 사특하게 그들을 미혹한 중놈들 덕이니, 그들이 먼저 배불(排佛)하게 만들어 환속시키고 따르지 않는 이는 모두 나라에서 쫓아내거나 죽이면 해결될 것이옵니다."

"거참 생각이 어리다 못해 용속하고 우둔하군. 그대야말로 진정 물정도 모르는 더벅머리 선비나 다름없네."

조선에서 성리학이 완전히 뿌리내리는 데 200년에 가까운 세월이 걸렸다. 그런 걸 승려들이 사라진다고 하루아침에 바뀔 거라고 진심으로 믿고 있는 건가? 지금은 조선 초기고 사대부들마저 군주에게 먼저 성리학과 유학의 도를 지키라고 강권하는 시절이 아니다. 오히려 법도를 지키지 않아서 군주에게 핀잔을 듣거나, 파직을 당하고 본인은 관습대로 했으니 억울하다고 주장하는 시절이란 말이다.

"예?"

"작년에 내가 이야기한 석가의 가르침은 아예 귀에 넣지도 않고 비하하는 것은 그럴 수 있다고 쳐도, 불교를 믿는 백성들이 불승들을 전부 몰아내면 유학의 도를 따를 것이라고? 이것 참… 생각이 짧은 것인지, 진정 그대가 순진한 것인지 모르겠네."

내게 인신공격에 가까운 핀잔을 연속으로 들은 신숙주의 얼굴이 새빨개지기 시작했다. 그러자 옆에서 우릴 지켜보던 성삼문과 박팽년, 유의손과 이선제는 어느새 하던 일도 멈추고 흥미진진하게 우리 둘을 바라보고 있었다.

표정을 보니 자네들도 팝콘이 절실히 필요해 보이네? 그런데 우리가 과연 죽기 전에 팝콘 맛을 볼 수 있긴 할까?

"소신의 식견이 짧아서 그러하니, 저하께서 친히 이 미욱한 후학을 일깨워 주셨으면 하옵니다."

"본디 사상이나 신앙은 윗선에서 탄압할수록 반발이 강해진다네. 단순히 불승들이 사라지면 모든 게 해결이 될 것 같은가? 오히려 백성들의 반발 심리로 신앙심만 더 깊어지고 조정에 대한 반감만 커질 것이네."

이건 내가 배운 동서고금의 역사를 통틀어 공통으로 공유되는 진리다. 진시황이 분서갱유를 하고 유학자를 탄압했어도 유학자들은 건재하여 유학은 이후 여러 왕조의 국시가 되었다. 로마가 예수를 처형했지만, 오히려 그의 사상은 제자들을 통해 전 세계에 퍼져 미래에도 여전히 큰 영향을 미치고 있다. 미래엔 일부 왜인들이 가톨릭 신앙을 막부의 탄압을 피해 수백 년 동안 지키다가 신앙이 구전으로만 전해져서 조금 괴상하게 변했다지만, 결국 성공했다고 한다.

"소신은 저하의 말씀이 이해가 잘 가지 않사옵니다만……."

"진의 시황제가 분서갱유하여 경전을 불태우고, 유학자들을 죽이며 유학을 탄압했다고 공자의 도가 실전되었느냐? 오히려 사라진 경전을 지키기 위해 당시의 선현들이 글자 하나 틀리지 않도록 철저히 외우는 데 노력했고, 그 후 여러 학문과 훈고학이 발달하게 된 고사는 모르는가?"

"그건… 저하의 고견이 지극히 옳사옵니다. 소신의 생각이 짧아, 선입견으로 섣불리 판단한 듯싶사옵니다."

"그리고 좀 전에 이야기하던 주제의 연장이다만, 송나라가 문(文)에 치중한 나머지 무(武)에 소홀히 하여 나라가 망한 전례가 있지 않은가? 그리하여 문과 무는 따로 떼어놓고 생각하면 안 된다. 문인들이 나서서 외교로 전쟁이 일어나지 못하게 막고, 그래도 안 되면 무력을 동원해야 하는 법이다. 내가 무기와 군에 신경을 쓰는 것은 국본의 도리에 맞지 않는다고 할 수도 있지만, 고사를 보고 언제 닥칠지 모르는 환란에 대비하기 위해서일세."

그래, 이건 대대로 국시로 정해 미래에 치욕스러운 사건들이 절대 벌어지지 못하게 만들 거다.

"송구하옵니다, 저하."

그 후 난 신숙주에게 요즘 틈틈이 공부하던 일부 서양철학과 미래에 발달한 성리학의 장점만 섞어서 강론하듯이 한참을 설교해 주었다. 거기에 국방과 외교의 중요성에 대해 집중적으로 설명하며 핀잔을 주니, 신숙주는 혼이 빠져나간 모습으로 그저 듣기만 할 뿐이었다.

한동안 신숙주에게 참교육을 펼치느라 정신이 팔려서 모르고 있었는데, 어느새 옆에서 지켜보고 있던 이들이 내 말을 죄다 필사하듯이 빠르게 적고 있는 게 보였다.

"이보게, 성 수찬. 지금까지 내가 한 말을 전부 적고 있었나?"

"예, 그러하옵니다. 저하께서 친히 희현당(希賢堂, 신숙주의 아호)에 일러주시는 이치가 전부 익숙하면서 새로운 듯하나, 주자나 공자의 말씀과도 상궤가 크게 어긋나지 않사옵니다. 소신이 생각건대, 저하의 고견을 정리해 새로운 학파를 세워도 무방하다고 보입니다."

"아닐세. 이것을 학문이라고 부르기엔 나도 아직 온전히 정리하지 못했고, 다듬을 곳이 많아 불완전하기 그지없네."

"하오나… 국방에 관한 저하의 고견은 위정자라면 누구든 새겨들어야 하옵고, 격물치지(格物致知)와 실사구시(格物致知)에 관한 해석은 기존의 학자들과는 다르옵고 매우 합당한 이치로 들리옵니다."

격물치지는 사물의 이치를 연구하여 지식을 세운다는 의미이고, 실사구시는 사실을 바탕으로 진리를 깨달아야 한다는 이치를 정리한 말이다. 하지만 격물치지는 배움이 얕은 이들에겐 그저 사물의 이치를 이해하게 되면, 실제로 겪어보지 못해도 전부 통달하게 된 것처럼 착각하게 만드는 구절이기도 하다. 게다가 만물의 이치를 파고들면 저절로 알게 된다고 하는 주자의 성즉리설을 뒷받침하는 구절이기도 하다.

난 저 두 구절을 전부 배우는 이가 실물을 연구하며, 직접 겪어보면서 가설을 내놓고 실험을 하여 원리나 가설이 옳음을 증명하는 과정을 거쳐야 그제야 학문이 완성된다고 설명해 주었을 뿐이다.

"그러한가? 나 역시 아직 배움이 짧아서 그대의 과찬이 부끄럽군."

그렇게 신숙주를 밟아주려다가 한 말이 졸지에 첨사원 관원들에 의해 문답집 형식의 책으로 정리되어 조정의 대신들에게 퍼지고 있다고 한다. 그 책은 나중엔 제대로 된 형식으로 정리를 해서 내용 보충을 해야 할 것 같다.

그리고 신숙주 넌 당분간 북방으로 출장 좀 가야겠다.

그래서 난 특별히 아버님에게 청해 함길도절제사에게 다음 교지를 전달할 이로 신숙주를 추천했고, 김종서에게 보내는 서신을 써서 쓸 만한 인재이니 당분간 마음대로 부리라고 적

어두었다.

그래, 이 기회에 북방에 가서 현실 좀 보고 와라. 기록을 보니 어차피 나중에 북방에서 근무했다던데? 젊어서 고생은 사서 한다는데 이럴 때 아니면 언제 하겠어?

『내가 바로 세종대왕의 아들이다』 3권에 계속…

초대형 24시 만화방

신간 100%, 샤워실, 흡연실, 수면실(침대석), 커플석, 세탁기 완비

■ 광명 광명사거리역점 ■

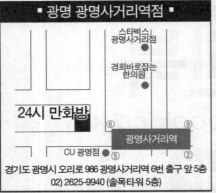

경기도 광명시 오리로 986 광명사거리역 6번 출구 앞 5층
02) 2625-9940 (솔목타워 5층)

■ 강북 노원역점 ■

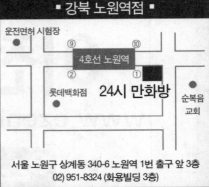

서울 노원구 상계동 340-6 노원역 1번 출구 앞 3층
02) 951-8324 (화용빌딩 3층)

■ 일산 정발산역점 ■

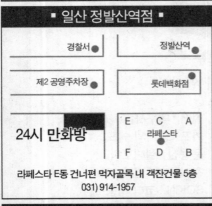

라페스타 E동 건너편 먹자골목 내 객잔건물 5층
031) 914-1957

■ 일산 화정역점 ■

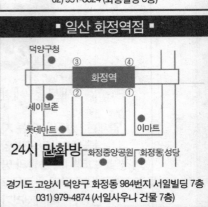

경기도 고양시 덕양구 화정동 984번지 서일빌딩 7층
031) 979-4874 (서일사우나 건물 7층)

■ 부천 역곡역점 ■

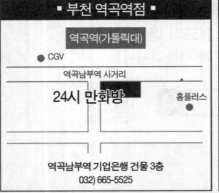

역곡남부역 기업은행 건물 3층
032) 665-5525

■ 부평역점 ■

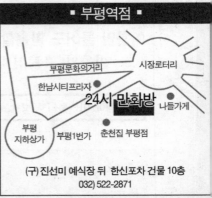

(구)진선미 예식장 뒤 한신포차 건물 10층
032) 522-2871